中国古典文学名著

西湖佳话

[清] 古吴墨浪子 著

华夏出版社
HUAXIA PUBLISHING HOUSE

图书在版编目（CIP）数据

西湖佳话／（清）古吴墨浪子著．—北京：华夏出版
社，2013.01（2024.09重印）
（中国古典文学名著丛书）
ISBN 978－7－5080－6376－8

Ⅰ．①西… Ⅱ．①古… Ⅲ．①话本小说－小说集－中
国－清代 Ⅳ．①I242.3

中国版本图书馆 CIP 数据核字（2011）第 083265 号

出版发行：华夏出版社
　　　　　（北京市东直门外香河园北里 4 号　　邮编 100028）
经　　销：新华书店
印　　制：永清县晔盛亚胶印有限公司
版　　次：2013 年 01 月北京第 1 版
　　　　　2024 年 09 月北京第 2 次印刷
开　　本：670×970　1/16 开
印　　张：12.5
字　　数：196 千字
定　　价：30.00 元

本版图书凡印制、装订错误，可及时向我社发行部调换

前　言

　　《西湖佳话》全名《西湖佳话古今遗迹》,清代白话短篇小说集,共十六卷,成书于清康熙十二年(1673 年)。《西湖佳话》的作者西湖墨浪子,又名古吴墨浪子,生平不详。

　　杭州西湖,古称武林水、钱塘湖,又名西子湖,她以秀丽的湖光山色和众多的名胜古迹闻名中外,被誉为人间天堂。西湖不仅山水秀美、林壑幽深,更有大量的文物古迹,以及优美动人的神话传说。景物、人文、历史、巧妙地融合在一起,形成了她特有神韵的景观现象。

　　《西湖佳话》以西湖名胜为背景,选择了与西湖有密切关系的十六个人物,讲述了十六个相对独立的故事。卷之一:葛岭仙迹——晋代道教人物葛洪的故事;卷之二:白堤政迹——唐代诗人白居易的故事;卷之三:六桥才迹——宋代诗人苏东坡的故事;卷之四:灵隐诗迹——唐代诗人骆宾王的故事;卷之五:孤山隐迹——宋代林和靖的故事;卷之六:西冷韵迹——南朝歌女苏小小的故事;卷之七:岳坟忠迹——宋代名将岳飞的故事;卷之八:三台梦迹——明代于谦的故事;卷之九:南屏醉迹——宋代济颠和尚的故事;卷之十:虎溪笑迹——宋代僧人辨才的故事;卷之十一:断桥情迹——文世高、施十年娘的故事;卷之十二:钱塘霸迹——唐代观察使钱镠的故事;卷之十三:三生石迹——唐代僧人圆泽的故事;卷之十四:梅屿恨迹——冯小青的故事;卷之十五:雷峰怪迹——南宋白娘子的故事;卷之十六:放生善迹——明代僧人莲池的故事。

　　《西湖佳话》大多根据史传、杂记和民间传说写成,意在"西湖得人而题,人亦因西湖而传"。按《西湖佳话》作者自序,小说的写作宗旨是"考之史传之集,征诸老师宿儒,取其迹之最著,事之最佳者而记之"。

　　《西湖佳话》描绘的众多人物为人们广为流传、喜闻乐见,如卷二《白堤政迹》、卷三《六桥才迹》详细地叙述了白居易、苏东坡治理西湖的功迹。卷七《岳坟忠迹》写岳飞被害后,葬在北山栖霞岭下,"故借他增西湖之雄"。其他人物如葛洪、济颠、冯小青、白娘子等,都是民间所熟悉的人物形象。小说中的这些人物,或是历史上确有人,或是介于亦真亦幻之间传说中的人物,将西湖之美景与各种各样人物的悲欢离合巧妙地杂糅在一起,使得湖中有人、人中有湖、人湖不分、湖人合一,写得西湖如痴如醉、如梦如幻,读来别有趣味。小说文笔朴素流畅,叙述生动,描写葛岭、白堤、孤山、灵隐等地景色,无不尽态极妍,颇具兴味。

此次再版,我们对原书中的笔误、缺漏和难解字词进行了更正、校勘和释义,对原书原来缺字的地方用□表示了出来,以方便读者阅读。由于时间仓促,水平有限,其中难免有所疏失,望专家和读者予以指正。

编　者

2011 年 4 月

序

　　宇内不乏佳山水,能走天下如鹜,思天下若渴者,独杭之西湖。何也?碧嶂①高而不亢,无险崿之容,清潭波而不涛,无怒奔之势。且位处于省会之间,出郭不数武,而澄泓一鉴,瞭人须眉。苍翠数峰,围我几席,举目便可收两峰、三竺、南屏、孤屿之奇,随棹即可跻六桥、丨锦、湖心、花港之胜。至欲穷其幽奇,则风雅之迹,高隐之庐,仙羽之玄关,名衲之精舍,山之麓,水之湄,杰阁连云,重楼霞起,又竟月之游不足尽也。所以佳人才子,或登高选句,或鼓楫留题者比比;而忠贞节烈,寄影潜形者,亦复不少。甚而点染湖山,则又有柳带朝烟,桃含宿雨,丹桂风飘,芙蓉月浸,见者能不目迷耶?黄鹂枝上,白鹤汀中,画舫频移,笙歌杂奏,闻者有不心醉乎?随在即是诗题,触处尽成佳话,故笔不梦而花,法不说而雨。自李邺侯、白香山而后,骚人巨卿之品题日广,山水之色泽日妍;西湖得人而显,人亦因西湖以传。

　　嗟嗟!西湖至今日,而佳丽几不可问矣。以淡妆浓抹之西子,竟成蓬首捧心之西子矣。然而人皆为西子惜,余独为西子幸。幸古人之美迹犹存,品题尚在,则西子之面目自若也。但有其迹,而不知其迹之所从来,犹不足为西子写生。因考之史传志集,征诸老师宿儒,取其迹之最著、事之最佳者而纪之。如仙翁之药炉丹井,和靖之子鹤妻梅,白苏之文章,岳于之忠烈,钱□之崛起,骆宋之联吟,辨才、圆泽、济癫、莲池之道行,小青、苏小之风流,俱彰彰于人耳目者,亟为之集焉。今而后有慕西子湖而不得亲见者,庶几披图一览,即可当卧游云尔。

　　康熙岁在昭阳赤奋若孟春陬月望日古吴墨浪子题

---

　　① 嶂(zhàng)——直立像屏障的山峰。

目　录

卷一　葛岭仙迹

西湖，环绕皆山也。而山之蜿蜒起伏，可容人之散步而前后观览者，则岭也。岭之列在南北两峰，与左右诸山者，皆无足称。纵有可称，亦不过称其形势，称其隅位而已，并未闻有著其姓者。独保叔塔而西一带，乃谓之葛岭。此何说也？盖尝考之。此岭在晋时，曾有一异人葛洪，在此岭上修炼成仙，一时人杰地灵，故人之姓，即冒而为岭之姓也。

你道这葛洪是谁？他号稚川，原是金陵句容人。在三国时，从左慈①学道，得九丹金液仙经，白日冲举的仙公葛玄②，就是他之祖也。仙公升天之日，曾将上清三洞、灵宝中盟诸品经箓一通，授与弟子郑思远，嘱以吾家门子孙，若有可传者，万勿秘。故此葛洪出身，原自不凡。但父母早亡，其家甚贫。却喜他生来的性情恬淡，于世间的种种嗜欲皆不深恋，独爱的是读书向道。却又苦于无书可读，只得到山中去伐了些柴薪，挑到市上去卖，卖了银钱，就买些纸笔回来，借人家的书来抄读。且抄且读，不畏寒暑，如此十数年，竟成了一个大儒。

有人劝他道："兄之学业，亦可谓成矣，若肯出而求仕，便不忧贫贱了。"葛洪答道："读书为明理耳，岂谓功名贫贱哉？"劝者道："功名可谢，而贫贱难处。今兄壮年，只因贫贱，尚未授室，设非出仕，则妻子何来？"葛洪笑道："梁鸿得孟光为妻③，未闻出仕。即欲出仕，亦自有时，何待人求？"劝者不能答而去。

葛洪学问既高，寄情又远，故于闲居，唯杜门却扫，绝不妄交一人。有兴时，但邀游山水以自适。一日，在青黛山数株长松之下，一块白石上箕踞而坐，静玩那满山的苍翠之色。以为生于山中，却又不紧贴于山，以为浮于山外，却去山远了则此色又不复有，因而感悟道："孟夫子所言'睟于

---

① 左慈——东汉末方士，庐江人，字元放，习炼丹补导之术。

② 葛玄——三国吴琅邪人，字孝先，传说从左慈修炼成仙。

③ 梁鸿——东汉扶风平陵人，家贫好学，不求仕进，娶同县孟光为妻，后夫妇隐居，以耕织为业。

面,盎①于背',正是此种道理,此山之所以称寿也。"正在沉吟注想,不期此日,恰有个南海的太守,姓鲍,名玄,同了许多门客,也到青黛山来游玩。先在半山亭子上吃了半晌酒,酒酣之际,各各散步。鲍玄偶携了一个相士,正游到葛洪的坐处来,忽见葛洪坐在石上,昂昂藏藏,丰神飘逸,不觉惊讶,因指谓相士道:"你看此人,体态悠然,自应富贵,何如此青年,甘居泉石?"相士因定睛看了一看,道:"这少年富贵固有,然富贵还只有限,更有一件大过人处,老先生可曾看出?"鲍玄道:"富贵之外,则不知也。"相士道:"你看他须眉秀异,清气逼人,两眼灼灼有光,而昂藏矫健如野鹤,此殆神仙中人。"

鲍玄听了,尚不尽信,因走上前,对着葛洪拱一拱手,道:"长兄请了。"葛洪正看山到得意之所,低着头细细理会,忽听得有人与他拱手,忙回过头来看时,却见是一个老先辈模样,只得立起身来,深深打一恭,道:"晚辈贪看山色,不识台驾到此,失于趋避,不胜有罪。"鲍玄见他谦谦有礼,愈加欢喜,因又问道:"我看长兄神情英发,当驰骋于仕路中,为何有闲工夫寻山问水,做此寂寞之事?"葛洪答道:"尝闻贤人君子之涉世,即居仕路中吐握风云,亦宜有山水之雅度,如老先生今日是也。何况晚辈正在贫贱时,去仕路尚远,落得受用些山川秀气,以涵养性灵。"鲍玄听了大喜道:"长兄不独形貌超凡,而议论高妙又迥出乎寻常之外,真高士也。可敬,可羡。"因而问姓。葛洪道:"尚不曾拜识山斗,晚生小子安敢妄通。"鲍玄道:"我学生南海郡守鲍玄也,过时陈人,何足挂齿。"葛洪忙又打一恭,道:"泰山北斗,果是不虚。晚生葛洪,孤寒下士,何幸得瞻紫气。"鲍玄听了,道:"这等说是葛兄了。但不知仙乡何处?"葛洪道:"祖籍金陵句容。"鲍玄道:"闻句容县,三国时,有一位白日飞升的仙人,道号葛孝先者,兄既与之同姓,定知其来历矣。"葛洪又打一恭,道:"此即晚生之祖也。自愧不肖,尚坠落凡胎,言之实可羞耻。"鲍玄听了又不觉大喜,因顾谓相士道:"祖孙一气,吾兄言神仙中人,殆不诬矣。"相士笑答道:"非予言不诬,实相理不诬也;非相理不诬,实天地间阴阳之气不诬也。"葛洪见二人说话有因,因而问故。鲍玄遂将前看他所论之言,又细细说了一

---

① 盎(àng)——盛貌。

遍。葛洪此时听了,虽谦谢不遑①,然胸中早已落了一个神仙的影子在心坎之上。

葛洪见鲍太守宾客纷纷,恐他有正事,说罢,遂要辞别而回。鲍玄执手不舍,再三问明了居址之地,方容他别去。正是:

谩道知音今古稀,只须一语便投机。

况乎语语皆如意,怎不身心一片依。

你道鲍玄为何这等喜爱葛洪?原来他有一个女儿,名唤潜光小姐,最所钟爱,尚未得佳婿。今见葛洪少年,潇洒出尘,又有才思,甚是注意。到次日,就托相士为媒,来与葛洪道达鲍太守之意。葛洪唯以处贫,再三辞谢,当不得鲍太守情意谆谆,遂一言之下,结成了秦晋姻盟。又过不多时,竟和谐了琴瑟②之好,夫妻甚是相得。

自此,鲍玄与葛洪在翁婿之间,便时相过从。原来鲍玄最好的是外丹,并内养之术。因见葛洪出自神仙之裔,便尽将所得的丹术,朝夕与葛洪讲究,指望他有些家传。葛洪因说道:"小婿闻修仙一道,要在各人自炼,虽有家学,亦不过是些平常导引之法,只好保养气血,为延年计耳。至于飞升冲举之事,想来定须大丹。"鲍玄听了,深以为然,遂留心访求大丹之术。

那时是晋成帝咸和初,司徒王导欲召葛洪补州主簿,以便选为散骑常侍,领大著作。葛洪固辞不就。后因东南一带反了无数山贼,朝廷敕令都督顾秘统领大兵往讨之。这顾秘与鲍玄原是旧交,临行来辞,鲍玄因开筵款留,坐中命葛洪相陪。顾秘见葛洪器宇轩豁③,间出一言,颇有深意,度其有才,因问他道:"目今东南一带,山贼作乱,相连相结,将有千里。本督奉命往讨,不知还该作何方略。葛兄多才,当有以教我。"葛洪道:"草野下士,焉知方略。但思贼本民也,汹汹而起者,不过迫于饥寒。有司不知存恤,复以催科酷虐之,使其不能生,便不畏死而作乱,实非有争夺割据之大志。况一时乌合,未知纪律,恩诏并宽恤之令一下,则顷刻解散矣。若欲示威,铤而走险,则天下事不可知矣。望老大人为天地惜生,为朝廷

---

① 遑(huáng)——匆忙。

② 琴瑟——琴和瑟两种乐器一起合奏,声音和谐,用来比喻融洽的感情。

③ 轩豁——轩昂,豁达。

惜福。"顾秘听了，不觉喜动颜色，因对鲍玄道："令婿稚川兄不独才高，而察览贼情，直如燃犀观火，而解散谋猷，竟是仁心义举。杯酒片言，本督领教多矣。军旅危务，本不当烦渎高贤，但思兵机叵测，倘一时有变，本督自知鲁钝，恐不能速应。一着稍差，岂不丧师辱国。意欲暂屈高贤，帷幄共事，设有所疑，便于领教，使东南赖以安静，或亦仁人所愿。望葛兄慨允。"葛洪因辞谢道："刍荛①上献，不过备大人之一采。若借此临戎，小知大受，鲜不误事，乌乎敢也。"顾秘道："一长便可奏效，何况全才。本督意已决矣，万望勿辞。"随命军中取了一道县尉的敕书，填了葛洪名字，并县尉的衣冠送上，道："暂以此相屈，寻当上请，自别有恩命。"葛洪还要推辞，鲍玄因从旁劝说道："幼而学，壮而行，丈夫之志也。贤婿虽别有高怀，然积功累行，不出贫寒，则功名二字，亦人生所不可少。况知己难逢，今既蒙顾老督台汲汲垂青，实贤婿知己也。何不出而仰佐其成功，使东南万姓死而忽生，扰而忽定，岂不于徒抱之仁心，更加一快乎？至于事后之功名，存之弃之，则无不可。当此之际，何必饥而不食，渴而不饮，虚费此耕凿之功哉。"顾秘听了大喜道："鲍老先生之言甚善，葛兄不可不听。"葛洪见交相劝勉，知义不可辞，方才受了敕书，穿了冠带，先拜谢了圣恩，又拜谢了主帅，然后入内，拜别了岳父岳母并妻子，竟随了顾都督，领着三军而去。正是：

　　　　莫认丹成便可仙，积功累行实为先。
　　　　若徒硜守②不为善，哪得丹成上九天。

　　顾督师兵尚未到东南之界，葛洪早献计道："贼巢广远，难于遍剿，利在招降，固矣。但思招降亦不容易，必使其心又感又畏，方才贴服。今欲其感，须用大恩结之；再欲其畏，必须大威震之。大恩不过一纸，大威必须百万。今元师所拥有限，何以使其必畏？"顾秘道："如此却将奈何？"葛洪道："洪闻先声最能动众。元帅可先发檄文于东南各府州县，虚檄其每府发兵若干、粮草若干，每州县发兵若干、粮草若干；某兵就使当守何险，某兵乘势当攻何寨；获一首级，当作何赏，破一营寨，当进何爵；候本督府百万大兵到日，一同进剿。烈烈轰轰，喧传四境。却暗戒各府州县不必实具

---

　①　刍荛——谦辞，在向别人提供意见时把自己比作草野鄙陋的人。
　②　硁(kēng)——固执。

兵马，但多备旗鼓火炮，虚张杀伐之势，使贼人闻之，自然惊惧。然后命洪率一旅，宣扬圣恩，沿路招而安之，定自畏威而感服矣。"顾督师称其妙算，一一依计而行。不数日之间，各府州县俱纷纷传说大兵到了，有旨檄兵进剿，皆设旌旗、火炮、粮草，以为从剿之用。众山贼闻知，莫不惊惧。强梁①者尚思拥众凭险，以图侥幸，柔弱者早已悔之无及。过不得一两日，忽又闻得恩诏到了，沿途都写帖诏旨道：

> 万物皆自倾自覆，而天地之栽培不息。凡我黎民，偶以饥寒而为贼诱者，朕甚悯之。若能悔过自新，可速纳兵戈于各府州县，仍各回乡里安生，便曲赦其罪，蠲免②其积欠钱粮，有司不得重征再问。若果系饥寒，事平后量加优恤。有能诛获贼首来献首，赏千金，封万户。若执迷不悟，大兵到日，尽成齑粉，其无悔？

众贼见诏书写得明明白白，又且恳切，皆大喜道："吾属有生路矣。"遂各人将所执的刀枪弓箭，尽交纳到各府州县来，竟一哄分头散去。各府州县转取他所纳的兵器，摆列在城头之上，要害之所，以为助剿之需。贼首见此光景，无计可施，欲要拥众，而众已散了八九；欲要据险，而势孤力寡，如何能据，只得寻思要走。早有几个贴身贼将，打听得有赏千金、封万户的诏书，便你思量生缚了去请赏，我思量斩了首级去献功。你争我夺，竟将贼首斫成肉酱，而不可献矣。贼首既死，而余党便东西逃散，哪里还有踪迹。及顾都督的兵到境上，而东南一带已是太平世界，竟无处劳一兵一将、一矢一炮矣。顾都督大喜道："此皆葛县尉之功也。"遂细细地表奏朝廷，请加重赏。朝廷见兵不血刃，而四境扫清，甚嘉其功，因赐爵为关内侯。诏命到日，众皆称贺。葛洪独苦辞道："洪本一书生，蒙元帅提携，得备顾问。即今山贼之平，非元帅大兵，赫赫加临，谁肯信一言，而遽解散耶？此皆元帅虎威所致，元帅乃谦虚不自有，而尽归功于洪，复蒙圣主赐以上爵。洪自唯草茅下士，何以当此？万望元帅代为辞免。"顾秘道："解散之功且无论，即大兵之威，亦贤侯檄府县虚应之所扬也，岂尽在本督？贤侯有功而不受职，朝廷不疑贤侯为薄名器，则疑贤侯为矫情。辞之何

---

① 强梁——强横、强暴。

② 蠲(juān)免——免除。

难？然揆①之于义,似乎不可。"葛洪听了,甚是踌躇。

原来葛洪本念不甚重在功名,唯深注于修炼。平素与鲍玄讲究,知修炼以得丹砂为重,而丹砂唯交趾②最良,今见辞功名不去,遂转一念道:"洪本书生,不谙朝廷典礼,几于获罪。今蒙元帅训教,辞爵既于义不可,但士各有志,才各有宜,今洪欲谨辞侯爵,别乞一命。总是朝廷臣子,不识可乎?"顾秘道:"既有所受,则不为矫情矣。但不知贤侯欲求何地?"葛洪道:"乞勾漏③一令,平生之愿足矣。"顾秘道:"勾漏,下邑也,贤侯何愿于此?"葛洪道:"此洪素志也,望元帅周全。"顾秘许诺,果为他婉婉转转上了一本。不日倒下旨来道:

> 葛洪既奏大功,勾漏一令,何足以偿。既称其有素志,着即赴任。

侯爵虽不拜,可挂为虚衔,以示朝廷优待功臣之典。

葛洪拜谢了圣恩,又拜谢了顾都督,方才奉旨还家,与岳翁鲍玄将愿乞勾漏令,要求丹砂之事细细说明,鲍玄大喜。不久别了岳翁,携了妻子潜光小姐,上任而去。正是:

> 一官远远走天涯,名不高来利不加。

> 若问何求并何愿,谁知素志在丹砂。

果然勾漏是一小县,葛洪到任即薄赋减刑,宽徭息讼。不消两月,治得一清如水,真是民无冻馁,官有余闲。故葛洪在衙无事,闻知罗浮名胜,遂常常去游览,欲以山水之理,去参悟那性命之学。见那山水,到了春夏之时,则草木荣茂,到了秋冬之际,则草木衰落,因悟道:"此岂山水有盛衰,盖气有盛衰也。"偶看到梅花盛开之时,见开者开,落者落,因又悟道:"此亦非梅有开落,亦气有盛衰,故梅当其盛而开,缘其衰而落也。"因而自悟道:"万物皆在气中,岂人独能出于气外?少壮者,受生之气正盛也;老耄者,受生之气已竭矣。若欲长生,必须令此气常壮,不至于衰竭则可也。此《丹经》所以贵乎养气也。"由是朝夕之间,唯以养气为事。初唯静养;继用调息;继而闭其口,使气唯从鼻息中出纳;继而长收短放;继而吐故纳新,又直收入丹田;继而直贯至尾闾,又直贯至夹脊,渐渐有个贯顶之

---

① 揆(kuí)——推测、揣度。

② 交趾——古地名,古代相传其地人卧时头外向,足在内而相交,故称交趾。

③ 勾漏——地名,今广西北流县东北。

意。行之既久，只觉满腹中的精神充足，满身上的气血流通，十分快活。因暗想道："吾自身中原有大乐，反不去料理，为何转在尘世中恋此鸡肋①?"此时在勾漏作令，已满了三载，因而解了印绶，纳于上司，竟告病谢事而去。不日到了故乡，拜见鲍玄，道："小婿为吏三年，真是两袖清风，唯有丹砂一筐，奉上泰山，聊以佐外丹之一用。"鲍玄笑受道："得此，则黄白有种，无藉于世矣。"自此之后，翁婿二人，杜门不出，不是养气，就是炼丹。不数月之间，外丹已成，不但资生，兼之济世。然而细细一思，却于性命无益，故葛洪全不在意。虽不在意，而葛洪修炼之名，早已传播四方。

有一个淮南土刘安，原是汉朝子孙，朝代虽更，他却保全未失。他为人最好的是修炼外丹，只因术得真诀，往往为之而不就。他心不能死，尚苦苦地访求高人异士。今闻得葛洪之名，遂着人用厚聘，再三来敦请一会。葛洪初辞了一两遍，后见他殷殷不倦，转感他仰慕之诚，竟慨然而往。及到了相见，淮南王加礼优待，欲求他修炼之术。葛洪道："修炼虽炉火之功，然其成败，实关天地之造化，并赖鬼神之护持。大王若存济人利物之心，则天地自然不吝，鬼神自然乐从，而铅汞通灵矣。倘妄想齐山，私图高斗，诚恐九转之功，必不能满也。"淮南王听了，不胜大喜，道："贤侯之论，金玉也。安何敢私? 但欲参明至理耳。倘蒙仙术，侥幸成丹，请悉以代民间租赋。"葛洪听了，因力赞道："大王仁心仁政，天地鬼神实与闻之。洪虽薄德，何敢不于炉鼎之间少效一臂。"二人说得投机，彼此大悦。遂选吉择地，起立炉灶，安铅置汞，加以丹砂，尽心修炼。到了七七四十九日，如是者九转，大丹乃成。淮南王启炉，果得黄金三万两，不负前言，悉以代淮南一郡租赋之半。深感葛洪之传，敬之不啻神明。

然葛洪静思暗想，以为终日碌碌为人，而自家性命何时结果? 必须弃家避世，远遁②而去，择一善地，细细参求，方能有成。算计定了，此时身边黄白之资自有，不忧路费，遂暗暗地改换了道装，隐起葛洪名姓，别号抱朴子，只带了一个能事的老仆，飘然而去。又恐近处人易踪迹，遂顺着长江一路，直至京口，由京口转至丹阳，又由丹阳至常苏。常苏非无名胜之地，可以潜身，然山水浅足，故葛洪舍之而去。直至临安，见两峰与西湖之

---

① 鸡肋——鸡的肋骨，喻没有太大价值的事情。

② 遁(dùn)——逃走。

秀美，甲于天下，方大喜道："此地可卜吾居矣。"因而遍游湖山，以择善地。南屏嫌其太露，灵隐怪其偏枯，孤山厌其浅隘，石屋憎其深沉，皆不称意。一日，从赤霞山之西而行，忽见一岭蜿蜒而前，忽又回环后盼，岭左朝吞旭日，岭右夜纳归蟾，岭下结茅，可以潜居，岭头设石，可以静坐，有泉可汲，有鼎可安。最妙是游人攘攘，而此地过而不留；尤妙在笙歌沸沸，而此中安然独静。葛洪看了，不觉大喜道："此吾居也。"因出金购地，结庐以处。遂安炉设鼎，先点外丹，为资身之计，然后日坐岭头，观天地之化机，以参悟那内丹之理。一日有感，因而题诗一首道：

纵心参至道，天地大丹台。

气逐白云出，火从红日来。

真修在不息，虚结是灵胎。

九转还千转，婴儿始出怀。

葛洪悟后，因时时参想道："天地所以不老者，先天之气至足也。人是后天父母气血所生，故有壮有老，不能持久。纵能于天地之气吐吞收放，亦不过稍稍延年，断不能使受伤之后天，重返不息之先天。"再又参想道："若果不能，则神仙一道，尽属荒唐矣。他人且无论，即吾祖仙公，仙踪仙术，历历可征，岂亦荒唐耶？由此想来，必竟后天之中，仍有开辟先天之路。故《丹经》论至精微，有曰父母，有曰戊巳，有曰怀胎，有曰调养，有曰产婴儿，有曰出元神。此必有说，断非无故而妄立名色，以炫世人之耳目。且《丹经》又有曰三九郎君、二八姹女，又有曰黄婆，不知者尽指为采战之事。试思采战淫欲，岂有得道仙人而肯著之为经耶？此中定别具妙理，而人未及参明耳。若果采战，纵有神术，亦属后天，何关性命。况且温柔乡，多半是黄泉路。"

原来葛洪自在勾漏，得了养气调息之术，有些效验，便日日行之。这一日，正坐在岭头初阳台上，吐纳东方的朝气，忽想起《丹经》上有两名要言，道："炉内若无真种子，犹如水火炼空铛。"因又参想道："据此二言，则调养不足重，而真种子乃为贵也。但不知真种子却是何物。若要认做药物，《丹经》又有言：'竹破还将竹补宜，抱鸡须用卵为之。'由此看来，自是人身之物。但人身俱是后天，那里做得种子？"因而坐卧行动，凝思注想，无一刻不参真种子，再也参不透。

忽有一道人，古貌苍髯，来访葛洪，欲暂借一宿。葛洪看那人体态，大有道气,便延之上坐,请教道长何来,那人道:"来与汝说真种子。"葛洪闻言,便下拜道:"愿吾师指教。"那道人便一手扯起葛洪,道:"世兄请起,吾乃汝祖弟子郑思远也,特来传汝祖秘术于兄。"遂将昔日葛玄神仙妙旨,一一传授而去。葛洪恍然大悟道:"原来《丹经》所喻,皆系微言,实暗暗相通。所云三九郎君,即父也;二八姹女,即母也;所云戊巳黄婆,即父母交媾之媒也。父母之交媾,即父母先天之阴阳二气,相感相触,而交结于眉目间,而成黍珠也。此黍珠,吸而吞之,即吾后天中之真种子也。父母交媾,即战也;吾吞纳,即采也。采而温养之,即水火之炼也。修炼得法,而种子始成胎也。时足胎成,而婴儿始产也。婴儿既产,则元神始出也。元神出,然后化腐为神,而丹可觧也。"葛洪白得郑思远之指点,此理既明,心无所惑,遂出囊中黄白,叫老仆去一一治办。又广结其庐,深深密密,好潜藏修炼,不与人知。正是:

茫然容易偏难识,得窍虽难亦易行。

药饵金丹皆备矣,大丹何患不能成。

药物既备之后,葛洪便闭户垂帘,据鼎炉而坐,抽添得鼎炉内水火温温暖暖,以待先天种子之来。而戊巳黄婆,则日引着明眸皓齿的三九郎君,与绿鬓朱颜的二八姹女,时时调笑于葛洪鼎炉之前。虽五贼为累,龙虎不能即驯也。参差了数遍,然阴阳之交媾,你贪我爱,出自天然,铅汞之调和,此投彼合,不须人力。况有黄婆勾勾引引,忽一时,金童玉女眉目间,早隐隐约约浮出一粒黍珠,现紫光明色。葛洪急开帘审视,认得是父母的先天种子。忙一吸而采入炉中,再抽添火候,牢牢固守,工夫不敢少息。过了些时,腹中渐觉有异,知已得了真种子。不须更烦药物,遂将所求,一概遣去,唯存心于调摄温养,毫忽不敢怠惰。果是道参真诀,修合玄机,胸中种子结就灵胎,早日异而月不同。到了十月满足,忽有知有觉,产一婴儿,在丹田内作元神,可以随心称意,出入变化无穷矣。葛洪到此,素心已遂,道念愈坚,因拜谢天地祖先,立愿施药济世,不欲复在世缘中扰扰。因遣老仆还乡报信,使家人绝望,自却颠颠狂狂,在西湖上游戏。他虽韬光敛晦①,不露神仙的踪迹,然朝游三竺,暮宿两峰,旬日不食也不饥,冬日无衣也不寒,入水不濡,入火不燃,举止行藏,自与凡人迥异,遂为

---

① 韬光敛晦——即韬光养晦,隐藏才能,不使外露。

人所惊疑而羡慕矣。一日，有一贵者邀洪共饭。时宾客满座，内忽一客戏洪曰："闻令祖孝先公，仙术奇幻，能吐饭变蜂，不知果有其事，而先生亦善此术否？"葛洪道："饭自饭，蜂自蜂，如何可变？先祖之事，或真或妄，予亦不知。但尊客既谈及此，或蜂饭之机缘有触，而不可不如尊客之命。"一面说，一面即将口中所嚼之饭，对着客面一喷。客只道是饭，忙低面避之。哪里是饭，竟是一阵大蜂，乱扑其面，而肆其攒噬之毒。客急举衣袖拂①之，哪里拂得它开。左边拂得去，右边又叮来了，右边拂得去，左边又叮来了。客被叮不过，慌了手脚，只得大叫道："先生饶我罢，某知罪矣。"葛洪笑道："此饭也，岂会叮人，尊客欲观，故戏为之。既如此害怕，何不仍饱予腹内。"将箸招之，那一阵大蜂早飞入口中，还原为饭矣。满座宾客见之，无不绝倒。遂传播其仙家幻术之妙，至钱塘县尉亦闻其名，特设席钱塘江口，请葛洪观潮。正对饮时，忽风潮大作，一派银山雪浪，自海门汹涌而来。观潮之人，尽远远退奔高岸。县尉亦要避去，葛洪笑留之，道："特来观潮，潮至而不观，转欲避去，则此来不几虚度乎？"县尉道："非不欲观，略移高阜，以防其冲激耳。"侍卫之人，恐其有失，遂不顾葛洪，竟簇拥县尉，亦退避于高岸之上，独剩葛洪一人，据席大饮。顷刻潮至，葛洪举杯向之，称奇道妙，恬不为怪，真是仙家妙用，不可测度。那潮头有三丈余高，却也奇怪，到了葛洪面前，宛若有物阻隔住的一般，竟自分流而过，独他坐处，毫无点水润湿，观者莫不称异。

一日，有客从葛洪西湖泛舟，见洪有符数纸，在于案上。客曰："此符之验，可得见否？"葛洪道："何难？"即取一符，投之水中，顺水而下。洪曰："何如？"客笑道："常人投之，亦能下流。"洪复取一符投之，逆水而上。洪曰："何如？"客又笑道："西湖之水平，略遇上水微风，则逆上亦易事耳。"洪又复取一符投之，这符却便作怪，也不上，也不下，只在水中团团旋转。但见那上流的符，忽然下去，下流的符，忽然上来，三符聚做一块，便不动了。葛洪随即收之。客方笑谢道："果然奇异。"

忽一日，葛洪在段桥闲走，见一渔翁自言自语道："看他活活一尾鱼，如何一会儿便死了？只得贱卖些，自有个售主。"葛洪闻言，笑道："你既肯贱，我欲烦此鱼，到河伯处一往，买你的放生罢。"渔翁大笑道："此真买

---

① 拂——甩动，抖。

干鱼放生的了。果能活之，任凭放去，断不要钱。"洪遂于袖中，取符一道，纳鱼口中，投之水内，踊跃鼓鳞而去。观者无不称奇。

又一年，钱塘大旱，万姓张皇。也有道士设坛求雨，也有儿童行龙求雨，百计苦求，并无半点。葛洪看此光景，不觉动念。因安慰众人道："莫要慌，吾为汝等求之。"因在葛岭丹井中，取水吸了一口，立在初阳台上，望着四面一喷，不多时，早阴云密布，下了一场大雨，四野沾足。

一日，见一穷汉，日以挑水为生者，因汲水，误落钱百十文于井中，无法可得，唯望井而泣。葛洪道："痴汉子，何必泣，我能为汝取出。"遂于井上，人呼："钱出来！钱出来！"只见那钱一一都从井内飞将出来，一个也不少。其人拜谢而去。

又一年，瘟疫盛行，葛洪不忍人染此疾，遂书符投于各井中，令人饮水，则瘟疫自解。又一人为钱粮逼迫，要卖妻子，其妻情急，竟往西湖投水。葛洪见了，止她道："不必短见，我完全你夫妇罢。"松亭内一块大青石下，有贼藏银一包在彼，可叫汝丈夫往取之，完粮之外，还可作本钱度日。其夫往取，果得之，感谢不尽。

尝有客来谒葛洪，洪与客同坐在堂，门外又有客继至，复有一洪亲迎，与之俱入，而座上洪仍与前来之客谈笑，未尝离席动身。此乃葛洪出神妙用。每遇天寒客至，洪便道："贫居乏火，奈何？"因而口中吐出热气来，满座皆暖。盛暑客到，洪又道："蛙居苦热，奈何？"因而口中嘘出冷气来，一室皆凉。

或有请洪赴席，洪意不欲往，无奈请者再三勉强，洪不得已而随去。行不上数百步，忽言腹痛，即时卧地，须臾已死。请者惊慌，忙举洪头，头已断，再举四肢，四肢皆断，抑且鼻烂虫生，不可复近。请者急走报洪家，却见洪早已坐在堂上，请者亦不敢有言，复走向洪死所视之，已无洪尸矣。神异如此，人人皆道他是仙公再世，每以仙术济人，其功种种也，称述不尽。

但在湖上遨游既久，人皆知他是个仙人，日逐被人烦扰，不欲更留，因振衣拂袖，返于故乡。此时鲍玄并妻子潜光，俱已去世，物是人非，不胜感叹，因访遗族子孙，以为栖止。曾著《抱朴子》内外篇、医书《金匮方》百卷、《肘后方》四卷，流传于世。既而仙机时露，复为人踪迹甚繁，心每厌之，遂独居一室。其年八十一岁，坐至日中，不言不动，兀然若睡。家人惊视之,已尸解而去矣。及视其颜色,虽死如生,再抚摩其体,却柔软不糜。至后举尸入棺,轻如无物,方知仙家与世人迥异。后朝代屡更,有人登葛岭凭吊之,尚若仙人之遗风不散,故地借人灵,垂之不朽,至今称为葛岭焉。

卷二　白堤政迹

古词有云："景物因人成胜概。"西湖山水之秀美，虽自天生，然补凿之功，却也亏人力。这西湖风景，莫说久远者不知作何形状，就是到了唐时，杭州一带地方，还都是沮洳①斥卤之所。居民稀稀疏疏，不能生聚，何况山水？直到唐玄宗时，李泌来为刺史，留心政事，方察出民之凋敝，皆由水泉咸苦之故。因白到西湖之上，亲尝那西湖之水，见其恬淡可以养生，便思量要引入城中，以救那咸苦之害，却无计决凿。因再二审视，方又察出西湖之水，原有泉眼数十暗行地中，必凿井相通，将湖水引入，令居民食淡，方遂其生。因不惜一时之财，分用民夫，在郡城中开凿了六个大井。你道是哪六井：

相国井　西井一名化成井　金牛池　白龟池　方井　小方井

自六井凿通之后，果然水泉清淡，万姓不受咸苦之害，遂致生聚渐繁，居民日富。凋敝人情，转变作繁华境界，却还无人料理到西湖上去。不意李泌去任之后，后官只管催科，并不问及民间疾苦。日积月累，遂致六井依然湮塞，民间又饮咸苦之水，生聚仍复萧条。那西湖冷淡，是不须说了。直到真元中，杭州又来了一个大有声名的贤刺史，方才复修李邺侯的旧迹，重洗刷出西湖的新面目来，为东南胜境。

你道这贤刺史是谁？就是太原白乐天，名居易。乐天生来聪慧过人，才华盖世。有人从海上来，见了他些奇踪异迹，相传于人，故人尽道他是神仙转世。唐时以诗取士，有一位前辈老先生，叫做顾况，大有才名。一时名士，俱推重他为诗文宗主。凡做的诗文，都要送来请教于他，以定高下。这顾况的眼睛又高，看了这些诗文，皆不中意，绝无称赏。若经他看了一遍，再看一遍，便要算做上等的了。故人送诗到他门首，都蹰足而不敢进，因相传顾况之门为铁门关，金锁匙，难得开了让人入去。

此时白乐天年还未冠，闻知顾况之名，也不管好歹，竟携了一卷诗，亲送到门前，叫门上人传将入去。顾家门上人是传送惯了的，一面接了诗，

---

①　沮洳(jù rù)——由腐烂植物埋在地下而形成的泥沼。

一面就说道："相公请回，候老爷看过了，再来讨信罢。"白乐天道："不消得，烦你送入，我在此候，只怕老爷就要请我相见。"门上人见他年纪小，说大话，不好抢白他，只笑了一笑，便传将入去。此时顾况坐在书房里，正对着几卷套头诗，看厌了，推在半边，吃茶消遣。忽又见门上人送进这卷诗来，他却又接在手中。原来这顾况本意原甚爱才，不是轻薄，只因送来这些诗，不是陈腐，就是抄袭，若要新奇，便装妖作怪，无一首看得上眼，故露出许多高傲之态，为人畏惧。然他本心却恐怕失了真才，故送进诗来，他又接在手中。先看见诗卷面上，写着"太原白居易诗稿"七字，竟无一谦逊之词，又不致求教之意，又见他名字叫做白居易，因大笑道："他名居易，只恐长安米价太贵，'居'之也还不'易'。"说便说，笑便笑，诗却恐怕失了佳句，因展开一看。才看得第一首，便觉是自出手眼，绝不与人雷同。再看第二首，更觉淡雅中有些滋味，不禁那些嬉笑之容，早已收敛。再信手揭开中间一看，忽看见一首咏芳草的道：

　　离离原上草，一岁一枯荣。

　　野火烧不尽，春风吹又生。

　　远芳侵古道，晴翠接荒城。

　　又送王孙去，萋萋①满别情。

　　顾况读完，便忍不住将案一拍，大叫道："此诗拓陶韦之气，吐杜李之锋，好佳作也！"因问门上人道："这白相公既送诗来，为何不请他入座，却放他去了？"门上人道："小的不知好歹，倒肯放他去，他却不肯去，还立在门外，等老爷相请哩。"顾况道："如此还好，快去相请。"门上人一面出去请，他就立起身，也随后踱了出来相接。二人相见了，甚是欢然。顾况因说道："我只道斯文绝矣，不意吾子还为天壤间留此种子，何其幸也。"遂邀白乐天到书房里去，置之上座，待以贵宾之礼。杯酒之间，细论古今，竟成了莫逆之交，当时有人戏题两句道：

　　顾才子掣开金锁匙，白乐天撞破铁门关。

　　自此之后，白乐天诗名大播，长庆中就登了拔萃的进士，年纪只得二十七岁。唐时凡登进士第的都在曲江饮闻喜宴，宴罢，便都到慈恩寺雁塔下题名。他时有为将相者，就以朱涂其名上以为荣，且各各题诗纪事。乐

---

　　① 萋萋（qī）——形容草长得茂盛。

天所题之诗,有两句道:

> 慈恩塔下题名处,十九人中最少年。

乐天因诗才有名,又兼年少,故召入翰林为学士,随迁了左拾遗①。每每奏对班中,论事耿直②,不肯少屈,天子变色,谓宰相李绛道:"白居易,朕所拔擢也,怎敢直言放肆如此,朕岂能堪。"李绛忙跪奏道:"言路大开,乃朝廷之盛事。白居易敢于直言者,正所以报陛下拔擢之恩也。望陛下姑容之,以发扬盛德。"天子闻言大悦,待居易如初。后又因论事触怒廷臣,怪其出位多言,遂贬为江州司马。久之,穆宗即位,闻其才名,又召入翰林以知制诰③。但太子性好游畋,出入无度,白居易耐不住,又做了一篇《续虞人箴》,献于天子,以寓规讽。天子见了,不胜大怒。是时宰相无力,没人解救,遂谪迁为杭州刺史。乐天闻报,略无愠色,因说道:"我白居易,既蒙拔擢,做一日之官,自当尽一日之职。立朝则尽言得失,守邦则抚字万民,总是一般,何分内外?况闻杭州有山有水,足娱我性情,有何不可?"便就在东都收拾行囊,带领家眷,同赴杭州之任。正是:

> 非关有意逐贤人,岂是私心作远臣。
> 多分西湖山与水,催他来点十分春。

白乐天不日到了杭州,上了刺史之任。一完了许多酬应的公务,即遍访民间疾苦,方晓得李邺侯开的这六井,岁久年深,无人料理,依然湮塞,居民仍苦咸水,生聚又复萧条。乐天访察明白,因又急发人丁,重修六井,不日功成,百姓感激不尽。又访察得下塘一带之田,千有余顷,皆赖西湖之水,以为灌溉。近因湖堤倒塌,蓄泄无时,难以救济,往往至于荒旱。乐天因又筑起湖堤,比旧堤更高数尺,以便多蓄湖水。放水口上,又恐水高,易于泄去,又设立水闸以为启闭。自筑堤立闸之后,蓄水有余,泄水不竭,故下塘一带百姓,竟无荒旱之苦,又感激不尽。

乐天因行了这几件德政,见民间渐渐有富庶之风,与前大不相同,他也满心欢喜,便于政事之暇,日日到西湖上来游览。见南山一带,树色苍苍,列着十数里的翠屏,甚是豁人的心眼。又见涌金、清波一带的城郭列

---

① 左拾遗——八品的谏官,职责是对国家大事发表意见,推荐人才。

② 耿(gěng)直——正直。

③ 制诰——诏令。

于东,又见保叔塔、葛仙岭、栖霞乌石、北高峰绕于西北,南高峰、南屏山、
凤凰山绕于西南,竟将明圣一湖,包裹在内,宛如团团的一面大水镜。但
恨水阔烟深,举动要舟,不便散步。又见孤山一点,宛在水中,而西冷一
径,尽是松筠,往来必须车马,因而动了一片山水之兴,遂从那断桥起,又
筑了一条长堤,直接着孤山,竟将一个湖,分作里外两湖。又在长堤上种
了无数的桃李垂杨,到春来开放之时,红红绿绿,绵延数里,竟像一条锦
带,引得那些城里城外之人,或携樽揭盒,或品竹弹丝,都到堤上来游赏。
来来往往,就如虮①一般,再没个断绝之时。初还是本郡游人,既而又添
了外邑,渐渐引动四方,过不多时,竟天下闻西湖之名矣。乐天既做一个
西湖上的山水主人,就有那好事的道:"这里可憩憩足力。"就添盖了一间
亭子。又有的道:"这里可以眺望远山。"就增造了一座楼台。由是好佛
的捡幽静处起建寺宇,好仙的择名胜地创立宫观,好义的为忠孝立庙,好
名的为贤哲兴祠。西湖胜地,无不为人占去。至于酒楼茶馆,冷静处,也
隔不得三家五家,酒帘高挂。若到热闹处,竟比屋皆是酒垆。初还只在西
湖上装点,既而北边直装点到灵隐、天竺,南边直装点到净慈、万松岭,竟
将一个西湖,团团装点成花锦世界。后来这条堤,因是白乐天所筑,遂叫
做白公堤。乐天见此光景,也十分得意,因赋诗自表道:

　　望海楼台照曙霞,护江汀畔踏晴沙。

　　涛声夜入伍胥庙,柳色春藏苏小家。

　　红袖织绫夸柿蒂,青旗沽酒趁梨花。

　　谁开湖寺西南路,草绿裙腰一道斜。

　　自此之后,百姓感白乐天事事为杭州尽心修治,皆心悦诚服,巴不得
他在湖上受用。他政事一完,也便到各名胜的所在游赏题诗。若烟霞石
屋、南北两峰、冷泉亭、雷峰塔,以及城中虚白堂、因岩亭、忘筌亭,凡有一
景可观,无不留题以增其胜概,只恨没一个同调的诗友,与之相唱和。忽
一日,闻得他一个诗酒知心的好友,叫做元微之,也除授到浙东做观察使。
虽有一江之隔,为官守所系,不能往来,然同在数百里内,消息可以相通,
满心观喜,但不知何时方能到任,因差人去打听。又暗想道:"我与微之
二人,皆以诗酒山水为性命。前见我迁了杭州刺史,又见我说身临明圣之

---

　　①　虮——虮子,虱子的卵。

邦,有西湖山水之乐,他甚是气我不过。今日他自经历到禹穴、兰亭,并山阴道上,他岂不夸张其美,也要来气我?谅西湖名甲天下,对得他过,须要打点回他方妙。"果迟不得数日,到任后,有一和尚叫做贺上人,自浙东回杭,替元微之带了一封书来,忙忙拆开看时,却无一句寒暄之语,唯有一首七言律诗,夸奖他州城之美,并他为官得胜地之乐道:

> 州城回绕拂云堆,镜水稽山满眼来。
>
> 四面常时对屏障,一家终日在楼台。
>
> 星河似向檐前落,鼓角惊从地底回。
>
> 我是玉皇香案史,谪居犹得住蓬莱。

乐天看了,知他是来争气,因笑一笑道:"他要争气,我偏要贬驳他一番,看他何词以对。"因而也不叙寒暄,但只题诗一首,差人送去。元微之得了书,拆开一看,也只一诗,因读那诗道:

> 贺上人回得报书,大夸州宅似仙居。
>
> 厌看冯翊①风沙久,喜见兰亭烟景初。
>
> 日出旌旗生气色,月明楼阁在虚无。
>
> 知君暗数江南郡,除却余杭总不如。

元微之见了,知是乐天戏他,故相贬驳,因和韵答他一首,仍自夸张,却隐寓贬驳杭州之意,又差人寄复乐天。乐天开看,其诗道:

> 仙都难画亦难书,暂任登临不合居。
>
> 绕廓烟岚新雨后,满山楼阁上灯初。
>
> 人声晓动千门辟②,湖色宵涵万象虚。
>
> 为问西州罗刹岸,涛头冲突近何如?

原来钱塘江未经筑岸之时,那潮头起时,直高数十丈,拍天一般地涌将上来,就如千军万马奔腾,也不似这般汹涌,所以元微之做入诗中,以来取笑。乐天看了,因笑道:"微之此诗,要来笑我,却笑差了。钱塘江潮如雪山银障,乃天下奇观也。便是汉时枚乘所赋的八月广陵涛,何等称雄,也比不得我钱塘潮之万一。微之为何反以罗刹来贬驳?由此看来,我杭州的好处,他尚未尽知,若不说明,岂不埋没了。因又做诗一首,寄与元微

---

① 冯翊——古郡名,今陕西大荔县。

② 辟(pì)——开。

之道：

> 君问西州城下事,醉中叠纸为君书。

> 嵌空石面摆罗刹,压捺潮头敌子胥。

> 神鬼曾鞭犹不动,波涛虽打欲何如?

> 谁知太守心相似,抵滞坚顽两有余。

元微之看了这首诗,细细辨明罗刹二字,是称美钱塘江的徽号,不是贬他之说,方自知笑差了,做声不得。复因公事到杭州,因而一游,方知西湖之美,实实及他不来,方才心服,不敢再争。正是:

> 柳簇花攒红袖新,山摇水曳翠眉颦。

> 何须着屐东西觅,日出湖中对美人。

乐天因山山水水,日对着西湖这样的美人,又诗诗酒酒,时题出自家这般的才子,一片尤滞之魂那里还按捺得定,遂不禁稍稍寄情于声色。身边早蓄了两个姬妾,一个叫做樊素,一个叫做小蛮。樊素善于清讴,每歌一声,而齿牙松脆,不啻新莺。小蛮善于飞舞,每舞一回,而腰肢摆折,胜似游龙。故乐天爱之特甚,日侍不离。因有诗二句赠她两人道:

> 樱桃樊素口,杨柳小蛮腰。

要知樱桃口,不是单赞其口,赞其口能歌也。杨柳腰,也不是独羡其腰,羡其善舞耳。故后人又有诗驳其樱桃口,赞之不尽道:

> 吐去新莺穿齿滑,吞来舌上滚明珠。

> 朱唇一起娇无那,细想樱桃怎得如?

又有诗驳杨柳腰道:

> 衫袖翩跹①总不消,细看妙尽在纤腰。

> 轻轻款款寻思去,转觉粗疏是柳条。

乐天既有了两个绝色的姬妾在旁,便日日带她到湖山深处,或是莲藕湾头,或是风前歌一曲,或是月下舞一回,又自作诗以纪其事。所称山水之乐,诗酒与风流之福,十分中实实也享了八九。却又逢着唐朝的法网甚宽,凡是官府到任,宴会饮酒,俱有官妓承应,或是出郊迎接,或是骑马相随,皆习以为平常之事,恬不为怪。乐天因营妓中没有出色的女子,又因有樊素、小蛮足以娱情,故不甚去追求官妓。忽一日,见了一官妓,叫做商

---

① 翩跹(piān qiān)——形容轻快地跳舞。

玲珑,生得姿容鲜媚,甚是可人,又且琴棋技艺,种种皆可应酬,故此乐天亦甚钟爱,每每唤她来承应。一日,与她对雪饮酒,正饮到酣畅之际,忽元微之差人来寄书问候。乐天看了书,因大笑对商玲珑说道:"元相公一向要以浙东形胜,与俺杭州的西湖比较,只就山水论,已比较不过,今番又有你在此赏雪对饮,又添了一段风流佳话,只怕元相公一发比我不过了。待我再题诗一首,取笑他一番。"因乘着酒兴,又题诗寄元微之道:

> 可怜风景浙东西,先数余杭次会稽。
>
> 禹庙未胜天竺寺,钱湖不羡若耶溪。
>
> 扑尘野鹡春毛晫,拍水沙鸥湿翅低。
>
> 更对雪楼君爱否?红栏碧甃①点银泥。

元微之得了这首诗,已自知争他不过,便自心服。但因"雪楼君爱"之句,访问出商玲珑之美,不胜羡慕垂涎。遂写书与乐天,并送许多金币与商玲珑,要邀她去相见一面。乐天因是好友,推辞不得,只得着人送去。微之一见大悦,遂留在浙东,盘桓了数月,方才送还,完了一案。正是:

> 山水既然输服矣,为何官妓又来争?
>
> 须知才色原相近,才尽焉能色不生。

此时乐天虽然纵情诗酒,却于政事未尝少废,但装点的西湖风景,天下闻名。到了三年任满,朝廷知他政绩,遂仍召回京,做秘书监。乐天闻报,喜少愁多,又不敢违旨,只得要别杭州而去,因思想道:"我在西湖之上,朝花夕月,冬雪夏风,尽尽地受用了三载,今闻我去,你看山色依依,尚如不舍,鸟声恋恋,宛若留人。我既在此做了一场刺史,又薄薄负些才名,今奉旨内转,便突然而去,岂不令山水笑我无情?"因叫人快备一盛席,亲到湖堤上来祭奠山水花柳之神,聊申我白乐天谢别之敬,以了西湖之缘。祭奠毕,遂与商玲珑一班名妓,纵怀畅饮,直饮得烂醉如泥,仍题诗道:

> 征途行色惨风烟,祖帐离声咽管弦。
>
> 翠黛不须留五马,皇恩只许住三年。
>
> 丝藤荫下铺歌席,红藕花中泊妓船。
>
> 处处回头尽堪恋,就中难别是湖边。

题罢,方才归去。到了临行这日,合城百姓,感他三年恩惠,若大若

---

① 甃(zhòu)——井壁。

小，皆来拥着马头相送。乐天因笑谢道："我在此为官三年并无好处。"遂信口念出两句道：

> 唯留一湖水，与汝救荒年。

须臾众百姓散去，乐天方得长行。但一路上又无病痛，又无愁烦，只是不言不语胸怀不乐。朝夕间，连酒也不饮，诗也懒做。众随行的亲友见他如此，不知何故，只得盘问于他道："你在杭州，做了三年刺史，虽然快活，却是外官。今蒙圣恩新升①了秘书监，官尊职显，乃美事也，有何愁处，只管皱了眉头？"乐天道："升迁荣辱，身外事耳，吾岂为此。所以然者，吾心自有病也。"亲友又问道："我见你步履如常，身子又不像疼痛，却是何病？"乐天道："我说与你罢：

> 一片温来一片柔，时时常挂在心头。
>
> 痛思舍去终难舍，苦欲丢开不忍丢。
>
> 恋恋依依维自系，甜甜美美实他钩。
>
> 诸君若问吾心病，却是相思不是愁。"

众亲友听了，俱又惊又笑道："声色场中，脂脂粉粉，老先生亦可谓司空见惯矣，况樱桃口、杨柳腰尚在身边，尽可消遣，为何一个商玲珑便钟情至此？"乐天道："商玲珑虽然解事，亦不过点缀湖山，助吾朝夕间诗酒之兴耳，过眼已作行云流水，安足系吾心哉？吾所谓相思者，乃是南北两峰，西湖一水耳。"众亲友听了，尽鼓掌大笑道："这个相思病，实害得新奇，但可惜《本草》、《岐黄》俱不曾留方，无药可治，如之奈何？"说罢，连乐天也大笑道：

> 但闻山水癖，不见说相思。
>
> 既说相思苦，西湖美可知。

此时乐天已将出浙江境，要打发杭州送来的船回去，因恋恋不舍，又做了一首绝句，叫他带回杭州去，贴在西湖白堤亭子上。那诗道：

> 自别钱塘山水后，不多饮酒懒吟诗。
>
> 欲将此意凭回棹，报与西湖风月知。

自此之后，乐天为想西湖害了相思病之事，人人传说，以为美谈。后因言事触怒于人，又将白乐天出为苏州刺史。那苏州地方，虽也有虎丘

---

① 新升——古汉语中拜官授职之意。

山、观音山并东西两洞庭湖，可以游赏，但乐天心心念念，只想着西湖，口口声声，只说着西湖。尝对一个相好朋友道："俺与西湖，既结下宿世之缘，便当生生死死，终身受用，为何缘分只有三年？况此三年中，公事簿书又破费了我许多，山湾水曲，何曾游得遍。细想起来，我与她相处的情分，尚未十分亲切，今突然撇来，又因官守羁身，再不能够重与她一见，真可谓之负心人矣。"那相好的朋友笑道："害相思须要害得有些实际，不可徒害了虚名。白先生既如此羡慕西湖，吾辈尚不知那西湖果是怎生的模样，可果有三分颜色，以领略白先生之病否？"乐天听了道："你要知她的颜色么？一时如何摹写得尽，待我说个大概与你听罢。"因提起笔来，题诗一首道：

> 为我踟蹰停酒盏，与君约略说杭州。
> 山名天竺堆青黛，湖号钱塘泻绿油。
> 大屋檐多装雁齿，小航船亦画龙头。
> 所嗟水路无三百，官系何由得再游。

那好朋友见诗中"堆青黛"、"泻绿油"之句，不觉惊喜起来道："原来西湖之美有如此，莫说你见过面的害相思，连我这不见面的，也种下一个相思的种子在心上了。"未几，又召入京，后来只做到刑部尚书。他因宦情不浓，也就请告了，就在东都履道里所住之处，筑池种树，构石楼看山，与弟白敏中、白行简、裴度、刘禹锡散诞逍遥，因号为"香山居士"，又号为"醉吟先生"。后来老了，又与胡杲、吉旼、郑据、刘真、卢真、张浑、狄兼谟、卢贞八个年高有德致仕之友，时时往来，故一时荣之羡之，称为"香山九老"。直活到七十五岁方终。临死时，舍不得小蛮，因做一首绝句别他道：

> 一树香风万万枝，嫩于金色软于丝。
> 永丰东角荒园里，尽日无人属阿谁？

总之白乐天的文章声价为天下所重，自不必言矣。守杭时，重开六井，点染湖山，是他一生的功绩，故流传至今，建祠祭祀不绝，以为西湖佳话。

卷三　六桥才迹

才子二字，乃文人之美称。然诗书科甲中，文人满天下而奇才能有几人？即或间生一二，亦不过遥风花雪月于一时，安能留古今不朽之才迹在天壤间，以为人之羡慕？今不意西湖上却有一个。你道是谁？这人姓苏，名轼，字子瞻，别号东坡，乃四川眉山①人也。他生在宋仁宋景祐年间，一生来便聪慧异常，一读书便能会悟，一落笔便自惊人。此时在父亲苏老泉，虽未曾中得制科，却要算做当时的一个老才子。只因眼中识得王安石不近人情，是个奸人，不肯依附，故尔沦落，他自既不想功名，见生了东坡这等儿子，怎不欢喜。谁知那时的秀气，都萃在一门，过不多时，他夫人程氏，又生了苏辙，字子由，这子由的天姿秀美，也不亚于哥哥。故一时人赞美之，称老泉为老苏，子瞻为大苏，子由为小苏，合而称之为三苏，十分称羡。

却恨眉山僻在东南，没个大知己，老泉闻得成都的张方平，一时名重天下，遂领了两个儿子，从眉山直走到成都，来见方平，要他举荐。张方平一见了他两个儿子的文章，即大惊大诧道："此奇才也，荐与别人，何足以为重轻，须举荐与当今第一人，方不相负。"此时称斯文宗主，而立在朝廷之上者，唯欧阳修一人，故张方平写书举荐，又叫人将他二人直送到京师。欧阳修看了荐书，就看二人的文字，不禁拍案大叫道："笔挺韩筋，墨凝柳骨，后来文章，当属此二人矣。张方平可谓举荐得人。"遂极力称赞，直送与宰相韩琦去看。韩琦看了也惊叹道："此二人不独文字优长，议论侃侃，当为国家出力，此朝廷瑞也。"自此，二人才名便轰然遍满长安。

到了嘉祐元年，苏轼、苏辙便同登了进士。欧阳修常将他的文章示人道："此吾辈中人也，只恐到了三十年后，人只知有苏文，不知有我矣。"当时仁宗皇帝亲试策问，大是得意。朝罢进宫，龙颜甚悦，因对太后说道："朕今日得二文士，乃四川苏轼、苏辙。惜朕老矣，恐不能用，只好留与后人了。"遂欲以唐故事召入翰林，宰相限以近例，唯召试秘阁，及试又入优

---

① 　眉山——县名，属四川省。

等,遂直史馆,称为学士,十分荣耀。不料后来神宗皇帝登基,王安石用事。那王安石是个执拗之人,一意要行"青苗钱法",苏轼却言青苗法害民不便。王安石又一意要变更科举,苏轼又言科举不当变更,只宜仍旧。神宗要买灯,苏轼又奏罢买灯,事事相忤①。王安石如何容得,遂把他出了外任,通判杭州。苏轼闻报,恰好遂了他好游山水的心肠,胸中大乐道:"我久闻得李邺侯、白太付都在杭州留传政迹,垂千古风雅之名。我今到杭州,若得在西湖上也做些好事,与李白二公配飨,岂不快心。"就一面打点起身。那时他兄弟子由同在京做官,见哥哥屡屡触犯王安石,恐有大祸,甚是忧心,今见他出判杭州,脱离虎口,方才欢喜;又恐怕他到杭州旧性复发,又去做诗做赋,讥刺朝政,重起祸端,因与表兄文同,丁饯行之际,苦苦劝诫他一番。东坡深服其言。文同到他临行之时,恐他忘了前言,又做诗两句赠他道:

　　北客若来休问答,西湖虽好莫吟诗。

东坡领教而别。不一日到了杭州,远远望见山色,便觉不同,满心欢喜。到任之后,一完了衙门公事,便出游于西湖之上。果然好一个西湖!但见:

　　碧澄澄,凝一万顷彻底琉璃;青娜娜,列三百面交加翡翠。春风吹过,艳桃浓李如描;夏日照来,绿盖红莲似画。秋云掩映,满篱嫩菊堆金;冬雪纷飞,孤屿寒梅破玉。晓霞连络三天竺,暮霭横铺九里松。风生于呼猿洞口,雨飞来龙井山头。簪花人逐净慈来,访友客投灵隐去。

此时东坡在西湖上,观之不足,爱之有余。政事稍有余闲,便不论晴雨,定要出游,见山水风光,变幻不测,晴有晴有的风景,雨有雨的妙处,因喜而题诗一绝道:

　　湖光潋滟②晴偏好,山色空濛雨亦奇。

　　若把西湖比西子,淡妆浓抹也相宜。

自此诗一出,人人传诵,就有人称西湖为西子湖了。东坡原久闻西湖之名,恨不能一见,今见了西湖,又觉见面胜似闻名,那诗酒襟怀、风流性

---

①　忤(wǔ)——抵触,不顺从。

②　潋滟(liàn yàn)——水波荡漾貌。

格，哪里还把持得定，按捺得下，便不免要淘情声色。那时钱塘有个名妓，唤做朝云，姿色甚美，而性情不似杨花，爱慕的是风流才子，鄙薄的是庸俗村夫。一时有钱的舍人，往往要来娶她，她却风鉴①颇高，看不上眼的决不肯从。东坡闻知了，因唤她来侑酒②。见她不沾不染，不像个风尘中人，甚爱之，又甚怜之。饮到酒酣之际，因问她道："汝落风尘几年了？"朝云道："四年矣。"东坡又戏问道："既已四年，则朝为云，暮为雨，只怕风尘中乐事，还胜似巫山。"朝云道："云雨虽浓，任风吹送，而此身飘飘无主，竟不知谁是襄王。此地狱中之水火也，不克脱去，苦莫能言，尚何乐之有？"东坡道："既知苦而不知乐，何不早早从良？以汝姿容，何患不逢青眼③？"朝云道："他若见怜，妾又嫌他酒肉，妾如可意，他又厌妾风尘。这良却于何从？"东坡听了大喜，又复大笑道："我倒不厌你风尘，但不知你可嫌我酒肉否？"朝云闻言，慌忙拜伏于地道："倘蒙超拔，则襄王有主矣，无论衾绸，犬马亦所甘心。"东坡喜她有志，果就娶她为妾。正是：

> 风恶虽然不惜尘，弃生拼死也由人。
>
> 杨花若不沾泥去，尚可随花落绣茵。

一日，东坡宴客湖滨，召一妓叫做群芳来侑酒，酒半，因命她歌，群芳不敢推辞，因歌一道"惜分飞"的词道：

> 泪湿栏杆花着露，秋到眉峰碧聚。此恨平分取，更无言语空相觑④。细雨残云无意绪，寂寞朝朝暮暮。今夜山深处，断魂吩咐潮回去。

东坡听了，叹惊道："此词笔墨风流，却是何人所作？"群芳初还不肯说，当不得东坡再三盘问，方才说出道："这就是昨日任满回去的推官毛相公，临别赠妾之作也。他再三戒妾，莫歌与人听，妾因他已去的官，无甚干系，故偶尔歌出。"东坡听说，因而叹息道："毛泽民与我同僚，在此多时，我竟不知他是个风雅词人，怎还要去觅知己于天下，真我之罪也。"即时写书，差人去追回毛泽民来，深深谢罪道："若论小弟，有眼无识，也不

---

① 风鉴——高见，卓识。
② 侑(yòu)——劝。
③ 青眼——重视。
④ 觑(qù)——窥伺。

该邀寅兄去而复返,苦苦邀回者,盖欲为群芳的云雨添些意绪耳。"说罢,二人大笑。遂留毛泽民在西湖上,与他诗酒盘桓月余,方放他回去。自此,毛泽民大有声名,又复升官别地。正是:

　　听歌虽好色,识曲是怜才。

　　一首新词美,留之去复来。

　　东坡在杭州做官,不但诗酒流连,就政事也自风流。一日,有营妓二人,一名郑容,一名高莹,两个都拿了一纸牒文来求判。郑容牒文是要求落籍,高莹牒文是要求从良。东坡看过,俱点点头允了,就提起笔来,做一支"减字木兰花"词儿,分判在两纸牒文上。郑容的判道:

　　郑庄好客,容我楼前先坠帻。落笔生风,藉藉声名不负公。

　　判高莹的道:

　　高山白早,莹骨冰肌那解老?从此南徐,良夜清风月满湖。

　　判毕,送与府僚诸公同看,诸公看了,都只羡词义之美,却不知有何巧妙。东坡笑一笑,因用朱笔在词儿每句之首,圈了一字。诸公再看,方知已暗暗将"郑容落籍,高莹从良"八字,已判在牒上。没一个不叹服其才之高,而调笑风流之有趣也。

　　又一日坐堂,有一个小民,拿一张牒文告道:"原告人吴小一,告为张二欠钱不还事。"东坡因差人拘了张二来。那张二也呈上一张诉牒来道:"诉状人张二诉为无力可还事。"东坡就当堂审问这吴小一道:"张二少你什么钱?"吴小一道:"他发了小人绫绢钱二万,约定三月就还,经今一年,分毫不付,求相公做主追还。"东坡又问张二道:"你欠他绫绢钱,可是真么?"张二道:"实欠他二万是真。"东坡道:"既欠他的,为何不还?"张二道:"小人发他绫绢,原为制扇生理。不料制成扇子,适值今春连雨天寒,一时发卖不去,故此拖欠至今。"东坡道:"既是有扇可抵,可取些扇子来。我与你发市。"张二急急出去,取了一篑扇子来。东坡叫人当堂打开,捡取白团夹绢扇二十柄,就将判笔或是草圣,或是楷书,或画几株枯树,或画一片竹石。不多时即写画完了,付与张二道:"快领去卖钱,偿还吴小一。"张二抱扇叩头而出,才走出府门,早有好事的,见是苏东坡的字画,都情愿出千钱一柄,顷刻之间,都已买尽,还有来迟的买不着,俱懊恼而去。张二得钱还了吴小一这主债,还剩下许多扇子,好不快活。不独张二快活,连一府之人皆为之感激。

　　东坡又见杭人虽觉富盛,空乏者多,遂将公用不尽的余钱积了许多,俱买良田,叫人耕种,以养杭城的穷民。所以杭民无论受恩不受恩的,都感之如父母。他又见湖中葑①草填塞,因想道:"李、白二公遗迹,今又将渐渐湮没,我既在此为官,若不开浚②一番,仰视二公,岂不有愧!"正欲举行,不意朝廷因他四年任满,又将他转迁密州。因叹息道:"不能遂吾志矣,倘与西湖有缘,除非再来。"忙将未完的事体,尽行归结。正在忙时,忽有一个营妓来投牒,要求从良。东坡是游戏惯了的,那里管甚闲忙。一见那妓生得丑陋,便大笑指牒道:

　　五日京兆,判状不难。九尾野狐,从良任便。

　　又有一个周妓,色艺俱精,要算做一郡之魁。闻东坡肯判脱籍,便也来援例求脱。东坡道:"汝若脱籍,则西湖无色矣。"不准脱籍。因批道:

　　慕周南之化,此意可嘉。空冀北之群,所请不允。

　　人见他同是一事,一允一不允,都有妙趣,遂相传以为佳话。

　　东坡既到密州任,不多时又迁他到徐州,既到徐州,任不多时,又迁到湖州。你道此是为何?只因他在京时曾论过王安石的青苗法不便,今青草法行,果然不好,又致百姓受害生怨,王安石却归罪到东坡身上,说是他起的祸根。因叫门下人寻他的过失,参论③他。早有一个心腹御史舒亶,打听得他在杭州,专好做诗讥诮朝廷,遂特特劾奏一本道:

　　苏轼出判杭州,专好借诗讥诮时事。陛下发钱以济贫民,苏轼则曰:"赢得儿童好音语,一年强半在城中。"陛下明法以课试群吏,苏轼则曰:"读书万卷不读律,致君尧舜终无术。"陛下兴水利,苏轼则曰:"东海若知明主意,应教斥卤变桑田。"陛下谨盐禁,苏轼则曰:"岂是闻韶解忘味,迩来三月食无盐。"苏轼不臣,乞下狱究治。

　　这疏上了,当事遂坐他讥讽之罪,差人就湖州直拿到京师,下在御史狱中,举家惊慌无措。兄弟苏辙,正在京做官,见兄遭祸,追恨道:

---

①　葑(fèng)——即菰,多年生草本植物,生长在沼池里,花单性,紫红色。

②　浚(jùn)——挖深,疏通(水道)。

③　参论——弹劾追究。

"他临行时，我再三劝戒他，不要做诗，他任性不听，致有今日之祸。"遂上书，愿以自己见任官职赎兄罪。王安石道他党护，因说道："官职乃朝廷的恩荣，又不是你的世业，怎么将来赎罪？"遂连苏辙也贬到筠州监酒场去。正是：

> 讥刺休言是不忠，忠心实具是非中。

> 倘然明主能深察，疾苦民情已上通。

此时在位是神宗皇帝，因见了苏轼讥刺诗句，在宫中甚是不乐。忽被慈圣曹太后见了，因问道："官家何事不乐？"神宗道："朝廷所行的政事，近被苏轼谤讪，且谤讪之言，竟形之诗句。"太后听了，吃惊问道："这个苏轼，莫非就是与兄弟苏辙同榜的那才了，四川苏轼么？"神宗听了，也吃惊道："正是那个苏轼。娘娘怎么得知？"太后道："当日仁宗皇帝亲自临轩策试，朝罢回宫，大喜说道：'朕今日因策试得了苏轼、苏辙二人，实大才也，甚为国家生色，但恨朕老矣，恐不能展其才，只好遗与后人大用罢了。'"因流下涕来问道："今二人安在？"神宗不能隐，只得实说道："轼方系狱，辙已谪外。"太后因不悦道："先帝遗爱之人，官家如何不惜？"神宗受命，就有个释放之意。恰又值东坡在狱中，自念众奸人虎视眈眈，料不能免。又想子由临行苦劝之言，不曾听得，以致遭此惨祸。因将胸中苦痛，做成一诗，叫狱吏送与子由。谁知这狱吏是舒御史吩咐下的，叫他留心伺察苏轼的所为，都要报知与他。狱吏梁成既得了此诗，安敢不报。舒亶得了诗，随即献上与神宗，道他狱中怨望。神宗展开一看，见上面写的道：

> 圣主如天万物春，小臣愚暗自忘身。

> 百年未了须还债，十口无归更累人。

> 是处青山可埋骨，他时夜雨独伤神。

> 与君今世为兄弟，更结来生未了因。

神宗见了这诗，情词哀切，并无怨望之念，不觉大动其心，即传出诏旨来释放，但贬他为黄州团练副使。东坡出狱，因钦限紧急，不敢久停，即时同家眷到于黄州。因那诏书上不许签书公事，东坡便幅巾芒鞋，日日与田夫野老说趣打诨①。且喜听人说鬼，听了一个，又要人说

---

① 打诨（hùn）——戏曲丑角演员演出时即兴说些笑话。

一个。那个回说道："胸中没有鬼了。"东坡道："若是没了，姑谎言之，亦可也，何必真鬼。"众皆大笑，率以为常。正是：

> 珠玑笔墨锦心肠，谁说无妨却有妨。
>
> 口若悬河开不得，只应说鬼当文章。

神宗自闻了曹太后说先帝称他大才之言，便叫侍臣各处去寻他的文章来看，见一篇，爱一篇，道："果系大才。"胸中便有个大用之意，只碍着王安石与他不合，故因循下了。忽一日，有人传说苏轼死在黄州，此时神宗正进御膳，不禁再三叹息道："才难！才难！岂不然乎？"遂连御膳也不进了。后又闻知苏轼原不曾死，龙颜大悦，遂亲书御札，升他到汝州。苏轼上表称谢，神宗看他的表文甚是奇妙，因对左右称赞道："苏轼真奇才，你道可比得古人那一个？"左右道："除非唐之李白。"神宗道："李白有苏轼的才，却没有苏轼的学，以朕观之，还胜如李白。"东坡将到汝州，又上一本，说："臣有田在常州，愿移居常州。"神宗就准其奏。

不料过不多时，神宗晏驾，哲宗登基。东坡正感神宗屡转之恩，不胜悲痛，只以为失了明主，不能进用，谁知过不多日，早有旨升苏轼为龙图阁翰林学士。东坡喜出望外，不日到京，召入便殿。朝见礼毕，宣仁太后即问道："卿前为何官？"苏轼俯伏答道："臣前为黄州团练副使，后蒙恩谅移汝州，又谅移常州。"太后又问道："今为何官？"苏轼道："臣今待罪翰林学士。"太后道："怎么得骤然至此？"苏轼道："此皆际遇太皇太后、皇帝陛下之恩也。"太后道："不是。"苏轼道："或是大臣论荐。"太后道："也不是。"苏轼惊奏道："臣虽不才，实不敢从他途以进。"太后道："此乃先帝之意也。先帝每诵卿文章，尝叹曰：'奇才，奇才！'但未及进用卿耳。今上奉先帝遗命，故特简①尔。"苏轼俯伏于地，闻言不禁痛哭，至于失声。太后与哲宗也一同哭泣。左右近侍都悲咽感伤。哭毕，太后又命以锦墩赐坐，赐茶。又撤御前金莲烛，送苏轼归院。正是：

> 被谴亦已久，新恩何处来？
>
> 先皇与新主，都道是奇才。

---

① 简——任命。

东坡既感圣恩，便旧性又发。凡政事有碍于朝廷，不便于民情者，依旧又上疏争论，触怒当事。皇帝高拱九重①，哪里管得许多，早又被奸人将他打发出来，做杭州知府。东坡闻报，绝不以内外介意，转欢喜道：“吾昔日西湖未了之愿，今者可以完矣。”遂又移家眷出京。那杭州百姓，前番受过他的恩惠，今又听得他来，不胜欢喜，大家都打点焚香顶礼远接。

却说东坡路过金山，闻知佛印禅师是个高僧，原是认得的，今日正在金山上放参②，与那些问道的人接见。东坡也思量进去与他一见。无奈问道的人，上百上千，一时挨挤不开；欲要叫人赶散，却又不雅；因思量道：“我有道理了。”遂穿起公服来，将皇上赐的那条玉带也系在腰间，叫人两边搀扶了，竟昂然直走进来。众人见他这般打扮，自然是个显官，只得略略放开一路，让他走入。将走到香案前，那佛印禅师坐在一层高讲台上，早已远远望见，忙高声问道：“苏学士何来？此间却无你的坐处。”东坡听了，知是禅机，即随口戏答道：“既无处坐，何不暂借和尚的四大身体，用作禅床。”佛印道：“山僧有一句转语，学士若答得来便罢，若答不来，便请解下身上系的玉带，留镇山门。”东坡就叫左右解下玉带，放在香案之上。佛印道：“山僧四大本无，五蕴俱空，学士要在何处坐？”东坡一时答应不出，早不觉面皮一红。佛印即喝侍者，收此玉带，永镇山门。东坡见佛印果深于禅理，有些机锋，遂弃了玉带，欣然而去。正是：

> 既然四大皆空去，玉带将悬何处腰？

> 佛法大都空里事，山门留镇亦徒劳。

东坡到了杭州，见父老远迎，甚是欢喜。及上表谢恩，就将其情写入道：

> 江山故国，所至如归。

> 父老遗民，相迎似旧。

东坡到任，公事一完，即打点往西湖上来，完他未了的心愿。不料一时大旱起来，饥荒疫病，一齐发作，百姓苦不可言。东坡见了不忍，

---

① 高拱——谓高拱两手，安坐时的姿势。

② 放参——旧时指官吏放属官进衙参见。

因特奏一本，求减本路上供粮米三分之一。那时和尚的度牒甚贵，又乞多赐本路度牒，换米以救饥民。又乞将常平仓米，减价以粜①。朝廷一一准奏。百姓所以不致荒乱，皆东坡之力也。穷民病疫，随地随造病坊，置药于中，延良医分治，百姓救活者不计其数。不意大旱之后，值秋天大雨，太湖之水泛涨起来，禾稼尽坏。东坡料定明岁必然大饥，因又奏请朝廷，免上贡米一半，又多乞度牒，预先籴米②，以备明年出粜。朝廷又一一依他所奏。果到明春饥时，百姓赖此，得免流散死亡之苦，感德不可胜言。正是：

　　　　水旱饥荒安得无？全亏仁政早先图。

　　　　若教危急方思救，多分斯民已矣乎。

自后水旱不侵，民情稍定，东坡便日日到湖上，与江干并六井处，细细审察地形，方知六井所以常常湮塞，下塘往往遭旱者，皆因湖水浅之故耳。湖水所以浅，皆葑草丛生，满湖壅塞耳。湖水若不壅塞，则蓄水有余，自能放入运河，则运河自足矣。今惟湖水浅，运河失湖水之利，只得要取给于江潮，一取给于江潮，则江潮入市，而浑浊多淤泥，三年一淘，为市民大患。此六井所以渐废也。为今之计，须先开掘茅山、盐桥二河，使其挖深，令茅山一河，专受江潮，盐桥一河，专受湖水。又造堰闸以为湖水蓄泄之限，然后潮水不入市，而六井可浚，民受其利矣。但欲湖水深，须尽去葑田，若去葑田，却将这些葑草堆积何处？因想湖南到湖北，约三十里，若沿湖往来，终日也走不到，何不将此葑草淤泥取将起来，填筑一条长堤，以通南北，则葑田又去，行人又便，此一举而两得之利也。葑田既去，再招募人种菱，收其利以偿修湖之费，岂非妙事？遂先与各官计较得端端正正，然后上疏奏闻朝廷。朝廷览奏，见是利民之事，焉得不准？不日旨下，东坡不胜欢喜，即择吉鸠工。此时乃饥荒之后，百姓无聊，闻太守鸠工，现有钱米日给，俱蜂拥而来，掘的掘，挖的挖，挑的挑，筑的筑，不数月，葑草去尽，筑成长堤，将一湖界而为两，西曰"里湖"，东曰"外湖"，堤上造六桥通水利，以便游舫之往还。那六桥俱命一名：

---

① 　粜（tiào）——卖出（粮食，）跟"籴"（dí）相对。

② 　籴（dí）米——买进粮食，跟粜相对。

第一桥日映波，第二桥日锁澜。

第三桥日望山，第四桥日压堤。

第五桥日东浦，第六桥日跨虹。

堤之两旁，都种了桃柳芙蓉。到花开的时节，望之就如一片云锦相似，好不华丽。葑草既无，湖水既深，又将茅山、盐桥二河挖深，一受江潮，一受湖水，则潮水不入市，而六井不受淤泥之害，可一浚而常通矣。东坡见大功既成，素志已遂，不胜欣欣然，因题诗一首以志喜道：

六桥横绝天汉上，北山始与南山通。

忽惊二十五万丈，老葑怨卷苍烟空。

自此之后，西湖竟成仙境，比白乐天的时节，风景更觉繁华。凡游西湖者，都乐而忘返。所以有人赞道：

若往西湖游一遍，就是凡夫骨也仙。

东坡政事之暇，便约一班儿的同僚官长、文人墨客，都到湖上来嬉游。每船中分几个妓女，任凭他撑到各处去，饮酒征歌，直饮到日落西山，烟雾迷濛，东坡方教自家船上鸣金为号，聚集诸船。那些船闻得鸣金声响，便一齐撑将拢来，聚作一处，又歌的歌，舞的舞，欢呼酣饮，或会于湖心寺，或会于望湖亭，直到一二鼓，夜市未散。众妓华服骑马，点着灯烛，乘着月光，异香馥郁，光彩夺人，恍如仙子临凡，纷纷逐队而归。城中士女夹道观者，无一个不道他是"风流太守"。有人题诗赞他道：

嬉游虽说乐民乐，细想风流实近淫。

何事斯民翻羡慕？盖缘恩泽及人深。

侍妾朝云，当时有一个相好的妓女，叫做琴操，前番东坡见她时，才只得十三岁，便性情聪慧，喜看佛书。东坡这番来，琴操已是二十九岁了。东坡怜她有些佛性，恐怕她坠落风尘，迷而不悟，思量要点化他，因招她到湖中饮酒。饮到半酣，因对琴操说道："你既喜看佛书，定明佛理，我今权当作一个老和尚，你试来参禅，何如？"琴操道："甚好。"东坡因问他道："怎么是湖中景？"琴操答道：

落霞与孤鹜齐飞，秋水共长天一色。

东坡又问道："怎么是景中人？"琴操答道：

　　　　裙拖六幅湘江水，鬓绾①巫山一段云。

东坡又问："怎么是人中景？"琴操答道：

　　　　随他杨学士，鳖杀鲍参军。

东坡听罢，因把桌子一拍道：

　　　　门前冷落车马稀，老大嫁作商人妇。

琴操大悟，到次日即削去头发，做了尼姑，参访佛印禅师，后来也成了
正果。这叫做"东坡三化琴操"。

　　东坡在杭州，公则政事，私则游湖，不觉又是三年。朝廷知他开筑
有功，因又召入为翰林承旨。东坡闻命，又忙忙入京。百姓感他恩德，
人人垂泪，甚至人家俱画像供奉。正是：

　　　　念功天子召，感德尽人悲。

　　　　终是忠良好，谁言不可为？

　　东坡到了汴京，朝见过，适值辽国来了一个使臣，传他国王之命，
道他辽国有一对，要宋国对来，对得来便为上邦，对不来便为下邦。其
对只有五字，道：

　　　　三光日月星。

　　天子便传旨各官，谁能对此一对者，加官晋爵。文武百官奉旨，俱
细细思量道："此对指出三件事，一个三字占了去，却将什么数目字去
对他？"所以皆则声不得。天子见百官默然，正自着急，忽见班部中转
出那个有才有学的苏轼来，俯伏金阶道："臣有一对献上。"随即高声
朗诵道：

　　　　四诗风雅颂。

　　天子听了，龙颜大悦，忙命侍臣写了，赐与辽使道："此对可为上
邦么？"辽使见了，哑口无言，甘心为下邦而去。朝廷果然加官，直做
到礼部尚书。

　　那时王安石虽死，而王安石一班奸人舒亶等，尚布满朝中，未曾除
去。他们见东坡为天子所知，官渐渐做大了，十分妒忌，因又诬他谤讪
朝政，群相附和，仍谪贬他到惠州。东坡因路途遥远，姬妾都不带去，
唯朝云苦欲随侍，方才带她同行。到得惠州，未及一年，朝云因不服水

――――――――――

　　① 绾（wǎn）――头发盘起来打结。

土，遂患病而死。东坡甚是怜惜她，因作一首《西江月》词儿道：

> 玉骨那愁雾障，冰肌自有仙风。海仙时过探芳业，倒挂绿毛么凤。素面翻嫌粉泥，洗妆不褪唇红。高情已逐晓云空，不与梨花同梦。

东坡就把她葬在栖禅寺大圣塔后，葬处因他诵"如梦如泡"之句而死，复造一六如亭覆其上，遂成了个名墓。后人到清明时节，都来滴酒浇奠，至于地下常湿。

东坡在惠州，见地方人修东西二桥，一时修不完，即解犀带以助其功，人皆感激。只可恨奸人闻知他在惠州安然无恙，遂又加谗潜，直贬他到海外儋耳地方。兄弟苏辙在京，未免有言，遂连苏辙也贬雷州。二人聚在一处，人看着好不凄凉。东坡全不在念，竟带了儿子苏迈，渡过海去，同到儋耳。以为可以暂息，不料舒亶又行文府县，不许与他官房居住，要他野居，侵瘴①疫而死。东坡无奈，只得自买一间房子。却喜得东坡的文章，天下闻名，那些士人都说道："苏学士乃天上人，今忽到此，是我三生有幸的造化。"遂都来拜从，因着人替他挑土填泥，修理房屋。

东坡原是个慷慨人，见人情甚好，便毫无抑郁，日日与这班门生学者，饮酒赋诗为乐，一些瘴疫也不沾染。后来朝廷感悟，知他是个忠臣，遂赦免其罪，起为提举成都玉局观，听其还乡，把舒亶一班奸人，尽置之死地。人人称快。正是：

> 害人常自夸，计策妙无涯。
>
> 不料恶将满，轮流到自家。

东坡感蒙圣恩，便渡过海来，随路到于常州。因四川遥远，归去不便，若住常州，到与西湖甚近，还可往来其间，以作娱老之计，因此买了一间房子在常州。尚未进屋，偶月夜闲行，走到一个僻巷，忽见一个老妇，倚着门，哭泣甚哀。东坡因问他道："你为何哭得这般哀苦？"那老妇人道："我有祖屋一间，先人创造，费尽心力，已是百年。今儿子不肖卖与别人，叫我出屋，怎不痛心？"说罢又哭。东坡问他房子卖与何人，原来恰就是东坡所买。东坡一时恻然，随着人取了文卷来，当

---

① 瘴（zhàng）——瘴气。

老妇人前灯上烧了，竟还了他的祖房，一分银子也不要他还。老妇人感恩不消说了，便是旁人闻知，也称羡不已。正是：

> 焚券虽微事，仁心却甚深。
>
> 推行成德政，传说到而今。

东坡住在常州之意，原因与杭州不远，还可去时时游赏。不期世上好事难得再逢，在毗陵不多时，忽一朝无病安然而逝。死后有人传说，朝廷正要降旨拜他为相，因闻死信方才止了。直到徽宗皇帝时，因好道，亲临宝箓宫斋醮，见一个有法术的道士，在醮坛之上拜表，伏地不起，久之，方起，徽宗问道："往日就起，今日为何起得恁迟？"道士答道："适至玉皇殿前，要进表章，恰值魁星奏事，直待他奏完，方才上得表章。"徽宗道："魁星是何神？所奏是何事？"道士答道："所奏事不可知，然这魁星就是本朝苏轼。"徽宗听了，大为惊喜，便传旨要他的文章墨迹观看，看了，甚是赞美敬重，因又传旨，凡有人藏得苏轼诗文墨迹，尽数献出，官给赏银。自此之后，士大夫以及田夫野老，没一个不去搜求他的遗迹。

徽宗因喜他的才名，就复了苏轼的官爵，追赠苏轼为太师，谥①文忠。杭州百姓因见朝廷如此隆礼，也便闻风感念旧德，遂于孤山建起白、苏二公祠来，至今不废，游湖者无不景仰焉。

---

① 谥（shì）——古时帝王、贵族、大臣等死后，依其生前事迹所给予的称号。

卷四　灵隐诗迹

西湖十景是：苏堤春晓、麦院风荷、平湖秋月、断桥残雪、两峰插云、三潭印月、雷峰夕照、南屏晚钟、柳浪闻莺、花港观鱼。以至亭台楼阁、古刹名山，何处不留名人之题咏，为何诗迹二字，独加之灵隐？盖灵隐之诗，一字一句，皆为千古所不磨，故不留迹而迹自留也。

你道这是什么诗？也不是明，也不是宋元，也还不是五代，乃是初唐时人，姓骆，名宾王，乃浙江金华义乌县人。这人生来有些凤慧，七岁上便能赋诗，不但能赋，出语定然惊人；至于为文，落笔千言，真有倒峡泻河之势。及长成了，大有声名。同时还有个卢照邻、王勃、杨炯，与他共称做"卢、骆、王、杨"四才子。那时王勃曾在滕王阁作赋，盛为海内所称，故骆宾王常对人说："若论才名，吾愧在王前，耻居卢后。"其自负也如此。既入仕，初为的是侍御史，十分荣显。不期那时，唐高宗皇帝晏了驾，武则天太后临朝。初还恐人议论，立太子为帝，后见人心自属，遂将帝贬到房州，竟做了女主，自称金轮皇帝，渐渐将唐家宗室子孙，杀戮殆尽。骆宾王一时看不过，遂上疏请立庐陵王为帝，不宜反唐为周。武则天见了，不胜大怒，遂贬骆宾王为临海丞。

武则天既贬了骆宾王，恐怕又有人继此有言，遂严刑重罚，欲以箝①天下人之口。不知天下人之口，虽被她箝了，然人心不平，个个怀愤。早恼犯了一个将军之怒。

这将军也姓徐，名敬业，原是个有血性的男子。因受了唐家爵禄，见武则天身为唐朝后妃，承恩受宠，隆重无比，今一旦反唐为周，大悖伦常，不觉忠义激发，遂训练精兵，竟犯帝阙②。又恐天下人溺于闻见，不知其罪，因知骆宾王是个大才子，又见他为则天所贬，要求他做一道檄文，以讨其罪。因遣人到临海，将骆宾王竟请到军中。此时骆宾王一肚牢骚，无处发泄，要他做檄文，正中其怀，遂提笔来，朗朗烈

---

① 箝——同钳，限制、约束。
② 阙（què）——宫门前两边供瞭望的楼，泛指帝王的住所。

烈，为徐敬业代做了一篇道：

> 伪周武氏者，性非和顺，地实寒微。昔充太宗下陈，曾以更衣入侍。洎乎晚节，秽乱春宫。潜隐先帝之私，阴图后房之嬖。入门见嫉，蛾眉不肯让人；掩袖工谗，狐媚偏能惑主。践元后于翚翟①，陷吾君于聚麀②。加以虺蜴③为心，豺狼成性。近狎邪僻，残害忠良。杀姊屠兄，弑君鸩母。人神之所同嫉，天地之所不容。犹复包藏祸心，窥窃神器。君之爱子，幽之于别宫；贼之宗盟，委之以重任。

> 呜呼！霍子孟之不作，朱虚侯之已亡。燕啄皇孙，知汉祚之将尽；龙漦④帝后，识夏庭之遽衰。敬业，皇唐旧臣，公侯家子，奉先君之成业，荷本朝之厚恩。宋微子之兴悲，良有以也；袁君山之流涕，岂徒然哉！是用气愤风云，志安社稷。因天下之失望，顺宇宙之推心。爰举义旗，以清妖孽。南连百越，北尽三河；铁骑成群，玉轴相接。海陵红粟，仓储之积靡穷；江浦黄旗，匡复之功何远。班声动而北风起，剑气冲而南斗平。喑呜则山岳崩颓，叱咤则风云变色。以此制敌，何敌不摧！以此图功，何功不克！

> 公等或居汉地，或叶周亲，或膺重寄于话言，或受顾命于宣室。言犹在耳，忠岂忘心！一抔之土未干，六尺之孤安在？尚能转祸为福，送往事居，共立勤王之勋，无废大君之命，凡诸爵赏，同指山河。若其眷恋穷城，徘徊歧路，坐昧先几之兆，必贻⑤后至之诛。请看今日之域中，竟是谁家之天下。

自此檄文一出，传遍天下，谁不数武后之罪，谁不慕敬业之忠，思量举义相从。一日，此檄传到武后御前，武后细细读去，读到"蛾眉不肯让人，狐媚偏能惑主"两句，忍不住以袍袖掩口而笑，再读到

---

① 翚（huī）——五彩山雉。翟（dí），长尾的山雉。

② 聚麀——指两代人之间的乱伦行为。

③ 虺蜴（huǐ yì）——即蜥蜴。爬虫之属，俗称四脚蛇。青绿色，大如指，形状可恶。

④ 龙漦——喻祸国的女子。

⑤ 贻（yí）——赠送，遗留。

"一抔之土未干，六尺之孤安在"二句，便不觉动容。惊问道："此檄文是何人所作？"左右禀道："这就是日前上疏，被贬做临海丞的骆宾王所作。"武后听了，再三叹息道："我贬他，只道他是个庸臣，谁知他有才如此，而使之流落不偶乎？此宰相之过也。"

骆宾王这道檄文，虽然做得妙，可以感动人心，怎奈武则天反唐为周，这十八年原是天意，徐敬业的人力如何争得来？举兵不多时，早一败涂地。敬业既败了，骆宾王岂能使他独存？自然要走得没踪没迹了。武后果然放他不下，再三叫人物色。有人说他死在军中了，又有人说他逃回义乌去了，又有人说他削发为僧了。寻了年余，哪里有个影响，武后也只得罢了。正是：

> 拨乱应须忠勇全，有忠无勇也徒然。
>
> 檄文纵是高天下，马到旗开便可怜。

骆宾王平昔最爱的是灵隐，此番竟隐于此，绝不露一些形迹。那灵隐的可爱在何处？略表一二便知。离城西十二里，高有九十余丈，周围亦有十二里，汉时称为虎林，因有白额虎常在阶下听经。至唐因避帝讳，更名武林。其发源直自新安，从富春至余杭，蜿蜒五百里，遂结脉于两峰三竺。这北高峰上，有浮屠七级，远眺则群山屏列，湖水镜浮；云光倒垂，万象俱俯；画舫往还，恍若鸥凫。其次，则有鸟门峰、石笋峰、香炉峰、狮子峰、莲花峰、飞来峰。岩洞则有呼猿洞、玉女洞、龙泓洞、射旭洞。溪涧则有南涧、北涧、大涧。名泉则有月桂泉、伏犀泉、永清泉、倚锡泉。其最为人所赏鉴者，唯冷泉。寺之左右，多有静室。如韬光庵，白沙庵、石笋庵、茶庵、无着庵、松偃庵，更有胜阁如望海阁、超然阁、永安阁、弥陀阁、云来阁，俱是天造地设的。独灵隐寺，是晋咸和元年，西僧慧理建造的。山门紧对着巉崖峭壁，门上一匾，是"绝胜觉场"，系葛洪写的。景德四年，改名"香月林"。还有白云岩、松隐岩。天下丛林，最著名的莫过于此。门前就是冷泉亭，乃唐刺史元藇所建。高不倍寻，广不累丈，撮奇搜胜，真乃仙境。春之日，草碧花香，可以导和纳粹，畅人怀抱。夏之日，风冷泉亭，可以蠲烦消暑，起人幽情。秋冬则山树为盖，岩石为屏，云从栋起，水与阶平。坐而玩之，物无遁形。亭前峭壁，皆凿世尊罗汉，真是神工鬼斧。清溪内，怪石昂藏，流泉湍急，游鱼喷沫，碧藻澄鲜。卧可垂纶于枕上，坐可濯足于床间。自从这亭子造了，游人都要到亭子上息足片时，说些超世拔俗的话。冷之一字，人有开悟人处。

那亭子右首，不上里许，有一峰孤石，可四十围，山势葱菁，石瓣搓挖，远远望去，宛似一朵千叶莲花。峰腰有一小洞，其口不过二尺许，望之黝黝黯黯，峭峻不可攀跻。此中有一白猿窟穴在内。那白猿还是慧理法师所蓄的，每见那白猿临洞长啸一声，则诸猿毕集，人皆谓之猿父。好事者施食以斋之，闻呼即出，后人便建一饭猿台。到了宋朝，有僧守一，或朝或夕，每叩木鱼数声，那老猿即便下来，与守一作伴，代守一烧香换水，或洗菜担柴。闲暇便与守一弈棋①赌胜。凡事俱也领会，只是不能言语。守一自有此猿，不但朝夕不致寂寞，人来要看猿的，都有布施斋衬。就是那老猿，也日日有人持果品来与它吃。

忽一日，临安知府，姓袁，名元，来游灵隐。到了方丈坐下，遂与老僧叙茶，已毕，偶问道："宾山有个呼猿洞，洞中有个千岁猿，能知人事，可是真么？"老僧道："灵性相通，人物无间，都是有的。"老僧因请知府到冷泉亭上坐了，随唤支宾到守一长老处，呼取老猿到亭上来。守一连忙将木鱼敲了三下，老猿即从洞中走出。守一道："本府太爷要请你相会，只索去走一遭。"老猿听见要它去见太爷，就把身子蹲了一蹲，头摇了两摇，却像有不欲去见的意思。守一道："凡事随缘，岂容拣择，先天一着，却要留心。"守一道了四句，那老猿也就随了支宾，走到知府面前，两手作一问讯形状，随转身问讯了本山长老，知府也就觉道它灵异。长老道："还有灵异处哩，极会下棋。"知府道："果然会下？可晓甚棋？"长老道："不论围棋、象棋，俱已精妙。"知府心内道："天下国手，唯我称尊，岂有猴子倒好的道理？"就命取棋子来。先把象棋摆上，老猿拱手让知府起子，知府就把一个"海中捞月"之势，绝顶一着，从来没人赢得的。那老猿不慌不忙，走了几着，也只平常，临后几着，知府着忙道："我输了，输了！"若论知府平日，极是高手，着着有解，此番或未容心算到至极处，故此输了。知府心里又道："围棋，我有仙传，从来国手推让。"叫取围棋来，着了一盘"铁网势"。数到后来，老猿却输了半子。知府大喜，又要再着一局，老猿

---

① 弈——下棋。

摇手，不欲再着。知府对长老道："本府围棋，原系天下第一手，老猿输半子，也争差不多。今要再着，它便作难，未免有些惧怯。烦你转谕它，再试一局，何如？"长老便转叫老猿再着。知府遂着起手，老猿将手格住，右手就将一子放在当心。知府暗笑道："从来无此一着也。"便随手应去。着到局终，知府却输半子。知府道："我二十年来，从无一局相对，今日不料与老猿着得三盘，却输了两次，岂非怪事？只恐外人知我输与异兽，宁不可笑！"心中快快。不料济癫走近前来，把老猿头上一摸，说道：

> 先天一着已多年，黑白盘中没后先。
>
> 今日天机殊太泄，有缘缘里却无缘。

道罢，把手将老猿脑后一拍，只见那老猿把头点上两点，挺然直立在棋枰之侧，推来攘去，全然不动。仔细看之，竟像木削成，石琢就，天台山上老僧峰一样的。知府惊讶称奇。长老即命侍者，取些干柴，将老猿驾起，众曾念起往生咒来，立时焚化。守一说偈道："咄！咄！

> 断峡髯公，傲来小友。
>
> 不计年华，那知子丑。
>
> 踢碎虚空，劈开枷杻①。
>
> 世外翛然，洞中藏丑。
>
> 太液池头，寻莲觅耦。
>
> 费了聪明，橘中逢叟。
>
> 一着先机，阿谁参剖？
>
> 口不谈天，手能摩斗。
>
> 却被顽仙，当头一掊。
>
> 大汗浃身，从空作抖。
>
> 急走急走，日已到酉。
>
> 唱彻渭城，前途有酒。
>
> 咦！八万四千谁是你？世间没有闲花柳。"

守一道罢而回。知府笑道："这个老猿，可谓极有神通的了，如何被这颠和尚三言两语，一掌打死？"但死得更奇，下火后，明明看

---

① 杻（chǒu）——古代刑具，手铐之类。

见他在云端合掌作礼而去。也是一段公案。这是呼猿洞的后事，按过不叙。

且说那骆宾王既无踪迹，则诗人中又少了一个才子。不期过不得数年，又出了一个才子，叫做宋之问。这宋之问才子之名，却也不减于骆宾王。但此时见武则天女主临朝，逞纵淫欲，其他莫论，只朝臣中一个张昌宗，一个张易之，二人最为宠幸。那时宋之问年少才高，也动了个望幸之心，因赋了一首"明河篇"以寓意。

武后见了，微笑道："诗意虽美，然是儿有口过。"遂不诏用。宋之问不胜愤忌，遂弃官而浪游于四方，以诗酒自娱。一日，游到杭州西湖之上，南北两山，遍历一回，因爱灵隐寺、飞来峰之形胜，泉石秀美，遂借寓于寺中，日夕观玩其妙。

原来灵隐后山最高，名曰鹫岭，从下而上，殊费攀跻①。而山上有泉，转流而下，不烦众僧之取汲，自能流至厨灶间，以供众僧之饮。岭面朝东，而日出正照，钱塘之潮，隔城而望，如在目前。那时宋之问观之不尽，爱之有余，欲赋一诗，以占灵隐之胜，奈景界雄者雄，而幽者幽，可以入诗者应接不暇，从何处题起？一时苦吟，未得佳句。时值秋天，是夕月光皎洁，松筠与泉石互映，宋之问不忍便睡，因而绕廊闲行，只觉树影婆娑可爱，但秋气逼人，微有寒色，不觉信口吟一句道：

　　岭边树色含风冷。

宋之问偶然触发，吟了这一句，正想着再吟一句，合成一联佳叶，不期一时再对不出，因而口里念着这一句，只在殿前走来走去。忽见殿上琉璃灯下，蒲团之上，有一个老僧在那里打坐，见了宋之问，也不起身，只觉他苦吟不就，因忍不住问道："年少郎君，既要吟诗，风景只在口头，何用如此苦搜？"宋之问听了，不觉暗自吃惊道："除了卢、骆、王、杨，我也要算做当今一个才子，怎么这老和尚，开口就轻薄起来。"欲要呵斥他，又见他说话虽若戏侮，而风景只在口头之言，却大有意思。但问道："师父莫不也会吟诗么？"那老僧却渐答道："老僧诗虽不会吟，但这一句早已代郎君对就了也。"宋之问听见他说对就了，

① 跻（jī）——登。

暗笑道："不知对些什么出来。"因问道："既对了，何不念与我听。"
那老和尚因念道：

> 石上泉声带雨秋。

宋之问见老僧对句幽隽，不觉惊喜道："老师父原来是个诗人，我弟子失敬了，请起奉揖。"揖罢，又问道："老师父既出口便成，想胸中定然头头是道。我弟子见灵隐泉石秀美，欲赋一诗，以记其胜，虽说只在口头，却一时拈不出，只做得首二句在此。请教老师父，不知可还能为我再续一联否？"老僧道："首二句可念来。"宋之问因念道：

> 鹫岭郁苕峣①，龙宫锁寂寥。

老僧听了，也不假思索，即随口道："何不曰：

> 楼观沧海日，门对浙江潮。"

宋之问听了，愈加敬服道："老师父先辈雄才也，弟子何能及一二。老师父既已露一班，何不卒成之，以彰灵隐之胜？"那老僧闻言，略不推辞，欣然又续念道：

> 桂子月中落，天香云外飘。
>
> 扪萝登塔远，刳②木取泉遥。
>
> 霜薄花更发，冰轻叶互凋。
>
> 夙龄尚遐异，搜对涤尘嚣。
>
> 待入天台路，看予度石桥。

那老僧不假思索，信口念完。宋之问听了，方才服倒。道："老师父佳作，声调雄浑，摹写曲折尽情，自是诗坛名宿，卢、骆、王、杨之俦，也决非隐逸中偶然得句者。不知为何遁入缁流？"那老僧见问，但微微叹息，并不答应。宋之问知其别有深意，也便不复再问，但朝夕在寺中与他盘桓，深相结纳，暗暗细察，方知他正是骆宾王。欲待明问他，知他决不应承，因细细述武则天近日狂淫之事道："只可惜徐敬业事不成，带累得骆侍御'千古诛心'的一道檄文空作了，殊令人怅怅。"那老僧听了，不觉攒起眉来说道："此既往之浮云，居士还只管说他作什么？"到次日，宋之问再寻那老僧闲谈时，已不

---

① 苕峣（tiáo yáo）——高峻，高耸。

② 刳（kū）——剖开，挖空。

知何往。只待宋之问去后，那老僧方又回到寺中。此时寺中僧众因他有"天香云外飘"之句，遂起了一所屋宇，名"天香院"，请那老僧住于其中。又过了许多时，一日，无疾而终，皆相传以为得了正果。世虽屡更，却流传下这一首诗，为灵隐千秋生色，再无一人敢于续笔，所以谓之诗迹。

卷五　孤山隐迹

尝思人生天地间，既具须眉，复存姓字，是显也，非隐也。所谓隐者，盖谓其人之性情，宜于幽，洽于静，僻好清闲，不欲在尘世之荣华富贵中，汨没性命。虽鸟兽不可同群，置身仍在人间，而金紫非其所欲，栖心已在天际，故出处之间，托迹山林，而别扬一段旷逸之高风，所谓隐也。虽然，隐固 也，而隐之情，隐之时，与隐之地，则不一也。巢由①之隐，是逃天下也；荆蛮②之隐，是让国也；沮溺③之隐，是洁身也；七人之隐，是避世也。即赏菊思鲈，皆有所感，若 无所感而但适情于幽闲清旷之地以为隐者，唯宋之林和靖先生为最。

先生名逋，表字君复，和靖是其谥号也。杭之钱塘人，其祖名克己者，曾出仕于钱镠王，为通儒学士，至于君复，则少而孤，无所依傍。既长，则淡于好尚，但喜刻志而为学。经史百家，无不通晓。在真宗景德中，家居无聊，遂放游于江淮之间。游既久，见人所逐之利，所趋之荣，与己颇不相合，况山水之明媚，多不及西湖，便急急返棹，归而高卧于家。但家贫乏，经营衣食之资，有所不足，君复处之晏如。人有劝其娶者，又有劝人出仕者，君复俱不以为然。因自思曰：“人生贵适志耳，志之所适，方为吾贵。然吾志之所适，非室家也，非功名富贵也，只觉青山绿水，与我情相宜。而鼓钟琴瑟未尝不佳，以我志揆之，则落英饥可餐，笑举案齐眉之多事；紫绶金章未尝不显，以吾心较之，则山林偏有味，愧碌碌因人之非高。”和靖胸中自存了此念，则那不娶不仕之志已坚如石矣。又过了许久，只觉得城市中所见所闻，与疏懒不相宜，遂朝夕到湖上去，选择一结庐之地。六桥浅直而喧，两峰孤高而僻，天竺灵鹫，已为僧僚之薮，石屋烟霞，皆藏道侣之真。逐一看来，环山叠翠，如画屏列于几案；一镜平湖，澄波千顷，能踞全湖之胜，而

① 巢由——巢父和许由，相传为尧时隐士，尧欲让位于二人，皆不受。
② 荆蛮——古代中原地区，泛称江南楚地之民。
③ 沮溺——春秋时的隐士长沮和桀溺。

四眺爽然者，唯孤山。细察其山分水合，若近若远，路尽桥通，不浅不深，大可人意。遂决意卜居于此，因而结茅为室，编竹为篱。

君复得此而居，畅怀不啻分封，由是朝置一楼，暮横片石，相地栽花，随时植树。不三四年间，而孤山风景已非昔日矣。凡游湖者，莫不羡其居址之妙，而慕其隐逸之高，然和靖不知也，唯以作字题诗自适。其字善行草，殊多别致，而为诗孤峭澄淡，自写胸臆，绝不袭人牙后，故流传至今，多为人重。

当日郡守薛映，敬其人，又爱其诗，故政事之暇，便时常到孤山来与之倡和。而和靖不亢不卑，恬然与之交接，却未尝入城一投谒。薛映亦谅之，愈加敬重。在和靖绝不以贵介为重，唯料理他自家的乐事。园中艳桃浓李，魏紫姚黄，春兰秋菊，月桂风荷，非不概植，而独于梅花更自钟情。高高下下，因山傍水，绕屋依栏，无非是梅。和靖所爱者，爱其一种缟素襟怀，冷香滋味，与己之性情相合耳。

自此日增月累，不觉恰好种了三百六十株，便想道："这数竟按着周天之数，一岁薪米可以无虞，是天不绝我林君复之处。我之日给，何不竟以梅子所售之利为定则？"遂置一瓶，每一树所获之利若干，便包一包，投于瓶中，以三百六十株所售之钱，作三百六十包，每日随取一包，或一钱二钱，当日便使一钱二钱；若只五分，便使五分，总以梅价之多寡为日用支给之丰啬。每逢梅将放之时，便经月不出门，唯以诗酒盘桓其间，真王侯不易其乐也。所题梅诗句甚多，那最传诵者有云：

　　疏影横斜水清浅，暗香浮动月黄昏。

又云：

　　雪后园林才半树，水边篱落总横枝。

又云：

　　湖水倒窥疏影动，屋檐斜插一枝低。

又云：

　　蕊讶粉绡裁太碎，蒂凝红蜡缀初干。

又云：

　　横隔片烟争向静，半粘残雪不胜情。

略举数联，几将梅之色香情态，摹写殆尽。客有慕名来看梅者，和靖亦不深拒，但有数字画于门板云：

休教折损，尽许人看。不迎不送，恕我痴顽。

或有人问和靖曰："此公庐也，公之梅，公所赏也，虽不折毁，何轻令人窃其香色？"和靖笑曰："窃固不该相容，却喜香色未曾窃去，故乐得做一畅汉耳。"梅花开后，诚恐无聊，非煮茗而细咀山色，则衔杯而深领湖光。朝霁看云，夜良坐月；午睡足，弄笔晴窗，长吟短咏，只觉天地清明之气，与西湖秀韵之容，只供和靖一人之受用，而攘攘者竟不知也。人有慕名来访者，竟欣然接见，绝不检人辞避。但和靖之品第原高，无论等闲流俗，不敢请谒，即薄有才名，而相见时无高论惊人，并一长可取者，皆返棹却步而去。唯意有可投，言有可合，或字画，或诗文，可以相当者，方许往还。然可与相当的，能有几人？故和靖虽不避人，而人多自避也。然而高僧诗友，亦尝往还。和靖每因山水之好，多不在家，便想一法，买下仙鹤二只，置之园中，豢养已驯，遂纵之入云，少顷即归入笼内。和靖大喜道："此犹吾子也。"遂题一绝云：

> 春静棋边窥野客，雨寒廊底梦沧洲。

是时四方贵客，不远千里而来访和靖者甚多。奈和靖旷达襟怀，除梅花盛开之日，杜门不出，余日则闲放小舟，遨游湖曲，竟日不归，殊无定迹。守门童子皆不知其处。自有二鹤之后，又见鹤知人性，每欲饮食，便俯首长鸣于和靖之前，和靖朝出暮归，必引颈相迎，如有所依之状，因戒童子道："若有远方客至，急切不能觅予，且请客稍坐，速放一鹤，摩于空中。予若见鹤，便知有客至，即棹舟而还，庶宾主不致相左耳。"

天圣中，丞相王随以给事中出知杭州。既至，闻知和靖之名，即亲造其庐而访之。王随一见即问道："处士何不出？"和靖答道："非不出也，无出之才耳。"王随道："出须何才？"和靖道："上致君，下泽民，岂草野散人之所易及耶？"王随笑道："吾闻出处同一道。山林经济，即是廊庙谟谋。"和靖道："处之才不过栽培花木，豢养禽鱼，以及吟咏山水耳。逋虽不才，尚可于语句中致其推敲。"王随犹不以为意，因对园林佳致，遂分韵与之角险，见和靖吐辞恬淡，落笔高华，始叹赏道："林君高名，自有有真也。"见其所居，富于圃而陋于室，因出俸钱，重为新之。有巢居阁、放鹤亭、小罗浮，工竣，以启谢王随道：

　　自蒙惠绥，衡茆①改色，猿鸟交惊。不意至陋之穷居，获此不朽之盛事。往者，名贤钜公，亦尝顾丘园之侧，微念土木之衰病，不过一枉驾，一式庐而已，从未有过回玉趾，历览堵环，当缨蕤之盛集，摅风雅之秘思，率以赓载，始成编轴。且复构他山之坚润，刊群玉之鸿丽，珠联缕错，雕缛相辉，辇植置佳，贲于空林，信可以夺山水之清晖，发斗牛之宝气矣。

　　自此和靖之高隐愈重，早有人传入帝京。祥符五年，真宗闻之，不胜称羡，因降敕于府县，令其赐与粟帛，常存恤②之。和靖虽感圣恩，却绝不以此骄人。人有劝之者道："圣恩既待先生如此隆重，何不出而承之，更为荣显。"和靖道："荣显，虚名也；供职，危事也。怎如两峰尊严而耸列，一湖澄碧而当中，令予之饮食坐卧，皆在空翠中之为实受用乎？况繁华梦短，幽冷情长，决不肯以彼而易此。"因题诗于壁道：

　　　　山水未深猿鸟少，此生犹拟别移居。

　　　　直过天竺溪流上，独木为桥小结庐。

　　和靖诗虽多奇句，大可名家，但随就稿，随即弃之。或惜之道："诗，风雅物也，得入风雅而流传之，诗人之荣。先生佳句，大为人赏鉴，当录存以示后，奈何等闲轻弃之？"和靖笑曰："情景有会，不能自己，聊托诗以喻之，原非为人也。况吾方晦迹，转欲以诗博名，岂不大相矛盾乎？"侍郎李及，出知杭州，为人清介简重，恶时俗轻浮，禁士女游湖嬉戏，自亦足迹不到湖上。忽一日，天寒微雪，遽欲出郊。人皆道他做主湖头，邀宾客为高会，孰知其不然，单到孤山，来访林处士，清谈至暮而归。

　　和靖因不娶无子，而兄之子林宥，则再三教诲，遂登进士甲科。人有驳之者道："自身高隐而教侄登科，荣之耶？辱之耶？"和靖道："亦非荣，亦非辱，盖人之性情各有宜耳，宜则为荣，不宜则为辱，岂可一例论。"是时和靖虽以隐自居，然梅尧臣尝谓："和靖之学，谈道则孔孟，语文则韩李，趣向博远，直寄适于诗尔。使之立朝，定有可观。"

　　① 衡茆（mǎo）——横木为门，茅草屋。指简陋的居室。

　　② 存恤（xù）——慰问救济。

自此言一出，而人皆劝其当仕，和靖听之，但付一笑而已。从此人隐之名愈振，故同时如范仲淹，皆有诗寄林处士道：

> 片心高兴月徘徊，岂为千钟下钓台？

> 犹笑白云多自在，等闲为雨出山来。

其一时名公，如陈尧佐、梅尧臣、龚宗元辈，皆有诗推赞和靖，而和靖视之漠如也。唯以风花雪月，领湖上之四时；南北东西，访山中之百美。初阳旭日，洗眼拜观；静寺晚钟，留心谛听。芳草多情，看走柳堤之马；书长无事，坐观花港之鱼。烹泉不便，暂入酒家，倚树多时，问过僧院。缓步六桥，受用荷香十里；情期八月，消磨桂魄三更。花前小饮，不喜同人，柳外听莺，何妨独往。至于调鹤种梅，又其性命也。故和靖能高卧孤山，而足迹不入城市者二十余年，而从无一日不恬然自足，诚甘心于隐，而非假借也。何以知之？知之于其诗也。诗云：

> 强接俗流终返道，敢嫌贫病是欺天。

> 文章敢道长于古，光景浑疑剩却闲。

读其诗，字字皆以隐逸为安。既老，恐侄与侄孙不克全其志，因自造一墓于孤山之庐侧，以见其归隐孤山之缘。先是祥符中，天书见于承天门。一时，大臣如王钦若等，皆请封禅泰山，夸示外国，此谀政也。故和靖临终，曾题一绝句，以自明守正之意，兼讥刺当时。诗云：

> 湖上青山对结庐，坟前修竹亦萧疏。

> 茂陵他日求遗稿，犹喜曾无封禅书。

题毕，踱出庭前，将鹤抚摩一回，道："我欲别去，南山之南，北山之北，任汝往还可也。"又对满林梅树道："二十年来，享尔之清供已足，从此听尔之舒放荣枯可也。"一时无疾而终，时年六十二。

侄宥与侄孙大年，正谋安葬，不意和靖未隐孤山时，曾客临江，偶见临江李谘，少年英伟，才思高华，虽举进士，人无知者，惟和靖先生一见便惊赏道："兄乃公辅之器也！"李谘深感 其知遇之情，后果入为三司。至是，忽罢三司，出为杭州守，因思昔年林君复先生期许之言，借此到湖上，便可酬谢知己矣。自到任之后，公事一完，即访林君复消息。左右道："林处士已死数月了。"李谘闻信，不胜惊悼道："我李谘承圣恩，赐我守杭，一则得以领略湖山佳景，二则便可请教君复先生诗篇墨妙，不料仙游，我李谘何不幸至此。"因为缌①服，与其门人，哭而葬之于其庐侧自营之墓。因求先生之遗稿，读至先生临终一首，不觉叹服道："先生真隐士也，千古之品行在此一绝中。"遂将此诗勒石，并纳于圹中。其时仁宗皇帝闻之，赐谥"和靖处士"，仍赐米五十石，帛五十疋于其家，以荣其大隐之名。后人思慕其高风，遂以其故庐立为祠宇，后复从神位于苏堤李邺侯、白乐天、苏东坡三贤祠内，合而为四贤祠，至今祭享不绝焉。

①　缌（sī）——细麻布。

卷六　西泠韵迹

诗云:"出其东门,有女如云。"又云:"出其阇①都,有女如荼。"由此观之,则青楼狭邪,其来久矣。然如云如荼,不过形容其脂粉之妍,与夫绮罗之艳已耳,未有称其色占香奁,才高彤管,可垂千古之名者也。故衾裯色笑,仅供片时之乐;而车马一稀,则早已入商人之室矣。此其常也。孰知有其常,而邀山水之灵,则又未尝尤其变,如南齐时钱塘之苏小小者也。

苏小小本生于妓家,父不知何人,而母死,门户冷落,风月中之滋味,已不识为何如。却喜得家住于西泠桥畔,日受西湖山水之滋培,早生得性慧心灵,姿容如画,远望如生花白雪,近对如带笑芙蓉。到了十二三岁上,发渐渐齐,而乌云半挽;眉看看画,而翠黛双分。人见了早惊惊喜喜,以为从来所未有。到了十四五时,不独色貌绝伦,更有一种妙处,又不曾从师受学,谁知天性聪明,信中吐辞,皆成佳句。此时的西湖,虽秀美天生,还未经人力点缀,而道路迂远,游览未免多劳。自西泠而东,至孤山,望断桥止矣,欲泛湖心,必须画舫。自西泠而西,一带松杉,迢迢迤迤,转至南山,沿湖不啻一二十里,步履殊劳。苏小小此时年虽幼小,却识见不凡,因自想道:"男子往来可以乘骑,我一个少年女儿,却蹩金莲于何处?"遂叫人去制造一驾小小的香车来乘坐,四围有幔幕垂垂,命名为油壁车。这油壁车,怎生形状? 有《临江仙》词一首为证:

> 毡裹绿云四壁,慢垂白月当门。雕兰鉴桂以为轮,身行非桨力,马走没蹄痕。望影花娇柳媚,闻声玉软香温。不须窥见已销魂。朝朝松下路,夜夜水边村。

自有此车,叫一人推着,傍山沿湖去游戏,自由自在,全不畏人。有人看见,尽以为异,纷纷议论道:"此女若说是大人家的闺秀,岂无仆从相随? 怎肯叫她出头露面独坐车中,任人饱看? 若说是小人家儿

---

① 阇(yīn)——古代瓮城的门。

女，毕竟有些羞缩处，哪里有此神仙一般的模样?"大家疑疑惑惑，只
管跟着车儿猜度。苏小小见了这些光景，也不回他长短，但信口朗吟
道：

> 燕引莺招柳夹途，章台直接到西湖。
> 春花秋月如相访，家住西泠妾姓苏。

众人听了，也还不知其详。但一时轰传开去，已有细心，看破她的行
径，便慕者慕，想者想，而不知涎垂几许矣。但见她年尚莺雏，时还燕
乳，不敢便作蜂蝶之猖狂。然早有豪华公子，科甲乡绅，或欲谋为歌
姬，或欲取为侍妾，情愿出千金不惜，纷纷来说，苏小小尽皆辞去。有
一贾姨娘来劝她道："姑娘你不要错了主意。一个妓家女子，嫁到富贵
人家去，虽说做姬做妾，也还强似在门户中，朝迎夕送，勉强为欢。况
以姑娘的才貌，怕不贮之金屋?"苏小小道："姨娘之意，爱惜甥女，
可谓至矣。但甥女却有一癖处，最爱的是西湖山水。若一入樊笼，止可
坐井观天，不能遨游于两峰三竺矣。况且富贵贫贱皆系于命，若命中果
有金屋之福，便决不生于娼妓之家。今既生于娼妓之家，则非金屋之命
可知矣。倘入侯门，河东狮子，虽不逞威；三五小星，也须生妒。况豪
华非耐久之物，富贵无一定之情，入身易，出头难，倒不如移金谷之名
花，置之日中之市，嗅于鼻，谁不怜香；触之目，谁不爱色。千金一
笑，花柳定自来争。十斛片时，风月何曾肯让。况香奁标美，有如钓饵
甜甜，彤管飞声，不啻溪桃片片。朝双双，暮对对，野鸳鸯不殊雎鸟；
春红红，秋紫紫，假连理何异桃夭。设誓怜新，何碍有如皎日？忘情弃
旧，不妨视作浮云。今日欢，明日歇，无非露水；暂时有，霎时空，所
谓烟花。情之所钟，人尽吾夫，笑私奔之多事；意之所眷，不妨容悦，
喜坐怀之无伤。虽倚门献笑，为名教所非讥；而惜旅怜鳏①，亦圣王所
不废。青楼红粉，既有此狭邪之生涯；缘鬓朱颜，便不可无温柔之奇
货。由此想来，以甥女之才，一笔一墨，定当开楚馆之玉堂；以甥女之
貌，一笑一颦，誓必享秦楼之金屋。纳币纳财，不绝于室，秣驹秣马，
终日填门。弄艳冶之心，遂风流之愿。若能在妓馆中做一个出类拔萃的
佳人，岂不胜似在侯门内抱憨痴之衾，拥迷瞒之被，做一个随行逐队之

---

① 鳏（guān）——无妻或丧妻者。

姬妾。甥女之志向若此，不知姨娘以为何如？"贾姨听说，不觉笑将起来，道："别人以青楼为业地，原来姑娘到看得人情世故这等透彻，反以青楼为净土。既是主意定了，不消再说。待老身哪里去寻一个有才有貌的郎君来，与姑娘破瓜就是了。苏小小听了，也只付之一笑。正是：

　　　　十分颜色十分才，岂肯风沉与雨埋？

　　　　自是桃花生命里，故教红杏出墙来。

　　一日，苏小小乘着那油壁香车，沿着湖堤一带，观玩那些山光水影，以遣闲情，不期遇着一个少年郎君，骑着一匹青骢马，金鞍玉镫，从断桥湾里出来，忽然看见了苏小小坐在香车中，琼姿玉貌，就如仙子一般，暗暗吃了一惊，想来："难道尘世间能生出这等风流标致的女子来？"因勒住马，或左或右的，再三瞻视。原来苏小小看见那郎君少年俊雅，也自动心，便不避忌，任他顾盼。马在车左，苏小小也便左顾；马在车右，苏小小也便右顾。但彼此不便交言，苏小小只得口吟四句道：

　　　　妾乘油壁车，郎乘青骢马。

　　　　何处结同心，四泠松柏下。

　　苏小小吟罢，竟叫人驱车而去。那少年郎君听了，又惊又喜，早已魄散魂销。你道这少年是谁？他姓阮，名郁，表字文生，是阮道之子。因奉父命，到浙东公干，闻西湖之美，故乘马来游，不期恰遇着苏小小的香车，四目相视，未免留情，临去又朗吟出"结同心"之句，那欲火生烟，哪里还按捺得住？但不知是何等人家。再三访问，方有人对他说道："此妓家苏小小也，年才十五，大有声名，在城的贵公子，谁不想她慕她，但她出处风流，性情执拗，一时恐未许人攀折。"

　　阮郁听了，暗想道："既系妓家，便不妨往而求见，纵不能攀折，对此名花，流边半响，亦人生之乐事也。"到了次日，将珠玉锦绣备了百金之礼，叫人捧着，自仍骑了青骢马，绕着西北湖堤，望着松柏郁葱处，直至西泠桥畔。下了马，步到门前，见花遮柳护，甚是清幽，又恐唐突美人，不敢轻易叩门，只在门前低回。恰好贾姨从里面开门走出来，看见了，因问道："官人何事到此？莫非不识桃源，要问路么？"阮郁见贾姨问他，便忙上前深深一揖，笑说道："若不识桃源，为何到此？"贾姨答礼道："既识桃源，却是寻谁？"阮郁道："昨偶在湖堤，侥天之幸，遇见一美人，蒙垂青不弃，临行赠诗一首，指出西泠之路，故痴魂恋恋，特备一芹，妄想拜求一见。"贾姨道："官人既要见舍甥女，为何不叩门，而闲立于此?"阮郁道："这等说，是美人姨母了。"又作一揖道："不是晚辈不叩门，因初到于此，无人先致殷勤，倘遂突然剥啄，只道少年狂妄，岂不触令甥女之怒，故尔鹄立以候机缘。今幸遇姨母，万望转达，定当图报。"贾姨道："转达容易，但舍甥女还是闺女，□蔻尚尔含葩①，未必肯容人采，官人莫要错费了心情。"阮郁道："但求一见，为荣多矣，谁敢妄想巫山之梦，姨母请但放心。"贾姨笑道："好一个怜香惜玉的情种。待我去通知。"说罢，即回身入去。去不多时，出来道："舍甥女闻得骑青骢马的官人来访，便叫老身请官人里面坐，但舍甥女睡尚未起，不能倒曳金莲，望勿见罪。"阮郁道："蒙许登堂，则仙姿有望，便花砖影转，谁敢嫌迟？求姨母再报，绣衾不妨压而睡足。"说罢，方才斜穿竹径，曲绕松廊，转入一层堂内。那堂虽非雕画，却紧对湖山，十分幽爽。

　　贾姨送阮郁到堂，安了坐，她便去了。阮郁坐在堂上，明知窗外湖山秀美，他却竟如未曾看见的，一心只想在美人身上。忽想道："美人此时定然起身梳洗了。"又半晌，忽想道："美人此时定然妆罢簪花了。"正想不了，忽见两个侍儿，一个携着茶壶，一个捧着果盒，摆在临湖的一张长条桌上，请阮郁吃茶。侍儿道："姑娘此时妆束将完，我们去请来相会。"阮郁道："难为你二位了，可对姑娘说，慢慢不妨，我自品茶相候。"只觉那茶一口口俱有美人的香色在内，吃下去，甚是心悦神怡。又坐了一个时辰，方看见前边的那个侍儿，又捧出茶来道："小姑娘出来了。"阮郁听见出来，忙起身侧立以待。早一阵香风，苏小小从绣帘中袅袅婷婷走出。但见：

　　碎剪名花为貌，细揉嫩柳成腰。红香白艳别生娇，恰又莺雏燕
　小。云鬟乌连云髻，眉尖青到眉梢。漫言姿态美难描，便是影儿亦
　好。

阮郁见苏小小今日妆束，比昨日湖堤相遇的模样更自不同，早喜得神魂无主。候苏小小走下堂来，忙叫人将礼物摆在堂上，方躬身施礼道：

---

　　① 葩（pā）——花。

"昨幸有缘，无心中得遇姑娘仙驾，又蒙垂青，高咏'同心'之句，归时喜而不寐，故今日敢不避唐突之嫌，聊备寸丝为敬，欲拜识仙姿，以为终身之奇遇，还恐明河在望，不易相亲，又何幸一入桃源，即蒙邀迎如故，真阮郁之大幸也。姑娘请上，容阮郁拜见。"苏小小见他谦谦有礼，又币帛交陈，十分属意。因笑说道："贱妾，青楼弱女也，何足重轻，乃蒙郎君一见钟情，故贱妾有感于心，而微吟示意。又何幸郎君不弃，果殷殷过访。过访已自叨荣，奈何复金玉辉煌，郑重如此，可谓视葑菲①如琼枝矣，敢不趋迎。但恨妆镜少疏，出迟为罪，郎君请上，容小小一拜。"

二人交拜毕，方东西就坐。茶罢，苏小小道："男女悦慕，从来不免，何况我辈。但怅春未及时，花还有待，徒辱郎君之青目，却将奈何？"阮郁道："姑娘怎么如此说？天姿国色，以一见为荣。幸今既蒙不拒，又辱款接如斯，则荣幸已出于望外。玉尚璞含，珠犹内蕴，谁敢不知进退，更作偷窃之想耶？姑娘但请放心，小子领一茶，即告退矣。"苏小小听了，大喜道："郎君若如此相谅，便晨夕相对，无伤也，何必去之太促。"阮郁道："姑娘不见督责，小子敢大胆再流边半晌，得饱餐秀色而归，使魂梦少安，便感恩非浅。"苏小小道："妾留郎君者，盖蒙郎君垂顾，欲以一樽，少伸地主之谊耳。若云餐秀，贱妾蒲柳之姿，何秀之有？闻言未免增愧。"阮郁道："白玉不自知洁，幽兰不自知香，唯弟之饿心馋眼，一望而明。若再坐久，只恐姑娘黛色容光，皆被我窃去矣。"苏小小微笑道："妾不自知，而郎君知之，可谓妾真知己矣。且请到松杉轩傍，妾卧楼之前，镜阁之上，望望湖光山色，聊尽款曲，何如？"阮郁道："本不当入室取扰，既姑娘有此盛意，我阮郁留一刻，也享一刻之福，何敢复以套辞，但些须薄物，望笑而挥入，无令陈此遗羞。"苏小小道："乍蒙垂顾，怎好便受厚礼？若苦辞，又恐自外，却将奈何？"阮郁道："寸丝半币，大辱章台，若再宣言，则愧死矣。"苏小小道："郎君既留隋赵，为妾作声价，妾敢不拜嘉，以明用爱。"遂命侍婢收入。即邀阮郁到镜阁上去坐。

阮郁到了阁上，只见造得十分幽雅。正当湖面，开一大圆窗，将冰

---

①　葑菲——蔓菁与菖一类的菜。

纱糊好，就如一轮明月。中贴一对道：

　　闲阁藏新月，开窗放野云。

　　窗外檐端悬一扁，题"镜阁"二字。阁下桃花杨柳，丹桂芙蓉，四围点缀得花花簇簇。在窗内流览湖中景色，明明白白，无所不收。若湖上游人画舫过到镜阁之前，要向内一望，却檐幔沉沉，隐约不能窥觇①，故游人到此，往往留有余不尽之想。阁中琴棋书画，无所不具。阮郁见了，更觉神飞，因赞道："西湖已称名胜，不意姑娘此阁，又西湖之仙宫也。弟何幸得蒙引入，真侥幸也。"苏小小道："草草一椽，绝无雕饰，不过借山水为色泽耳。郎君直谓之仙，亦有说乎？"阮郁道："弟之意中，实见如此，若主何说，则无辞以对。"苏小小因笑道："对亦何难？无非过于爱妾，故并此阁亦蒙青盼耳。"阮郁听了，亦笑道："弟之心，弟不自知，姑娘乃代为拈出。姑娘之慧心，真在千秋之上矣。"二人方问答合机，只见侍儿捧出酒肴来，摆在临湖窗前，请二人对饮。苏小小道："不腆之酌，不敢献酬，以增主愧，望郎鉴而开怀。"阮郁来意，自以得见为幸，今见留入秘室，又芳樽相款，怎不快心。才饮得数杯，早情兴勃勃，偷看小小几眼，又四围流览一番，忽见壁边贴着一首题镜阁的诗，写得甚是端楷，大有风韵。因念道：

　　湖山曲里家家好，镜阁风情别一窝。

　　夜夜常留明月照，朝朝消受白云磨。

　　水痕不动秋容净，花影斜垂春色拖。

　　但怪眉梢兼眼角，临之不媚愧如何？

　　阮郁读完，更加惊喜道："原来姑娘佳作，愈出愈奇，然令人垂涎不已者，正妙在眉梢眼角，何以反言不媚，得无谦之太过乎？请奉一卮。"因而斟上，苏小小道："贱妾谦之太过，既受郎君之罚，郎君举之太过，独不该奉敬乎？"因而也斟上一卮。二人正拖拖逗逗，欢然而饮，忽贾姨走来，笑说道："好呀，你二人竟不用媒了。"阮郁笑道："男女同饮虽近私，然尚是宾主往来。若红丝有幸，还当借重于斧柯，焉敢无礼，而轻于犯悦，以获衍尤。"说罢，大家都欢然而笑。苏小小因请贾姨娘入座，又饮了半晌，大家微有醉意。阮郁便乘醉说道："姨

_____

　　① 觇（jiàn）——探视。

母方才争说竟不用媒，却像以媒自居。但不知姨母伐柯之斧利乎不利乎？"贾姨道："官人不消过虑，纵然不利，天下断无个破亲的媒人。官人若不信，可满饮一觞，待老身面试，试与官人看。"因筛了一大杯，送到阮郁面前。阮郁笑领了道："姨母既有此高情，莫说一觞，便醉杀了，亦所甘心。但斧柯前一敬未伸，如何敢劳面试？"贾姨笑道："先试而后伸敬，亦未为晚。"阮郁道："既是如此相信，且领干所赐，看是如何。"遂拿起酒来，一饮而尽。

　　贾姨见了，甚是喜欢，因对苏小小笑说道："贤甥女，你是个聪慧的人，有心作事，有眼识人，不是个背前面后，随人勾挑引诱，便可倾心之人，故我做姨娘的有话便当面直说。大凡男女悦慕，最难称心；每有称心，又多阻隔。今日阮官人青骢白面，贤甥女皓齿蛾眉，感天作合，恰恰相逢。况你贪我爱，契洽殊深，若情到不堪，空然回首，可谓锦片姻缘，失之当面矣。今所不敢轻议者，怜惜贤甥女瓜期尚未及耳。然此一事，做姨娘的也替你细细思量过了。你今年已交十五，去二八之期不远，若待到其时，婚好及时，千金来逼，何容再拒。倘不得其人，而云粗雨暴，交村蠢之欢，又不如早一日软软温温，玉惜香怜，宁受甘甜之苦矣。"苏小小听了，忍不住也笑将起来道："姨娘怎直言至此，相想自是个过来人了。"

　　阮郁此时已在半酣之际，又被苏小小柔情牵扰，已痴过不能自主，恨不得一时即谐了花烛。今听见贾姨为他关说，又见苏小小听了喜而不怒，似乎有个允从之意，不胜快心。因筛了一大觞，送到贾姨之前道："姨母面试文章，十分精妙，将我晚生肺腑，已深深掘出，即当叩谢，一时不便，且借芳樽，当花上献，望姨母慨饮。"贾姨道："老身文章未必做得好，却喜阮官人批语批得好，自然要中主考之意了。"苏小小道："上宾垂顾，当借西泠山水风流，聊劝一觞。姨娘奈何只以粉脂求售，无乃太俗乎？"贾姨听了，连点头道："是我不是，该罚！该罚！"遂将阮郁送她的酒，一气饮干道："再有谈席外事者，以此为例。"苏小小因叫侍儿，推开纱窗，请阮郁观玩湖中风景。阮郁看了，虽也赞赏，却一心只暗暗地对着小小，时时偷窥她的风流调笑，引得魄散魂消，已有八分酒意了，尚不舍得辞去。无奈红日西沉，渐作黄昏之状，方勉强起身谢别。苏小小道："本当留郎君再尽余欢，但恐北山松柏迷阻归鞍，故不敢强为羁绊。倘情有不忘，不妨重过。"阮郁道："未得其门，尚思晋谒，既已登堂，便思入室。何敢自外？明晨定当趋侍。"说罢再三致意而别。正是：

> 美色无非自出神，何曾想着要迷人。
>
> 谁知饥眼痴魂魄，一见何知更有身。

阮郁乃当朝相公之子，只贪绝色，看得银钱甚轻。到了次日，果备了千金纳聘，又是百金酬媒。此时已问明了贾姨的住处，故先到贾家，送上媒资，求她到苏家去纳聘。你道妇人家，见了白晃晃银子，有不眉欢眼笑的？略略假推辞两句，便收了道："既承阮官人如此高情，舍甥女之事，都在老身身上。包管锦丛丛、香朴朴，去被窝中受用便了。"阮郁道："若能到此，感谢不尽。"说罢，贾姨遂留阮郁坐下，竟叫阮家家人，携了聘礼，同送到苏家去。因暗暗对苏小小道："千金，厚聘也；相公之子，贵人也；翩翩弱冠，少年也；皎皎多情，风流人物也；甥女得此破瓜，方不辱抹了从前的声价，日后的芳名。请自思之，不可错过。"苏小小道："姨娘既谆谆劝勉，料不差池。甥女无知，敢不从命？"

贾姨见她允了，满心欢喜，遂将聘金替她送入内房，便忙忙走回家，报知阮郁。阮郁闻报，喜之不胜，遂同贾姨到苏家来谢允，小小便治酒相款。阮郁又叫家人去，取了百金来，以为花烛之费。贾姨遂专主其事，忙叫人选择一个黄道吉日，请了许多亲戚怜媪。到了正日，张灯结彩，备筵设席，笙箫鼓乐，杂奏于庭，好不热闹。

众亲邻都在外堂饮酒，唯苏阮二人，却在房中对饮合卺①之卮。自外筵散后，二人饮到半酣之际，彼此得意，你看我如花，我看你似玉，一种美满之情，有如性命。才入夜，阮郁即告止饮，思量枕席功夫，苏小小却羞羞涩涩，借着留饮，左一杯，右一杯，只是延捱。阮郁见小小延捱情态，又是一种娇羞，那炎炎欲火，愈加按捺不定。无可奈何，只得低声告求道："夜已深了，醉已极了，万望姐姐垂情，容小生到巫山去少息，何如？"苏小小哪里肯听，竟有个坐以待旦之意。还亏得贾姨走进房来，嗔怪道："如此芳春良夜，坐傍蓝桥，不思量去饮甘露琼

---

① 合卺——旧时婚礼，饮交杯酒。

浆，怎还对此曲蘖①，痴痴强进，岂不令花烛笑人。"因叫侍儿将酒席撤去，立逼着他二人解衣就寝，小小到此际亦无可奈何，但半推半就，任阮郁拥入罗帏而已。正是：

　　虽曰情愿，却未曾经惯。痛痒此时难辨，直惊得，心头战。谁知桃片，忽须臾作践。到得甜甜留恋，只思量，何曾怨。

　　　　　　　　　　——右调《霜天晓角》

阮郁与小小这一夜虽说千般怜，万般惜，然到那怜惜不得之时，未免也笑啼俱有，却喜得苦处少，乐处多，十分恩爱皆从此种出来。

　　到了次日晌午二人方才起来梳洗。贾姨早进房来贺喜，阮郁又再三向贾姨谢媒。自此之后，两人恩爱如胶似漆，顷刻不离。每日不是在画舫中，飞觞流览那湖心与柳岸的风光，就是自乘着油壁香车，阮郎骑着青骢骏马，同去望那南北两高峰之胜概。真个得成比目，不羡鸳鸯。已经三月，正在绸缪之际，不意阮郁的父亲，在朝有急变之事，遣人立逼他回去。二人哪里舍得，徒哭了数日，无计可留，只好叮咛后约，匆匆而别。正是：

　　陌路相逢信有缘，谁知缘尽促归鞭。
　　劝君莫错怪人事，扯去牵来都是天。

　　阮郁既去之后，小小一时情意难忘，便杜门不出。怎奈她的芳名，一向原有人羡慕的，今又经了相公之子千金为聘，这一番举动，愈觉轰动人耳目。早有许多富贵子弟，探知消息，都纷纷到西泠苏家来求复帐。奈小小一概谢绝，只说到亲眷家养病去了，却又无聊，只得乘了油壁车儿，两山游玩，以遣闷怀。有几个精细少年，见她出游，知她无病，打听得阮公子这段姻缘，是贾姨撮合的，便暗暗备礼来求贾姨为媒。贾姨却又在行有窍，凡来求她的子弟，必须人物俊雅，可中得小小之意，又要挥洒不吝，有些油水滋培的，方才应承许可。若有些须不合，便冷冷辞去。但辞去的固多，应承的却也不少。从此，西泠的车马，朝夕填门。若说往来不断，便当迎送为劳，却喜得苏小小性情语默，比当道的条约还严。她若倦时，谁敢强交一语；到她喜处，人方踊跃追陪。睡到日中，啼鸟何曾惊梦？闲行月下，花影始得随身。从没人

———————————

①　蘖（niè）——酿酒的曲。此处则指酒。

突然调笑，率尔狂呼，以增其不悦。故应酬杯斝①，交接仪文，人自劳而她自逸。却妙在冷淡中，偶出一言，忽流一盼，若慰若籍，早已令人魂消，只感其多情，决不嫌其简慢，故声价日高，交知日广。而苏小小但知有风流之乐，而不知有拂逆之苦。以一钱塘妓女，而春花秋月，消受无穷；白面乌纱，交接殆尽。或爱其风流，或怜其娇小，或慕其多才，或喜其调笑，无不人人赞羡，处处称扬。她却性好山水，从无暇日。若偷得一刻清闲，便乘着油壁车儿，去寻那山水幽奇，人迹不到之处，她独纵情凭吊。

忽一日，游到石屋山中，烟霞岩畔，此时正是暮秋天气，白云低压，红叶满山，甚觉可爱，小小遂停了车儿，细细赏玩。赏玩不多时，忽见对面冷寺前，有一壮年书生，落落寞寞，在那里闲踱，忽看见了佳人停车，便有个要上前相问讯的意思，走不上两三步，忽又退立不前。苏小小见了，知他进退趑趄②者，定为寒素之故。因下了车儿，轻蹙金莲，迎将上去，道："妾乃钱塘苏小小也，品虽微贱，颇识英雄，先生为何见而却步？"那书生听了，不胜惊喜道："果是苏芳卿耶？闻名久矣，第恨识面无由，今幸相逢。即欲仰邀一顾，又恐芳卿日接富贵，看寒儒未必入眼，故进而复退。不期芳卿转下车就语，可谓识面又胜似闻名多多矣。"苏小小道："妾之虚名，不过堕于脂粉，至于梁夫人之慧心，红拂女之俏眼，唯有自知，绝无人道。及今睹先生之丰仪，必大魁天下，欲借先生之功名，为妾一验。"那书生道："我学生既无李药师之奇才，又无韩良臣之勇敢，萧然一身，饥寒尚且不能自主，功名二字，却从何说起？芳卿莫非失眼。"小小道："当此南北分疆时，上求贤久矣，功名虽有，却在帝阙王都，要人去取。先生居此荒山破宇中，功名岂能自至？还须努力，无负天地生才。"那书生听见说得透畅，不觉伤心大恸道："苍天苍天！你既覆庇群生，何独不覆庇到我鲍仁？反不如钱塘一女娘，见怜之亲切也。"小小道："先生莫怪妾直言。据妾看来，非天不培，只怕还是先生栽之不力耳。"鲍生听了，因跌跌脚道："芳卿责我，未尝不是。不知帝阙王都，动足千里。行李也无半

---

① 斝（jiǎ）——古代盛酒的器具，圆口，三足。

② 趑趄（zī jū）——想进而又不敢进。

肩，枵腹空囊，纵力追夸父，也不能前往。"苏小小道："先生若无齐治均平的大本领，我苏小小风月行藏，便难效力。若是这些客途资斧，不过百金之事，贱妾尚可为情。"鲍生听了，又惊喜道："芳卿何交浅而言深，一至于此？"苏小小道："一盼而肝胆尽倾，交原不浅。百金小惠，何为深？先生不要认错了。"鲍生道："漂母一饭，能值几何？而千秋同感，施得其人耳，何况百金。但恐我鲍仁不肖，有负芳卿之知我，却将奈何？"苏小小道："听先生自道尊名，定是鲍先生了。若不以妓迹为嫌，敢屈到寒家，聊申一敬。"鲍仁道："芳卿，仙子也，所居自是仙宫，岂贫士所敢轻造。然既蒙宠招，自当趋承。敢请香车先发，容步后尘。"苏小小既上车儿，又说道："相逢陌路，万勿以陌路而爽言。"鲍仁答道："知己一言，焉敢自弃？"说罢，便前后而行。

　　不期苏小小香车才到，已早有许多贵介与富家子弟，或携樽在她家坐待，或治席于湖舫，遣人来请的，纷纷攘攘。一见她到了，便你请我邀，喧夺不已。苏小小俱一概回他道："我今日自做主人，请一贵客，已将到了，没有工夫。可拜上列位相公爷们，明日领教罢。"众人哪里肯听，只是请求不去。苏小小便不理他，竟入内，叫人备酒俟候。不一时，鲍仁到了，见门前拥挤的仆隶，皆华丽异常，却自穿着缊袍草履，到了门前，怎好突入。谁知小小早遣了随车认得的童子在门前等候，一见到了，便赶开众人，直请他到镜阁中去。小小早迎着说道："鲍先生来了。山径崎岖，烦劳步履，殊觉不安。"鲍仁道："珠玉之堂，寒儒踞坐，甚不相宜。"小小道："过眼烟花，焉敢皮相英雄。"鲍仁道："千秋义侠，谁知反在闺帏。"

　　二人正说不了，侍儿早送上酒来对饮。饮不多时，外面邀请的又纷纷催迫，小小虽毫在不意，鲍仁听了，只觉不安。因辞谢道："芳卿之情，已领至透骨入髓矣。至于芳樽眷恋，即通宵达旦，亦不为长。但恨此时此际，眉低气短，不能畅此襟怀，徒费芳卿之婉转，而触蜂蝶之憎嫌。倒不如领惠而行，直截痛快，留此有余不尽，以待异日，何如？"小小道："妾既邀接鲍先生到此，本当扫榻亲荐枕衾，又恐怕流入狎邪之私，而非慷慨相赠之初心。况先生堂堂国士，志不在于儿女。既要行，安敢复留？"遂于座后，取出两封白物，送鲍仁道："百金聊佐行旌，静听好消息耳。"鲍仁收了，近前一揖，道："芳卿之情，深于潭水，非片言所能申谢，唯铭之五内而已。"说罢，竟行。小小亲送至门而别。正是：

> 游人五陵去，宝剑值千金。
>
> 分手脱相赠，平生一片心。

鲍仁既去，且按下不题。却说苏小小送了鲍仁，方才次第来料理众人。众人等得不耐烦，背地里多有怨言。及见小小走到面前，不消三言两语，只一颦一笑，而满座又早欢然。故纵情谈笑，到处皆著芳香；任性去来，无不传为艳异。最可喜是王侯之贵，若怜她娇，惜她美，便待之不啻上宾。尤妙的是欢好之情，若稍不浓，略不密，便去之有如过客。苦莫苦于人家姬妾，言非不工，貌非不美，沦于下贱，安得自由？怨莫怨于远别妻孥①，望又不来，嫁又不可，独拥孤衾，凄凉无限。怎得如小小罗绮遍身，满头珠翠，鲙②厌不甘，蚕嫌不暖，无人道其犯分而不相宜。故小小自十五而至二十，这四五年楚馆秦楼之福，俱已享尽。四方的文人墨士，与夫仕宦名流，无不过交。此时贾姨奔走殷勤，缠头浸润，也成一个家业了。每每称羡小小道："甥女当日高标为妓之论，虽一时戏言，做姨娘的还不以为然，到了今日，方知甥女有此拿云捉月之才，方有此游戏花柳之乐，真青楼之杰出者也。"苏小小听了，也只付之一笑。

忽一日，有上江观察使孟浪，自恃年少多才，闻苏小小之名，只以为是虚传，不信红裙中果有此人。偶因有事西吴，道过钱塘，胸中原有一个苏小小横在心头，思量见她一面，便借游湖之名，叫了大楼船一只作公馆，备下酒席，邀了宾客，遂着人去唤苏小小来佐酒。自恃当道官，妓女闻呼，必然立至。不期差人去时，苏家一个老妪回道："姑娘昨日被田翰苑家再三请去西溪看梅，只怕明日方得回家。你是那位相公家？若要请我姑娘吃酒，可留下帖子，待她回来看了，好来赴席。"差人道："谁有帖子请她！是孟观察相公叫她佐酒。"老妪道："我家姑娘从来不晓得做什么酒。既要做酒，何不到酒肆中去叫一个？"差人因苏小小不在，没法了，只得将所说的话，一一回复孟浪。孟浪沉吟半响，

---

① 妻孥（nú）——妻子和儿女。

② 鲙（kuài）——细切的鱼肉。

回想道："她既是一个名妓，哪有此时还闲着的道理？不在家，想是实情。"又吩咐差人道："既是明日来家，明日却是要准来伺候的。"差人领命，到了次日，黑早便去，连苏家的门还未开，只得且走了回来。及再去时，苏家老妪回道："方才有信，说是今日要回，只是此时如何得能便到？极早也得午后。"差人午后再去，还说不曾回来。差人恐怕误事，便坐在门前呆等，直等到日落，也不见来，黄昏也不见影。只等到夜静更深，方看见两三对灯笼，七八个管家，簇拥着一驾香车儿，沿湖而来，到了门前下车时，差人忙忙要上前呼唤，只见苏小小已醺醺大醉，两三个侍儿一齐搀扶了进去。众家人只打听明白，说苏姑娘已睡下了，方敢各各散去。差人见她如此人醉行径，怎敢一时啰唣？只得又回去，细细地禀知官府。孟浪道："果是醉了么？"差人道："小人亲眼看见的。三个丫头挽她不动，实实醉了。"孟浪道："既是真醉，再恕她一次，若明日再左推右托，便饶她不过。"

及到了第三日，差人再去时，侍儿回道："宿醒未醒，尚睡着，不曾起身，谁敢去惊动她？"差人道："你快去说声：'这孟爷乃上江观察使，官大着哩。叫了三日，若再不去，他性子又急，只怕还惹出事来。'"侍儿笑说道："有啥子事？和尚道士。去迟了，不过罚两杯酒罢休了。"差人听得不耐烦起来，便走回船中禀道："小人再三催促，那娼妓只睡着不肯起来，全不把相公放在心上。"孟浪听了，勃然大怒道："一个娼妓，怎这等放肆？须拿她来羞辱一场方快。"又想道："自去拿她，她认我是客官，定还不怕。必须托府县立刻拿来，方晓得利害。"即差人到府县去说，府县得知，俱暗暗吃惊道："此人要津权贵，况且情性暴戾，稍有拂逆，定要口伤。"叫人悄悄报知苏小小，叫她速速去求显宦发书解释，然后青衣蓬首，自去请罪，庶可免祸。若少迟延，便不能用情。

侍儿俱细细与小小说知。小小听了，还只高卧不理。倒是贾姨闻知着急，忙忙走到床前说道："这姓孟的，人人都说他十分怠憨①，你不要看做等闲。我们门户人家，要抬起来，固不难，要作践，却也容易。你须急急起来打点，不可被他凌辱一场，把芳名损了。"苏小小道：

———————

① 怠憨——调皮，不顺从。

"姨娘不消着急。他这两三日请我不去，故这等装腔作势，我无过勉强去走走便罢了，何必打点？"贾姨道："不是这等说。据府县说来，连官府也怕他三分。又来吩咐，叫你求几位显宦的书，去说个人情，你方好去请罪。若不是这等，便定然惹出祸来。"苏小小被贾姨只管琐碎，只得笑笑，走起身来，道："花酒中的一时喜怒，有什么大祸？甥女因力倦贪眠，姨娘怎这样胆小，只管催促？"因穿了衣服，慢慢地走到镜台前去妆饰？"贾姨道："你此去是请罪，不要认做请酒，只须搭上一个包头，穿上一件旧青袄，就是了，何消妆束？"小小又笑道："妆束乃恭敬之仪，恭敬而请，有罪自消，如何倒要蓬首垢面、青衣轻薄起来？"遂不听贾姨之言，竟梳云掠月，妆饰得如画如描。略吃些早膳，就乘了车儿，竟到湖船上来，叫人传禀。

此时孟观察正邀了许多宾客，赏梅吃酒，忽听见说苏小小来了，心上虽然暗喜，但既发作一番，哪里便好默默，必须哼喝他几句，然后收科。因问道："她还是自来，还是府县拿了来？"左右禀道："自来的。"孟观察道："既是自来，且姑容她进见。"一面吩咐，一面据了高坐，以便作威福。不片时，人还未到面前，而鼻孔中早隐隐（尝）麝兰之味，将他暴戾之气，已消了一半。及到面前，虽然是淡妆素服，却一身的袅娜，满面的容光，应接不暇。突然望见一个仙子临凡，这孟观察虽然性暴，然正在壮年，好色之心颇盛，见了这般美丽，恨不得便吞她入口，只碍着观瞻不雅，苦苦按捺。在小小不慌不忙，走到面前，也不屈膝，但深深一拜，道："贱妾苏小小，愿相公万福。"孟观察此时心已软了，说不出硬话来，但问道："我唤了你三日，怎么抗拒不来，你知罪么？"小小道："若说居官大法，贱妾与相公暌隔天渊，如何敢抗？至于名公巨卿，行春遣兴，贱妾来迟去慢，这些风花雪月之罪，妾处烟花，不能自主，故年年月月日日，皆所不免。贱妾虽万死，亦不能尽偿，盖不独为相公一人而坐，还望开恩垂谅。"观察道："这也罢了，但你今日之来，还是求生，还是求死？"小小道："'爱之则欲其生，恶之则欲其死'，悉在相公欲中，贱妾安能自定？"观察听了，不禁大笑起来，道："风流聪慧，果然名下无虚，但此皆口舌之辩才，却非实学。你若再能赋诗可观，我不独不加罪，且当优礼。"小小便请题。观察因指着瓶内梅花道："今日赏梅，就以此为题。"小小听了，也不思索，信口长吟道：

> 梅花虽傲骨，怎敢敌春寒？
>
> 若要分红白，还须青眼看。

孟观察听了，知诗意皆包含着眼前之事，又不亢，又不卑，直喜得眉欢眼笑。遂走下坐来，亲手搀定小小道："原来芳卿果是女中才子，本司误认，失敬多矣。"因邀之入坐，小小道："贱妾何才？只不过情词曲折，偶会相公之意耳。"观察道："情词会意，正才人之所难。"遂携了小小，并坐在上面，欢然而饮。饮酒之间，小小左顾右盼，诙谐谈笑，引得满座尽倾。观察此时，见他偎偎倚倚，不觉神魂俱荡。欲要留小小在船中，又恐官箴不便，直吃得酕醄①大醉，然后差人叫灯持火，送了小小回家，却与小小暗约下，到夜静时，悄悄移小船到镜阁下相就。如此者一连三夜，大快其心，赠了小小千金，方才别去。正是：

> 一怒双眸裂，回嗔满面春。
>
> 非关情性改，总是色迷人。

孟观察去后，贾姨因问道："这观察接甥女不去，特着府县来拿，何等威严。自你去请罪，我还替你耽着一把干系。为何见了你，只几句言语，说得他大笑起来，这是何缘故？"小小道："姨娘有所不知，但凡先要见甥女，后因不得见而恼怒者，皆是欣慕我才色之美，愿得一见者也。至于苦不得见方恼，则此恼非他本心，皆因不得见而生，故甥女妆饰得可人，先安慰定他的欣慕之心，则后来之恼怒，不待言而自消矣。若青衣蓬首，被他看得不才不美，无可欣慕，不更益其恼怒乎？我拿定他是个色厉而内荏之人，故敢直见之而不畏。"贾姨听了，不胜欢喜道："我也做了半生妓女，进门诀、枕席上的诀、启发人钱钞的诀、死留不放的诀，倒也颇通，从不知妓女中还有这许多窍脉。怪不得甥女享此大名，原来还有这个秘诀。"苏小小笑道："有何秘诀？大都人情如此耳。"

自有孟观察这番举动远近传闻，苏小小不独貌美，兼有应变之才，声名一发重了。苏小小却暗暗自思道："我做了数年妓女，富贵繁华，

---

①　酕醄（máo táo）——大醉貌。

无不尽享；风流滋味，无不遍尝；从不曾受人一毫轻贱，亦可谓侥天之幸了。须乘此车马未稀，早寻个桃源归去，断不可流落炉头，偿王孙之债。"主意定了，遂恹恹①托病，淡淡辞人。或戒饮于绣佛之前，或遁迹于神龙之尾。蜂蝶原忙，而花枝业不知处；楼台自在，而歌舞悄不闻声。此虽人事看明，巧于回避；谁知天心有在，乐于成全。

忽一日，小小偶同了一个知己朋友，看荷花回来，受了些暑热之气，到夜来又贪凉，坐在露台，此时是七月半后，已交秋风冷，不期坐久，又冒了些风寒，染成一病，卧床不起。医生来看，都说是两感，多凶少吉。谁知小小父母久无，亲戚虽有，却也久疏，唯有贾姨娘往来亲密，见小小病体十分沉重，甚是着急。因含眼泪说道："你点点年纪，享了这等大名，正好嘲风弄月的，快活受用，奈何天之不仁，降此重疾。"小小道："姨娘不要错怪了天。此非天之不仁，正是天仁而成全我处。你想甥女一个女子，朝夕与鸿儒巨卿诙谐谈笑。得此大名者，不过恃此少年之颜色耳。须知颜色妙在青春，一过了青春，便渐渐要衰败，为人厌弃。人一厌弃，则并从前之芳名扫地矣。若说此时，眉尚可画，鬓尚堪撩，我想纵青黛有灵，亦不过再五年、十年止矣。而五年、十年，无非转眼，何如乘此香温温、甜蜜蜜、垂涎刮目之时，借风露天寒，萎芳香于一旦；假巫山云梦，谢尘世于片时；使灼灼红颜，不至出白头之丑；累累黄土，尚动人青鬓之思。失者片时，得者千古，真不大为得计乎？姨娘当为甥女欢喜，不当为甥女悲伤。"贾姨道："说便是这等说，算便是这等算，但人身难得，就是饥寒迫切，还要苟延性命，何况你锦绣丛中之人，一旦弃捐②，怎生割舍？你还须保重。"小小似听不听，略不再言。

贾姨过了一日，见他沉重，又因问道："你交广情多，不知可有甚未了，要情人致意否？就是后事，从丰从俭，亦望示知。"小小听了，勉强道："交乃浮云也，情犹流水也，随有随无，忽生忽灭，有何不了？致意于谁？至于盖棺以后，我已物化形消，于丰俭何有？悉听人情可也。但生于西泠，死于西泠，埋骨于西泠，庶不负我苏小小山水之

---

① 恹恹（yān）——形容患病而精神疲乏。

② 弃捐——舍弃，抛弃。

癖。"说罢，竟奄然而逝。贾姨痛哭了一场，此时衣衾棺椁已预备端正，遂收殓了，停于中堂。贾姨见小小积上许多银钱，欲要在她面上多用些，又恐妓家无靠，惹人是非，故退退缩缩，不敢举行。

忽一日，三四个青衣差人飞马来问道："苏姑娘在家么？若在家，可少留半日；若出门，可速速请回。我们滑州刺史鲍相公，立刻就要来面拜。"贾姨听见，不禁哭了出来道："苏姑娘在是在家，只可恨死了，不能接待。若是这鲍相公要追欢卖俏，就烦尊驾禀声，不消来了。"差人听说，都吃惊道："闻说苏姑娘只好二十余岁，为何就死了？果是真么？"贾姨道："现停枢在堂，如何假得？"差人没法，只得飞马去了。不多时，早望见那鲍刺史换了白衣白冠，轿也不乘，直走马而来。到西泠桥边，便跳下马来，步行到门，竟呜呜咽咽地哭了进来。及到枢前，不禁抚棺大恸道："苏芳卿耶！你是个千秋具慧眼，有血性的奇女子。既知我鲍仁是个英雄，慨然赠我百金，去求功名，怎么就不待我鲍仁功名成就，来谢知己，竟辞世而去耶？芳卿既去，却教我鲍仁这一腔知己之感，向谁去说？岂不痛哉！"哭罢，思量了半晌，忽又大恸起来道："这一段知己之感，还说是我鲍仁的私情，就以公论，天既生芳卿这般如花之貌，咏雪之才，纵才貌太美，犯了阴阳之忌，也须念生才之难，略略宽假其年，奈何花才吐蕊，月尚垂钩，竟一旦夺之耶？苍天耶！何不仁之至此耶？"只哭得声息都无。

贾姨此时已问明侍儿，知是小小赠金之人，因在旁劝解道："相公贵人，不要为亡甥女些小事，痛伤了贵体。"鲍刺史道："妈妈，你不知道：人之相知，贵乎知心。她小小一女子，在贫贱时，能知我心，慨然相赠。我堂堂男子，既富且贵，反因来迟不能少申一报，非负心而何？日后冥冥相见，岂不愧死？"贾姨道："相公既有此不忘之情，要报亡甥女，也还容易。"鲍刺史道："她已玉碎香消，怎能相报？"贾姨道："亡甥女繁华了一生，今寂寂孤魂，停棺于此，尚不知葬于何所，殊属伤心。相公若能择西泠三尺土，为亡甥女埋骨，使其繁华于始，而又能繁华于终，则亡甥女九泉有知，定当感激深厚。"鲍刺史听了，方才大喜道："妈妈此言，甚是有理。"遂叫堪舆，在西泠桥侧择了一块吉地。又叫匠人兴工动土，造成一座坟墓。又自出名发帖，邀请阖郡乡绅士大夫，都来为苏小小开丧出殡。众人见鲍刺史有此义举，谁敢不来？一时的祭礼盈庭。到那下葬之日，夹道而观者，人山人海。鲍刺史乃白衣白冠，亲送苏小小之柩葬于西泠。坟墓之内，立一石碑，上题曰"钱塘苏小小之墓"。又为她置下祭田，为贾姨守墓之费。临行又哭奠一场，然后辞去。

有此一段佳话，故苏小小之芳名，至今与西湖并传不朽云。

卷七　岳坟忠迹

西湖乃山水花柳游赏之地，为何载一个千古不朽的忠勇大英雄于上？只因他生虽生在相州汤阴地方，住却住在杭州按察司内，死却死在大理狱风波亭上，葬却葬在北山栖霞岭下，故借他增西湖之雄。

你道这大英雄是谁？他姓岳，单讳一个飞字，表字鹏举。父母生他时节，梦见一个金甲红袍，身长丈余的将军，走进门来，大声道："我是汉朝张翼德也，今暂到汝家。"说毕，即时分娩，父亲因此就取名为飞。生不多时，忽值河水泛决，母亲姚氏惊慌无措，因抱岳飞，坐在一个大瓮中，冲涛触浪而去。既而抵岸，出时，母与飞俱无恙，人以此异之。

他生而威武，少负气节，家贫力学，最好学的是《左氏春秋》与《孙吴兵法》。未冠时节，就能挽三百斤的弓，八石的弩。他从的一个师父姓周名侗，射得好箭。日日受他的指教，不数年，早已尽得其妙，左右手都能开弓，发无虚矢。兼之十八般武艺，件件皆精。岳飞甚是感激。后来周侗死了，岳飞痛哭。每到朔望，必备酒肴楮帛，到坟头去祭奠，风雨不辍。父母甚喜道："今日不忘师父之德，异日岂忘君父之恩！"

岳飞既长，闻知二帝蒙尘，不胜愤激，因题《满江红》词一首以见志道：

> 怒发冲冠，凭阑处，潇潇雨歇。抒望眼，仰天长啸，壮怀激烈。三十功名尘与土，八千里路云和月。莫等闲，白了少年头，空悲切。靖康耻，犹未雪，臣子恨，何时灭？驾长车，踏破贺兰山缺。壮志饥餐仇寇肉，笑谈渴饮刀头血。待从头，收拾旧山河，朝天阙！

只这一首词，而岳公的忠肝义胆，侠气雄心已见于笔墨之内。此时金兵屡屡犯边，朝廷命刘𰋀为真定宣抚司，招募敢勇之士，岳飞因而应募。虽蒙收录在留守使帐下听用，却尚没人知他。偶一时犯了重法，刀斧手绑去要斩，幸得留守使宗泽出帐，看见他红光满面，一貌堂堂，不觉大惊，忙喝退刀斧手，亲解其缚，道："此大将材也，几误大事。"
正说未完，忽探马报金兀术攻汜水，锋不可当。宗泽点了五百骑，与他
立功赎罪，岳飞领命而去。恰逢着兀术的先锋恃长胜之势，鼓勇而来。
岳飞也不等他到百步之内，早张起硬弓，轻抽神箭，只听得飕的一声，
那先锋早已两脚蹬空，折其性命。岳飞就这一箭里，飞马冲入，使起丈
八点钢枪，就如一条乌龙，翻江搅海，人逢人死，马遇马亡，五百兵无
不一以当十。只这一阵，杀得金兵片甲不存，岳飞方整军而回。真是：

> 喜孜孜鞭敲金镫响，笑吟吟齐唱凯歌回。

　宗泽见岳飞得胜而回，遂大开辕门，迎他入去，亲自把盏，赏劳众
军，遂升他为统制官。饮酒之间，宗泽对岳飞道："尔智勇材艺，虽古
名将不能过，然好野战，非万全之计。因把自己的得意阵图传示他。"
岳飞因答道："阵而后战，兵家之常，但当此众寡之际，则运用之妙，
存乎一心。"宗泽大以为是。自此之后，天下方知岳飞是员大将。到了
建炎元年，岳飞见高宗心志怠惰，因上书道：

> 陛下已登大宝，而勤王之师日集，宜乘敌怠急而击之。黄潜善、
> 汪伯彦，不能承圣意恢复，奉车驾日益南，恐不足击中原之望。愿
> 陛下乘敌穴未固，亲率六军北渡，则将士舒气，中原可复。

书上了，黄潜善、汪伯彦两个看见了，只咬得牙齿剥剥地响道："小卒
辄敢放肆如此！"遂在高宗御前互相谗谮。高宗便降旨："越职言事，
夺去官爵。"岳公知被谗谮①，无可奈何，只得往投于河北招讨使张所。
张所素晓得岳飞是个英雄，就授他为中军统领。因问岳飞道："吾闻人
尽称汝骁勇，不知汝能敌多少人。"岳公道："勇不足恃，用兵在先定
谋。昔晋栾枝曳柴以败荆，楚莫敖采樵以致绞，皆谋定也。"张所顿足
称赏道："君殆非行伍中人也。"愈加敬重，就升为武经郎。岳公因对
张所说道："国家都汴时，恃河北以为固。何不凭据要冲，峙列重镇。
一城受围，则诸城或援或救，使金人不能窥河南，则京师根本之地固
矣。"张所听了，大喜，因命都统王彦，率领岳飞等十一个将官，共七
千人，渡河杀奔新乡而来。来到新乡，早望见金兵：

> 漫天盖地，不异蚁聚蜂屯；蔽日冲风，有若狐奔兽走。右绕左

---

　① 谗谮（zèn）——诬陷，中伤。

旋，旗交处云迷雾锁；前遮后拥，军哄时鬼哭神号。刀剑排百里冰霜；盔甲耀一天星斗。便是英雄，也应胆落；纵然豪杰，必定心惊。

王彦望见金兵势大，遂不敢前进，竟下了营寨，广排鹿角，密布蒺藜。岳公因说道："我兵一到，须急急一战，先挫其锐气。今下了营寨，固守则可，岂战杀之策哉？若但如此，则新乡何日可得？况他众十万，我只七千，须并力向前，方可取胜。"王彦听了，惧怕金兵，默默无言。十个将官，俱面面厮觑，不敢做声。岳公知众将无能，遂自招引部下的八百个精兵，也不听王彦的号令，竟奋勇杀入金营。金兀术见他兵少，不以为意。谁知岳家乃节制之兵，偏能以少击众。八百个兵，冲入阵来，就似八百个大虎一般。况岳公一骑当先，远的用箭，箭到即死；近的用枪，枪到即亡。直杀至他大纛边。从来大纛之旁，定有大将护守，不料岳公到了大纛下，手起枪落，搠死数人，夺过大纛，其舞如飞，人人见了心胆俱裂，杀得金兵四散五落。王彦见岳兵得胜，方才率领十个将官一齐杀来，遂复了新乡。王彦见岳公功成，大有不足之意。

明日，岳公又领了部下，战于候兆川。奋不顾身，身虽中箭中枪，血染衣甲，只是不退。众兵见主将如此，哪一个敢退？又赢了一阵。不意粮少，只得到王彦营中来要粮。王彦正怀忌刻，只是不发。岳公无可奈何，只得引兵而北，与金兵战于太行山下。金兀术一员骁将，号为拓拔乌，有一丈多长，奇形怪状，膂力①过人，使一柄三尖两刃八环刀，连杀了岳军帐下几个勇士。岳公大怒，挺身而前，亲自接战。拓拔乌虽然有力，怎挡得岳公的神勇？战了五六十合，岳公便左手使枪，逼住了三尖两刃刀，便大喝一声道："贼酋往哪里去？"随用右手，款扭狼腰，从马上直活捉过来。金兵见主将被擒，便纷纷乱窜，岳兵一起上前，杀死不计其数。回来把拓拔乌枭首祭旗。

隔不得两日，又与金兵接战。金兵队里，黑风大王当先出马，手持双刀，如入无人之境。岳公一箭射去，黑风大王早一刀拨过了。岳公见他拨了过第一箭，却把弓弦虚拽一声。黑风大王见弓弦响，侧身躲过，不知岳公会射连珠箭，早把第二支箭扣得满，随着弦声就发去。黑风大

① 膂（lǚ）力——体力。

王躲不及，恰中在护心镜上，哨的一声，火光乱迸。黑风大王见岳公武艺高强，拨转马头就要走，怎知岳公的丈八钢枪已到背后心窝里，一刺，搠了透穿，将黑风大王从马背直挑起到半空，就像舞婴儿，做把戏的一般。金兵见了，皆抱头而走。岳兵又一起赶杀上去，真似斫瓜切菜。金兵得命者皆痛哭而去，好不快畅。有诗为证：

> 黑风拓拔最骁雄，箭镞枪尖尽搠通。
>
> 不是金人全不济，强中更自有强中。

岳公既胜之后，知王彦忌刻，遂率所部仍归宗泽。宗泽一心指望恢复，遂仍以岳公为统制。后来，不幸宗泽死了，高宗以杜充代宗泽，岳公为统制官。谁知杜充无志，将迁还建康①。岳公苦谏道："中原之地，尺寸不可弃。今一举足则此地非我有矣！他日欲复取之，非数十万人不能。"充不听，竟迁回建康。后金兵大至，杜充不能抵敌，竟降了金兀术，以致建康失守。高宗着急，遂奔往明州。明州即今之宁波府。岳公闻知，顿足叹息道："早听吾言，岂致如此。"又闻得金兀术既得建康，又趋杭州。岳公见事危急，只得率领部下三千勇敢之士，走到广德②境中。原来岳公部下有两个大将；一名牛皋，一名王贵，并女婿张宪、儿子岳云，四人俱有万夫不当之勇。岳公因叫牛皋领了五百骑，伏于左首，听炮声出战；又叫王贵领五百兵，伏于右首，听炮声出战；自领岳云、张宪一千人，皆令衔枚，伏于背后。打探得兀术兵过后，军中放起连珠号炮来。牛皋一支兵从左边杀出，王贵一支兵从右边杀出，岳公自领了岳云、张宪，从前后背抄转，喊杀连天，飞尘蔽日。那金兀术出其不意，先自慌了手脚，四散奔走，自相践踏，死者如山。

次日，金兀术合兵又战。岳公见金兵前列甚盛，自领骁骑，奋勇而前，却不从前军杀入，转从侧里横冲其阵，把他阵势截做两段，首尾不能相顾。岳公却在他阵中，横冲直撞，指东杀西，就是游龙猛虎一般，将他阵势揉得粉碎，杀得他七零八落。金兀术又大败了一阵。岳公收兵而回，犒赏了众军。因又吩咐牛皋、王贵："金兵连日战败，汝二人休辞劳苦，各领五百兵，分两路而去，夜斫其营，我随后即来策应，毋得

---

① 建康——县名，即今南京市。
② 广德——县名，属安徽省。

失事。"二将各领命而去。原来金兀术最善用兵，他也防着劫营，埋伏两支人马在营左右。牛皋、王贵二将正到金营，谁知金营左右伏兵齐出，抵敌个正着。恰好岳云、张宪两枝兵又到，大家接着厮杀混战，直至天明。活捉了金将王权，并首领四十余员。金兵又大败了一阵。

岳公回营，见解到王权，并四十员首领，因思金兵正盛，但可智取，难以力敌，遂喝退了刀斧手，亲解其缚，结以恩义。四十员首领，察其可用之人，都结以恩义。金兵感恩，情愿效死。降兵五百余人。岳公却教自家兵，一半穿了金兵衣甲，拿了兀术旗号，杂于金兵之中，假称放归之人。到得金营，金兵认做自家之人，开营放进。才进得营门，众兵一起发作起来，金兵自先混乱，认不得的谁是岳家的兵。岳公又乘机随后领兵乱杀。直杀得：

> 烟尘滚滚，平遮了半天风日；杀气腾腾，贯满了遍地山河。刀转雪光，闪一闪，头颅忽落；弓弯月样，响一响，脚腿陡翻。咔嚓一声，断送了许多战士；乒乓几阵，结果了无数将军。初来时，水沸山崩，无人敢敌；败去后，云愁月惨，有足难奔。

金兵连败了六次，便不敢再犯杭州，因要回到建康。岳公闻知，便先遣轻骑三千，预先分兵埋伏在牛首山左右。金兵一到，左一支兵先出，炮声一响，早竖起岳家旗一面。金兵接战正急，忽然右一支兵突出，炮响二声，早又竖起岳家旗二面，金兵忙分一支迎敌。又听得炮响三声，早又竖起岳家旗三面，前面突出大队人马，栲栳①圈围将转来厮杀。金兵三面受敌，只望兵少处杀出。岳公知围他不倒，反故放他一条生路，让他冲出，却只在后边，用强弓硬弩，雨点般射将来。金兵乱窜，自相践踏，死者不计其数。又大败一阵。

岳公又于黑夜，叫死士百人，衣黑衣，混杀进金营。又令百人于金营左侧，乱鸣鼓角，金兵正不知有多少兵杀进，都自相攻击，死者无数。喊杀了半夜，这百人胡哨一声，又自聚在一处，乱杀而出。天暗月黑，又不敢追杀出来，只听得鼓角兀自乱鸣不住。捱到天明，金将计点军兵，尸横遍地，皆是自家队里杀的。到次日二更天，又听得前山鼓角乱鸣，震得山摇地动，寨中人先自胆寒，又乱起来。及至杀出寨外，那

---

① 栲栳（kǎo lǎo）——用柳条或竹子编成的笆斗之类的盛物器具。

鼓角又寂然无声，岳家军已去得远了。

乱了数日，金兵个个心疑，立脚不定，遂把建康放了一把火，弃之而去，竟奔淮西。岳公探知他渡江，走静安镇，先从小路而抄到大路，埋伏下两枝人马，候金兵一到，伏兵杀出。金兵见岳家旗号，先自惧怕，怎能抵敌？金兵虽有禁约，如何禁约得住？俱各抱头鼠窜，四散奔跑。岳家军遂复了建康，捷报高宗。高宗大喜，遂升岳飞为江淮副招讨使，张浚为江淮正招讨使。

此时，只因兀术搅乱中原，便有一班草寇乘机窃发，占据地方。一个叫做孔彦舟，绰号孔千斤，占据武陵地方；一个张用，绰号张飞虎，占据襄汉地方；一个李成，绰号李无敌，占据江淮湘湖地方。这三个共连兵数万，围了江州，围得水泄不通。城中渐渐支持不来。又有一个马进，绰号马八百，在扬州地方作乱。高宗因命招讨使张浚，督岳飞、扬沂中分道进讨。张浚受命，因集诸将计议。岳公道："若要解江州之围，须先破他筠州。筠州破，他见巢穴受伤，则江州之围不必救而自解矣。"张浚大喜，从其言。那时岳公潜出贼右，一箭射其前部落马，然后纵坐下青骢马，挺手中铁枪，冲突其阵。所到之处，勇不可当。贼人见了，尽裹将来。那岳将军全无惧怯，来一个，杀一个；来两个，杀一双。贼众齐上，岳公展起神威，大喝一声，就如平地起一个霹雳，手起枪落，只见杀人。贼众慌了，遂一哄而走。岳公却从后掩杀，马进大败，直奔至筠州。见事势危急，遂合集围江州之众，背筠河而布阵，绵绵密密，如长蛇之形，直长至十五里。

岳公登高坡一望，见贼势浩大，因说张浚道："贼势甚众，难以力敌，须用奇胜。"张浚是其言。岳公乃分精骑数千，授杨沂中，叫他乘夜衔枚渡过筠河，约以日中，但听前山炮响，却从山后共击。杨沂中领计而去。岳公乃自领三千人马，暗暗伏于远僻险隘之处，却于红罗旗上大书"岳"字，单只着二百个人随着旗帜，在前诱敌。贼望见岳家旗，虽然惧怯，却见他兵少，便不以为意。遂分一半人守寨，领十余万人一拥而前。这二百人怎生抵挡？只得拖着旗帜而走，贼众随后追来。追不上数里，早听得一声炮响，岳家埋伏之军，早星飞雷掣，一齐拥出。贼人见了，已自心惊。战到午时，已将大败，忽又听得山后战鼓齐鸣，杨沂中率领数千精骑，从山背驰下，张浚又自率二千步兵入贼寨。贼众首尾不能相顾，忙奔乱窜。岳公令人大叫道："投降者，尽坐于地，决不妄杀。"一时坐而投降者，就有八万余人。贼人大败，马进竟为追兵所杀。遂复了江筠二州。岳公又领兵渡江，追杀至蕲州黄梅县。李成、孔彦丹见事急了，只得北走，投降了刘豫。唯张用还拥着十万之众，为盗于江西。岳公知他是相州人，因写书招他来降，道：

> 吾与汝同里。南薰门、铁路步之战，皆汝所悉。今吾在此，欲战则出，不战则降。

张用见书，叹息道："真吾父也。若再不见机，死无日矣。"遂尽率十万之众，亲自降于辕门①。岳公大喜，出帐迎接，握手论旧，张用遂死心塌地为岳公所用。由此江淮之地悉平。兆浚表奏高宗，以岳飞之功第一。高宗诏下，进岳飞右军都统制，屯洪州，弹压盗贼。

到了绍兴二年，又出了一个大盗曹成，拥众十余万，从江西历湖广，据道州、贺州、邵州、彬州、连州，到处骚扰，军民大受其害。高宗诏岳飞，权荆湖东路都总管。岳公受命，随即着一个将官，持金字牌、黄旗，招曹成来降。若不降，则大兵即来诛戮。曹成见了金字牌旗，正在军中吃饭，慌慌张张，连饭碗都打碎了，大惊道："岳家军来矣，怎敌得他过？"随即拔寨而起，分道而遁。岳公闻报，即选精骑随后追赶，直赶过桂岭。曹成遂欲以十万之众，守住蓬头岭。那蓬头岭是个极险隘之处，真个是一夫当关，万人难过。岳公因吩咐前军道："此地极为险峻，兵贵神速，趁他立脚未稳，一鼓破之。若容他把守停当，便天神也难攻破。"那时岳家兵止八千人，却人人奋勇，果然一鼓登岭。曹成见了心慌，竟逃往连州而去。

岳公因对张宪等一班将士道："曹成败去，若尽数追杀，则胁从可悯；若纵放了他，又仍聚为盗。今汝辈但诛其首恶，余众须以恩义招其投降。切不可妄杀，以累上天保民之仁。"张宪等领命。于是自贺州直到庆、彬、桂，共招降一万余人，与岳兵会于连州。曹成正被岳兵追赶得上天没路，恰值韩世忠遣将招曹成投降，曹成只得乘机就领了八万人马，诣韩世忠帐下投降。岳公探知，遂整得胜之军而回。岭表之地忽平，捷报朝廷，高宗大喜，遂授岳飞武安军承宣使。

---

① 辕门——官署的外门。

到了绍兴三年，又出了一个云都大盗彭支，连兵寇掠循州、梅州等十一郡，其势甚是猖獗。高宗诏岳飞入朝，面谕以剿贼之事。又以隆祐太后被虔州震惊，密密谕岳飞道："殄平盗贼之后，可即将虔州百姓尽行屠灭，然后报朕。"岳飞闻言，忙叩首阶下，道："愿陛下但诛首恶而赦胁从，庶不负上天好生之德。"高宗沉吟半晌，方点首道："卿言是也。"

岳公受了君命，遂领兵径到虔州。那大盗彭支，恃人多将广，在强盗中也要算一个英勇的，谁知见了岳将军，就不济起来。到得对阵时，战不上十数合，早已被岳公纵马而上，直律律地捉了过去。贼党一时惊怖，谁敢上前来？遂尽数退保于一个固石洞。岳公恐怕前面攻，他后面走，因访了几个老成居民做向导，领了三百名死士，各带鼓一面从山中小路衔枚而渡，反在他洞背后，将战鼓乱鸣起来。贼众大惊，岳军然后一拥而上，破了洞口。正如瓮中捉鳖，贼人方出投降。岳公只诛了首恶，余人一概赦免。虔州百姓个个感其再生，家家香灯跪接，图像供养。岳公既平了云都之难，回朝复命，龙颜大悦，亲洒宸①翰，书"精忠岳飞"四字，制大旗以赐之。岳飞谢恩而出。有诗为证：

　　制旗既已识精忠，只合存留作股肱。

　　何事风波亭子上，听谗全不念其功？

那时，许多山贼俱被岳将军平了，谁知又有一个水中的大盗，比山贼更是凶恶。他一名杨太，又名杨么。这杨么乘着宋朝之乱，无人料理着他，遂东勾西引聚集了十余万人，屯据湖中，僭号为大圣天王，时时上岸来骚扰地方，掳掠居民，官兵不敢正眼觑他。他常自夸说道："我水中有穴，岸上有巢，纵有官兵，也无奈我何？他若从陆路杀来，我却躲到水里；他若从水路杀来，我却又走到岸上，焉能犯我分毫。若要犯我，除是飞来。"因此骄矜，遂无恶不作，湖襄一带大受其害。高宗闻之，因命统制王爕，会兵进讨杨么。不期兵到鼎江，早被杨么率亡命之徒，只一阵，就将官兵几乎杀尽。报到高宗，高宗大怒。此时已升岳飞兼黄复州汉阳军、德安府制置使，高宗遂降诏，命岳飞移屯于鄂，剿捕杨么。

---

①　宸（chén）——古指帝王居处之所，引申为帝王的代称。

有人对岳公说道："杨么屯据水中，水中出没，是他的熟路。今将军所部皆关西汉子，水战恐非所长。"岳公笑道："兵亦何常之有？全在主将，陆则陆用之，水则水用之，顾用之何如耳！岂有不习水战之说哉？"遂先遣人招谕他来降。杨么虽狂横，置之不理，早有一个得力贼党，叫做黄佐，最有识见。因岳家来招谕，他就转了一个念头，遂聚所部商量道："我见岳节使用兵与众不同，真是旗开得胜，马到成功。连金兵数十万都被他杀败，我与他相抗，万无生理，不如投降他，乃为上着。"众亦以为然，遂亲到辕门纳款。岳公大喜，遂表奏黄佐武义大夫。随即率骑到黄佐营中按其部垒，有人谏止，俱不听。到了黄佐营中，出寸意外，尽大惊，俯伏在地道："将军推诚若此，情愿执鞭坠镫。"岳公都以温言抚慰，那些人欢声若雷。岳公接了营垒，以手拍黄佐肩道："于知顺逆者，必能成功，封侯岂足道哉！我欲汝至湖中，视其可劝者招之，可乘者抚之。"黄佐感岳公赤心待人，誓以死报。

那时张浚都督诸军士至潭州。他的参政席益见岳兵不战，说他玩寇，将欲奏闻。张浚道："岳公，忠孝人也。兵有深机，胡可易言？"席益见张浚说了这一句，羞惭而止。过不多几日，黄佐欲邀一个贼将周伦，同来投降。那个周伦不肯听，黄佐因大怒，遂率领自部下的人马，夜袭其寨，把周伦一刀杀了，献于岳公。岳公大喜，随迁黄佐为武功大夫统制。

此时，岳公胸中已有了成算，正欲剪灭杨么。适值高宗有旨，要召张浚回去防秋。岳公忙去见张浚，袖中取出一个小小图儿，送与张浚看。上面细细开载：杨么屯兵某处，杨钦屯兵某处，俞端、刘铣屯兵某处，某处最险，某处可以进兵。岳公一一指示道："已有定画。都督若少留，不八日可破贼也。"张浚道："王燮已有前辙，君侯何言之易也？"岳公道："前日王燮以王师攻水寇则难、非今以水寇攻水寇则易。若因敌将用敌兵，夺其手足之助，离其腹心之托，八日之内当俘诸贼。"张浚壮其言。

却说杨么有个心腹之贼，叫做杨钦，膂力绝人。黄佐又甜言苦口，说他来降。岳公大喜道："杨钦骁勇，今既来降，贼腹心失矣。"遂表授杨钦为武勇大夫，礼待甚厚。因复遣杨钦到湖中去招降。杨钦感激不胜，因暗暗对岳公道："将军招降固妙，然招降者有限，还须如此如此，方可完事。"岳公听了，愈加欢喜。杨钦辞去，果又到湖中，招了俞端、刘铣等来降。进到辕门，岳公见了，就喝骂杨钦道："我叫你去湖中把众贼尽招了来降，今却只叫这几个儿来降，原来是个不了汉，见我何为？"喝令左右拖翻在地，杖了二十，道："我今且恕你，可速速到湖中，尽数招降，方算你的大功。"杨钦喏喏而去。岳公却暗暗调下三万人马，等到黄昏夜静，遂令众兵马衔枚去攻他的陆寨。众兵马到了，一齐拥入。那些贼人不曾防备，慌慌张张，无计可施，都大叫"情愿投降"，岳公遂传令准降。那一夜，就降了七万余人，众人方晓得日间杖杨钦，皆是岳公与杨钦定下之计，欲以攻其所不备也。有诗为证：

> 鬼神不测是兵机，岂肯容人识是非？
> 直待战功成以后，方知妙算古今稀。

湖贼此时已降去八九，独杨么还自拥着五万余兵，认做秦关之险，万万无失；又倚着他的大船厉害，往来冲突，无人敢当。他那大船，长有数十丈，两旁俱可以走马，上有城楼，强弓硬弩、刀枪铳石，都藏于城楼之内。不用船舵，前后做成大车轮数十。若要运动，着数百人一齐踏动，其去如飞。他若要追人船，顷刻便到。人若要追他，便一年也不能够。两旁又置了撞竿，我船若遇着他的，只一撞便立成齑粉。以此官兵再奈何他不得。岳公却想出一计，叫三千人上君山去，斫取大木下来，穿成大筏，把那些港汊①尽数填塞满了。又把腐木乱草浮于上流而下，满铺水面。却捡那水浅之处，叫善骂之人，一头摇着船，一头乱骂，村言恶语，无所不至。

杨么不知是计，见官兵将他丑态都骂尽了，激得杨么怒气填胸，两太阳火星乱爆。随着人踏动车轮，来追兵官，只引他的船到那水浅之处，草木壅集车轮之内，将车轮碍住，踏他不转。车轮不转，船便一步也不能行。岳公乃遣兵，急急与他厮杀。那贼兵慌了，忙要奔入港汊中去，不料港汊口尽数都是巨筏塞满。官军却乘筏子，张着生牛皮，以蔽矢石，尽把巨木以撞其舟。官兵见了杨么的船，便都攒拢来，用挠钩搭住。杨么计穷，忽走到船尾上，扑通地撺入水里，思量赴水而逃。不期

---

① 港汊——水流的分支。

被牛皋看见，早一挠钩搭将起来，一刀斫了首级。众贼见了心胆俱碎，只得投降。

此时杨么水陆两路，还有八寨。岳公亲历诸寨，用好言抚慰。老弱者放他归田，少壮者籍以为军，人人感激。诸寨中粮草，尽数都搬运将来，其余寨栅，一把火烧个干净。果然只得八日，斩了杨么，湖湘尽平。张浚闻知，因赞叹道："岳侯真神算也！"杨么初说"除是飞来"，今果死于岳飞之手，真先谶也。有诗为证：

　　杨么负固在湖襄，只倚船轮莫敢当。

　　腐草滞流行不得，飞来真个遇飞亡。

张浚见岳飞用兵如神，遂命驻扎襄阳，以图中原。且对岳公道："此君之素心也。"未几，伪齐刘豫，遣子刘麟、刘猊，分两路兵寇淮西，声势甚是汹涌。此时是绍兴七年。岳公闻信，即上手书，奏道：

　　金人所以立刘豫于江南，盖欲荼毒中原，以中国攻中国，使粘罕得休兵观衅。臣欲陛下假臣月日，便则提兵趋京洛，据河阳、陕府、潼关以号召五路。叛将既还，王师前进，彼必弃汴而走河北、京畿、陕右可以尽复。

高宗见书，大喜道："有臣如此，顾复何尤？进止之机，联不中制。"因又召到寝阁，对岳飞道："中兴之事，一以委卿。"岳飞出朝，欲图大举。不期秦桧力主和议，恶岳公如仇，忙进见高宗道："不可主战，以失两家和好。"高宗听了，因又诏止岳军。岳公又因论人不合张浚之意，便解兵柄，以终母丧，步归庐山。后因高宗屡诏，众将跪请，只得趋朝待罪。高宗再三慰谕，始就原职。过了数月，岳公又上一本道：

　　臣愿提兵进讨，顺天道，因人心，以曲直为老壮，以逆顺为强弱，则万全之效可必。钱塘僻在海隅，非用武之地。愿都上游，用光武故事，亲率六军，往来督战，庶将士知圣意所向，人人用命。

高宗不报。既而岳飞又上奏，愿进屯淮甸，伺便进击，高宗又不许。但诏岳飞驻师江州，以援淮浙地方。岳公久知刘豫一心结交粘罕，独与兀术不合。一夜，兵士巡哨，偶然捉得兀术手下一个头目，解入帐中。岳公此时正要离间刘豫与兀术，因心生一计。遂携灯下来仔细一照，假意喝道："你是张斌呀！"那头目被捉，已是一死，忽见岳将军错认了他，就假意应道："正是张斌。"岳公便拍案大怒道："我前遣你到齐邦，约会刘豫，引诱四太子来，你竟不来。我又遣人到齐，已许我冬天会合，寇江为名，骗四太子到清和地方，你竟无书来回我。这是怎么说？"因又拍案大骂。那头目在下叩头求免，情愿立功赎罪。岳公听了道："既是这等，恕你前次之罪，今番与我持书，书去须要约得停当，做得谨密。若漏泄了一毫机栝，二罪俱发。"那头目闻言已得了性命，便喏喏连声。岳公遂写书一封，约会刘豫，引四太子来寇，乘机擒取之意。写完以黄蜡封了，对那假张斌道："你拿此书到齐，有机密事在内，不可差误。讨了回书来，重重有赏。"遂将假张斌腿上割开一片肉，纳蜡丸在内。那头目只得忍痛而归，见了四太子，备说前事。将刀割开股肉，取出蜡书。兀尤看了大惊，遂与金主计议，登时领了劲兵，袭破汴京，执了刘豫，废为蜀王，中了岳公之计。有诗为证：

> 一封书去废奸臣，尽美玄机已入神。
>
> 何事朝廷双耳内，绝无一计去谗人？

岳公见金人废了刘豫，满心欢喜，遂表奏高宗，宜乘废刘之际，因其不备，长驱中原，以图恢复。高宗又不报。到了八年，金遣使张通古来说，要归我河南，陕西之地以讲和。岳公因又上表，言："金人之言不可信，和好之意不可恃。相臣谋国不臧，恐遗后世之忧。"秦桧见了恨如切骨。九年正月，金人因别有图，偶归了河南之地，高宗大喜，以为和议讲成，天下无恙，遂降赦大赦天下道：

> 感上穹开悔过之期，而大金报许和之约。割河南之境土，归我舆图；戢宇内之干戈，用全民命。大赦天下，咸使闻之。

岳公见了赦诏，不胜叹息道："此燕雀处堂之势也。"因又上疏道：

> 昔娄敬上言于汉帝，魏绛发策于晋公，皆以为盟墨未干，口血犹在，俄驱南牧之马，旋兴北伐之师；盖夷狄不情，犬羊无信，莫守金石之约，难充溪壑之求。图暂安而解倒悬，犹云可也；顾长虑而尊中国，岂其然乎？臣谓无事而请和者谋，恐卑词而益弊者进。今愿定谋于全胜，期收地于两河。唾手燕云，终欲复仇而报国；誓心天地，当令稽颡①以称藩。

---

① 颡（sǎng）——额头。

　　此时和议已成，这样本章，谁来睬你？谁知仅仅和得一年，到了次年，金人旧性发作。兀朮四太子早又率领了一万五千拐子马，来攻拱亳二州，好不厉害。这拐子马，军士都坐在马上，披着重铠随你刀枪箭镞，一毫不能伤损。那马身上也都披着铁甲，用革索穿连，三人为一联放马，一放，一联三疋①，齐跑将起来，势如潮涌，官军怎能抵敌？接着便输，遇着便走，好生厉害。拱亳守将刘锜纷纷告急。岳公先遣将去救刘锜，然后自领了雄兵，浩浩荡荡，杀奔郾城。既到郾城，早打探得兀朮率领龙虎大王、盖天大王与韩当诸头目，放开拐子马，冲杀将来。岳公见拐子马，果然汹涌，恐挫了锐气，囚吩咐儿子岳云道："金人所恃者，拐子马也。以为人马俱着铁甲，万万不能伤，不知马足要走，却不能穿甲。汝若入阵，不可仰视，只用麻扎刀斫其马足。马折一足，则三马齐倒，而马上之将自坠。破金在此一战，汝若不能成功，即将汝斫作两段，勿谓吾无父子之情。可拼舍身命，以报朝廷。吾自领大军随后策应。"

　　岳云领了父命，率了敢死骑兵，各执麻扎利刀，候金人的拐子马一阵冲来，他便督领着将士，并不看他上面，低着头只斫马脚。果然那拐子马一连三疋，斫倒了一疋，便三疋齐倒。斫的马脚多，只见一排一排，就如泰山般都崩跌下来。马上的将官纵如龙似虎，马倒了都倒栽葱跌将下来，夹在马倒中，那里挣扎得起？任凭岳家军手起刀落，如斫瓜切菜。正杀得尸横遍野，而岳公又领一支生力兵前来相助。遂将这一万五千拐子马杀得一个不留。盖天大王已斫成肉酱。兀朮与龙虎大王、韩当，仅仅逃得性命。兀朮因大哭道："吾自海上起兵以来，皆以此取胜，今被他这一阵斫完，都无用了，此仇不可不报。"这是郾城一捷。正是：

　　　　兵休夸烈火，遇水便难支。
　　　　若问谁无敌，除非仁义师。

　　金兀朮的拐子马原有五万，今被岳家军斫了他一万五千，他心下不服，又将其余从新整理了，叫马上将士俱用长枪下刺，防他来斫马脚。依旧一拥，又到郾城来报仇。岳营闻报，岳云即要领兵出阵。岳公道：

―――――――――

　　①　疋（pǐ）——量词，用于马、骡等；用于整卷的绸或布。

"他既敢复来，定有心防我斫马脚。若仍前而出，必然不利。须领三千鬼背军去，方可成功。"你道这鬼背军有甚能处？原来都是岳元帅平日选了三千勇力之士，叫他身披着两重铁甲，左手执藤牌，右手执利刀，日日去跳濠撺①涧。撺跳时一起一伏，都有法度。若穿着两层铁甲，撺跳得有五七尺高，则脱去铁甲，换了生牛皮甲，便身子轻松，就像蝴蝶儿一般。若往上一跳，有一二丈高，要斫人头，只如游戏。故今日用他上斫人头，下斫马脚，使金兵防下不能防上，防上又不能防下。

岳云点头会意，因领了鬼背军而去。只候拐子马一到，便向前冲杀。这番的拐子马，虽然防护马脚比前甚严，怎当得三千鬼背军身轻力健，就如猿猴一般。见他一心防马脚，便先跃上来，乱斫人头。人头斫慌了，只得提起枪来顾上；不期他又跳下来乱斫马脚。马脚一倒，便又连片的跌将下来。你要杀他，他东蹿西跳，那里下手？他要斫你，甚是快便。不须臾，许多拐子马又都结果了。兀术无奈，只得率领残兵落荒而走。这是郾城第二捷。有诗为证：

> 你若防于地，他偏跳上天。
>
> 正如高国手，着着要争先。

岳云奏凯而回，岳公因对他道："兀术屡败，既不敢复来，又不舍便去，必定还攻颖昌，颖昌王贵孤军，恐不能支。汝宜速去相援，方不令他乘隙。"岳云领了父命，刚到得颖昌，而兀术果如所算，已领兵而来。岳云忙率骑兵八百，挺前决战。王贵又率游奕兵，忙为左右翼。兀术见了岳云，惊以为神，心先怯了。及至合战，女婿夏金吾与副统军粘罕孛堇都被杀了，兀术大败，只得遁去。

岳公见金兀术兵势甚衰，中原震动，遂自率了精兵二十万，杀奔朱仙镇，去汴京止得四十五里，与兀术对垒。先遣岳云领鬼背军五百，上前去击。兀术见了鬼背军，先自胆丧，战不及数十合，早又大败亏输，自知挣扎不住，只得弃了汴京而逃，思量出塞。忽有一个书生，拦住马头，叩马而谏道："太子勿走，岳少保将自退矣。"兀术惊问道："他兵势已如破竹，焉肯自退？"那书生道："太子岂不闻自古以来，未有权臣在内而容大将立功于外者。吾恐岳少保自且不保，况欲成功乎？"兀

----

① 撺（cuān）——匆忙地做。

尤听了书生之言，一时大悟，因又回兵，住于汴京。

此时，岳公已遣梁兴布散德意，已招结两河豪杰韦铨、孙谋等，尽领兵固堡，以待岳元帅来。又有李通、胡清、李宾、孙琪等，率众来归，还有那磁、相、关、德、泽、潞、晋、绛、汾、隰州诸境，都与岳元帅约日兴师来会。凡是助岳元帅之兵，旗上都写"岳"字为号。那时，百姓争挽车牛，多备粮草，以馈岳元帅兵。一到皆香花灯烛，迎满道路。金兵队里统制王镇、崔庆，将官李凯、崔虎、华旺等，都率众投降。龙虎大王名忔查、千户高勇等，俱密受岳元帅旗号，暗以为应。将军韩当要将部下五万人为附，岳公大喜。因对众将官说道："直抵黄龙府，与诸君痛饮耳。"那时一路百姓，都欢声如雷，只望岳家兵来，如解倒悬。谁知秦桧力主和议，欲将淮北尽数齐置，教众将班师回朝。岳公闻知，因上疏道：

> 金人锐气沮丧，尽弃辎重，疾走渡河。豪杰向风，士卒用命；时不再来，机难轻失。

秦桧见此数语，晓得他不肯回兵，遂诏张浚、杨沂中等先回，然后对高宗道："岳飞孤军，不可久留，乞令班师。"高宗已听信秦桧和议之言，遂一日发十二道金牌，诏岳飞班师，岂不痛惜！有诗为证：

> 金人远遁八千里，贼桧班师十二牌。
>
> 若听岳家勤剿敌，中原岂更有风霾！

岳公见金牌连诏，知是秦桧之意，愤惋泣下，东向再拜，对众将官道："十年心力，废于一旦！奈何？奈何？"众将官都谏道："此非朝廷之意，皆秦贼蒙蔽圣明。如今中原震动，四方响应，恢复之时。况将在外君命有所不受。古今矫诏①兴师，权以济变。元帅若领师前进，众将愿出死力，为元帅前驱，擒灭兀尤，献于天子，然后归朝待罪，未为晚也。再不然，请除君侧之恶，诛了秦桧，然后再立功勋，亦未为不可。"岳公道："依君言，明是岳飞反，非秦桧反也，断断不可！"遂喝退了众将官，即日拔寨，班师回朝。那些百姓遮住马头哭诉道："我等顶香运草，以迎官军，金人尽知。将军一去，我等性命休矣。"岳公在马上也洒泪道："诏书既下，我怎敢擅留？汝等若虑金人，可急急收

---

① 矫诏——冒充圣旨。

拾，从我迁徙，庶性命可存。我为汝暂留两日。"众百姓忙忙收拾，都
扶老挈幼，跟岳元帅迁回。岳公随上一本，请以汉上六郡闲田处之。

岳公既班师，那金人欢声如雷，仍一齐发作，将岳元帅恢复的城池
依然尽数夺去。岳公回朝，面见高宗，并无一语。遂力请解了兵柄。金
人所言和约，不上半年，早又分道渡淮，势如风雨，且写书与秦桧：
"不杀岳飞，和议必不坚久。"故秦桧叫万俟卨等，将"莫须有"之事，
装成圈套，再三罗织，竟将岳家父子陷在大理狱中，风波亭上，断送了
性命，并送了宋室的江山。奸人方才快活，以为得计。谁知一时之受用
有限，而千古之骂名无穷。人生谁不死？而岳公一死，却死得香馥馥，
垂万世之芳名。今日虽埋骨湖滨，而一腔忠勇，使才人诗客、游人士
女，无日不叩拜景仰而痛惜之，连湖山也增几分颜色。昔日赵子昂有诗
为证：

> 岳王坟上草离离，秋日荒凉石兽危。
> 南渡君臣轻社稷，中原父老望谁提？
> 英雄已死嗟何及？天下中分遂不支。
> 莫向西湖歌此曲，水光山色不胜悲。

卷八　三台梦迹

西子一湖，晴好雨奇，人尽以为此灵秀之气所钟也。灵秀之气结成灵秀之山水，则固然矣；孰知灵秀中原有一派正气在其中，为之主宰，方能令山水之气，酝酝酿酿，而生出正人来。正人之气，若郁郁不散，又能隐隐跃跃，而发为千古之征兆，说来似奇，而实理之所不无。故醒时梦梦，不若梦中醒醒。

你道这西湖上所生的止人是谁？这人姓于，名谦，字廷益，杭州钱塘县人。杭州生人多矣，你怎知他是禀西湖之正气而生？只因他生的那时节，杭州三年桃李都不开花，及他死的那一年，西湖之水彻底皆干，以此察知。况他父亲于彦昭，生他这一年，又得了吉梦。母亲刘氏，临产他这一日，又有疾风大雨、雷电交加之异。及生下来，仪容魁伟，声音响亮。到了六七岁上，便聪明异常。读书过目成诵，出口皆成对句。一日，清明节，父亲合族同往祖茔祭扫。偶因路过凤凰台，其叔携了于谦的手，问道："我有一对，你可对得出么？"因念道：

今朝同上凤凰台。

于谦听了，不假思索，即应声对道：

他年独占麒麟阁。

那时合族听了，俱惊讶道："此吾家之千里驹也。"祭毕回家，路过一牌坊，那牌坊上写着"癸辛街"三字。其叔复问他道："此三字，地名也，倒有二字属支干，再要对一支干地名，想来却也甚难。不知吾侄可还有得对么？"于谦道："如何没有对？三国时魏延对诸葛亮所说的'子午谷'，岂不是一确对？"叔父与众族人听了，俱大惊道："此子必大吾门。"

一日，于谦病目，母亲欲散其火，与他顶心分挽两髻，叫他门前闲步。他步出门外，见许多人围着一个和尚，在那里相面，他便走近前去看。那和尚一见了于谦，便老大吃惊，就把手去摸他的两髻，因取笑道：

牛头且喜生龙角。

于谦怪他出口放肆，便答道：

　　狗口何曾出象牙。

说罢便撤身回家，到了次日，母亲见他散散火，目病略觉好些，因将他头上两髻，又挽作三丫，依旧叫他到门前去散散。他走出门外，看见那相面的和尚，原还在那里相面，便不觉又走到面前去看。那和尚正讲说天廷高耸，少年富贵可期，一见于谦，也不说相，便笑嘻嘻对他道："昨日是两髻，今日忽三丫，只觉：

　　三丫成鼓架。

于谦听了恼他轻薄忙答道：

　　一秃似擂槌。

　　众人见说，一齐大笑起来。那和尚道："诸君莫笑。此子骨格不凡，出口成章，他日拨乱宰相也。"于谦听了，也不在心。一日，因家僮不在，母亲叫他到李小泉家去沽酒。不期李小泉的妻子正在分娩之时，忽被鬼缠住，再产不下，痛苦难言。李小泉慌得连店也不开，门都关了，忽然于谦要酒敲门，李小泉忙忙来开。妻子在床上，早听见床背后两个鬼慌乱道："不好了！于少保来了，我们快些逃走去罢。"鬼一边走了，他妻子一边即产下孩子，满 心欢喜，忙对李小泉说知："亏于家小官人救了性命。鬼称他少保，必定是个贵人，可留他住下，备酒谢他。"于谦听了，付之一笑，也不等吃酒，竟自去了。

　　又一日，是正月元旦。父亲与他一件红衣穿了，骑着一匹马，到亲眷家去拜节。忽从小路冲出，不期巡按从大街而来，竟一骑马冲入他仪从旌节之中，直到巡按面前，那马方收得住。左右就要拿他，巡按见是一个孩子，便摇首叫且住，又见他形容端正，举止自若，毫不惊恐，就问道："汝曾读书否？"于谦道："怎么不读书？"巡按道："既读书，我出一对与你对。若对得来，便不难为你。"因念道：

　　红孩儿骑马过桥。

哪知巡按口里才念完，于谦早已对就道：

　　赤帝子斩蛇当道。

巡按见他应对敏捷，出语轩昂，又惊又喜，就问左右道："这是谁家之子？"有认得的禀道："他是太平里于主事之孙、于彦昭之子。"巡按大喜，就命人到县取银十两，与他为读书之费。不数年，就进了学，在富阳山中读书。一日，闲步到烧石灰窑前，观看烧灰，因而有感，遂吟诗一首道：

> 千锤万凿出名山，烈火光中走一番。
>
> 粉骨碎身都不怕，要留清白在人间。

谁知于谦自做了这一首诗，竟为他后来尽忠而死的谶①语。又一日，读书于江干之慧安寺，同众朋友出到西湖上饮酒，路过于桑林之间，见人剪伐桑枝，因而有感，遂吟一首以纪其事。诗云：

> 一年两度伐枝柯，万木丛中苦最多。
>
> 为国为民都是汝，却教桃李听笙歌。

于谦吟罢，遂回从友到潮头，畅饮而归。来到寺门，脚步踉跄，忽被寺门首泥塑的急脚神，将他的衣服搴住了。于谦乘醉怒骂道："如何见吾来而不跪接，反大胆搴我的衣服？可恶！可恶！无有一些而不可恶者也。明日罚你到岭南卫去充军。"于谦一头说，一头就到书房中去睡了。谁知正人正气，能服鬼神。那一夜，急脚神就托梦于住持和尚西池道："我今得罪于少保，要贬我到岭南去充军，此行甚苦，唯吾师恳求，方可恕免。"西池醒来，大以为异。次早，果来见于谦道："相公昨夜可曾要罚急脚神到岭南充军么？"于谦道："醉后戏言实有之，老师何以知之？"西池道："昨夜急脚神托梦于老僧道：岭南之行甚苦，再三托老僧求相公饶恕，故此知之。"于公听了，笑一笑道："既老师劝免，恕之可也。"是夜，西池又梦急脚神来谢道："蒙吾师善言，于少保已恕我矣。但我直立于此，少保出入，终属不便。烦吾师另塑一脚，作屈膝之状，方可免祸。"西池醒来，果如所言，塑了一尊，至今其像尚存。过不多数日，于公又饮醉而回，忽见急脚神改塑屈膝，因暗想道："鬼神感通，梦兆原来不爽如此。"

于公回书房，要打从关帝座前走过。此时关帝座前，琉璃灯正明，于公因走入殿内，祝赞道："帝君，正神也。我于谦也自负是个正人，后来若果有一日功名，做得一番事业，帝君何不显示我知，使我也好打点。"说罢，就回房去睡了。果然，正气所在，有感必通。这夜于公果梦关帝托梦于他道："你的功名富贵、终身之事，不消问俺，只问汝长

---

① 谶（chèn）——迷信人指事后应验的话。

嫂，她说的便是了。"忽然惊醒，却是一梦，甚以为异，因暗想道："我家嫂嫂，以她年长，视我为婴孩，常常与我戏言取笑。今以正事问她，倘她又说些取笑之言，则关系我一生大事，如何是好？然关帝吩咐，又不得不信。"到次日，忙忙走回家，寻见长嫂，便深深作一揖，长嫂见了，笑将起来道："叔叔为何今日这等恭敬而有礼？"于公道："礼下于人，必有所求。"长嫂道："求我些什么？"于公遂将夜来得梦之言，细细对长嫂说了，道："此乃我终身功名富贵所系，望嫂嫂说几句兴头的话，万万不可又取笑。"长嫂听了，因笑嘻嘻说道："叔叔小小年纪，倒思量做官了，既想做官，莫怪我说，八九品的大官料轮你不着，你只好捡一二品的做做罢了。"于公听了，满心欢喜。因又问道："便是一二品的做做也罢。但不知却是何官？"长嫂又笑笑道："无非是中举人，中进士，做御史，做侍郎，做尚书阁老罢了。你这天杀的，还想着要做到哪里去？"于公听了，愈加欢喜，一时也想不到"天杀"二字上去，直到后来被戮，方才省悟梦兆之灵，一至于此。故于公一生信梦，自成神后，亦以梦兆示人。

又一日，许多会友道："闻知宝极观星宿阁，屡有妖怪迷人，你自负有胆量，若敢独自在阁中宿一夜，安然无惧，我辈备湖东相请，何如？"于公道："这个何难？"众友遂送他到阁中，锁门而去。于公坐到四更，毫无动静，正欲睡时，忽见窗外，远远一簇人，从空中而来，若官府之状。将入阁中，于公大喝一声道："于谦在此！什么妖魔敢来侵犯？"妖怪闻喝，一时惊散。只听得空中道："少保在此，险些被他识破。"少刻，寂然无声。于公推窗看时，见窗口失落一物，拾起一看，却是一只银杯，因袖而藏之，安然睡去。到了天明，众友齐集阁下，喊叫："于廷益兄，我们来开门了！"于公故意不应，众友见无人答应，互相埋怨道："什么要紧，赚他在此，倘被鬼迷死，干系不小。"遂一齐拥上阁来，开锁入去，早见于公呵呵大笑道："快备东道去游湖，还有好处。"众友道："东道是不必说的了，还有何好处？"于公袖中取出银杯，将夜间之事一一说了。众人俱惊以为异，但不知是谁家之物，被妖怪摄来。于公道："须访知人家，好去还他。"众友道："我们且到众安桥杨家饭店吃了饭，再做区处。"及走到杨家饭店，早闻得有人传说："昨夜何颜色家，因女儿患病，酌献五圣，不见了一只银杯，其实怪异。"又有的道:"往来人杂,自然要不见些物件,有何怪异?"于公知是何家之物,吃完饭,遂同众友,也不往湖上去,一齐竟到何家来。问何老道:"昨夜府上曾失甚物否?"何老道:"在下因小女有恙,将及两月,服药无效,昨夜酌献五圣,忽失银杯一只,不知何故。"于公听了,便袖中取出银杯,付与何老道:"这可是宅上的么?"何老接了一看,大声道:"正是!正是!先生从何得之?"众友遂把昨夜这事说了一遍,何老大喜,遂备酒厚待众人,深谢还杯之德。于公道:"杯乃小事,令爱的病是大事,可要她好么?"何老道:"百般医治,只是不好,也只索听命了。"于公笑道:"要好不难,速取纸笔来。"遂写"于谦在此"四字于红纸上,付与何老道:"可将此四字贴于令爱房门之上,包管无恙。"一笑而别。何老即将此纸贴了,其女果听得邪神说道:"于少保在此镇守,作速快走,休得惹祸。"说罢,倏然不见。自此之后,其女无恙。于公由是显名。

到了永乐十八年,庚子、辛丑联捷①了,那时才得二十三岁,拜江西道监察御史。于公风骨秀峻,声如洪钟,每奏对之时,上为之倾听。未几,出巡江西,审出诬枉之人,拿获宁府枭横中官,及夹带私盐之强徒,绝不避权贵。未几,河南、山西两省各奏灾伤。廷议欲命大臣经理。宣宗亲书于谦姓名,授吏部超拜兵部右侍郎,巡抚河南、山西。于公感上知遇,即单骑到任,延访父老,问以风俗利弊,日夜拊循。又立平籴之法,又开仓赈济,兼煮粥食饥民,百般安抚,故两省饥民,全活甚众。自公莅任,家家乐业,户户安生。满九岁,迁左侍郎还朝。人问他道:"公既无金银以为惠,岂无一二土仪馈送诸人耶?"于公把两袖举起来,笑说道:"吾唯有清风两袖而已。"因赋诗以见志道:

> 手帕蘑菇与线香,本资民用反为殃。

> 清风两袖朝天去,免得闾阎②议短长。

此时宣宗皇帝已晏驾,传位正统登基。正统那时止得九岁,亏了上有女中尧舜的张太皇太后,下有杨士奇、杨溥、杨荣三相公,故治得天下民安物阜。只可惜正统年幼,宠幸一个内臣,叫做王振,是山西大同

---

① 联捷——接连中举人、进士。

② 闾阎(lú yán)——泛指民间。

人氏，官至司礼监，颇通六艺，擅作聪明，因上邀圣宠，故作威作福，要人奉承馈送，稍不如意，便或谪或拿，无所不至。于公仅两袖清风，冷气直冲，岂他所喜？一日于公朝回，恰遇着王振身乘四明车辇，随从人多，就如驾到一般。于公看见，心下已自忿怒，不期王振跟随人役，又大声叱道："来的是什么官儿，怎敢不回避俺家王爷？"于公听了大怒道："你王爷又是个什么官儿？敢要人回避！"正说不了，王振车辇已到，于公因指着王振说道："汝有何德能？妄肆尊大，擅乘此四明车辇。"两下遂争竞起来。路上过往官员看见，齐来劝解。于公因对众官说道："此四明车辇，乃虞舜所制，取'明四目，达四聪'之意。令帝王乘之，招来四方贤才，采取四方言路，洞烛四方民情。他系何人，怎敢妄自尊大，擅乘此车，僭越无礼？不过因汝是皇上宠幸之人，故不与汝计较。吾岂惧汝者？"言毕，即将王振车前横轼乱击。众官虽知于公所论快畅，然不敢辨别是非，唯和哄着，劝开而已。王振心下虽愤恨，却因于公乃先帝特简之臣，又惧着张太皇太后在上，故不敢轻易伤害于公。不期于公到了次日，转上一本道：

> 臣闻发号施令，国家重事；黜幽陟①明，天子大权。今王振窃弄国柄，擅杀谏官，宠任王祐等匪人，蒙蔽圣聪。前年南桃木麓川之征，丧师千万，将来之祸，有不可胜言者。乞陛下速黜王振，以杜乱萌，以靖国家，天下幸甚！

那时正统见疏，欲要发锦衣卫杖责，又因于谦系先帝之臣，恐触太后之怒；欲要降旨慰谕，又恐伤了王振体面，故但留中不下。于公遂屡疏乞休，王振就要趁势赶他回籍。不期山西、河南，共有千余人在京，俱上民本，乞于谦复任。又周晋二王，亦各有保本。王振见事体动众，一时奈何他不得，只得票旨，着吏部降于谦二级，为大理寺少卿仍差巡抚二省。正是：

> 朝内有奸人，安能容正臣？
> 谁知中与外，总是祸斯民。

王振既遣于公远去，又适值太皇太后宾天，再又三杨相公相继而亡，朝中大权，皆归于他，便肆无忌惮，日甚一日。天灾屡见，他略不

---

① 陟（zhì）——登高。

警畏。到了正统十四年，钦天监奏荧惑入南斗。从来说："荧惑入南斗，天子下殿走。"王振闻知，也不知警，但逞其奸贪。一日，也先照例遣使进马，实是二千匹，诈称三千匹。王振怒其诈，减去马价。来使回报，也先大怒，遂失和好，因而发兵寇边，大肆杀掠。大同、宣府诸城堡，俱一时失陷，杀掠人畜万余，各处烽烟竟起，京中飞报，一日十数次。王振闻报，竟不与百官计议，遂劝上亲征。正统听信其言，遂下诏亲征。此时于公已回兵部，遂与尚书郿野①等，同进谏道："也先，丑竖子耳，遣调兵将，便足制之。陛下乃宗朝社稷之主，奈何不自重而轻与犬羊较乎？"王振在旁道："自祖宗以来，每每亲征，不独上也。汝等何得故阻兵机？"于公忙奏道："祖宗之时，将帅多智勇，士马皆精练，所以亲自巡边，遐迩威服。今天下承平日久，耳不闻兵戈铁马之声，目不视烟火烽尘之警，况老成宿将，皆已物故，今之将帅，皆公侯后裔，世胄子孙，一旦临敌御武，焉能取胜？"争奈正统深信王振之言，所奏竟不作准。

到了十七日降旨，着御弟郕②王，与太监金瑛、兴安等留过京都，于谦掌理北京兵部事。北征遂命英国公张辅、成国公朱勇为先锋，平乡伯陈怀、都督井源为左右翼。上与王振领兵五十万，并扈从百官，御驾亲征。起身这一日，于谦又率众官在午门外谏止。王振乃一马当先道："圣驾已发，为何拦阻？"遂大喝军士，拥驾前出居庸关。一路非风即雨，人心慌乱，也先的声息愈急。王振矫旨，先差都督井源二万人马前去冲阵。不两日，早飞马来报道："井都督兵败死矣。"王振闻报，又矫旨差平乡伯陈怀，领人马二万前去接战。奈敌众如山拥来，陈怀急命放铳，而铳药为雨所湿，那里点得着？敌众一到，二万人都死于沙漠。到得大同，王振还要进兵，各官慌惧。户部尚书王佐竟日跪伏草中谏止。钦天监正彭德清叱王振道："象纬甚恶，一旦陷乘舆于草莽，谁任其咎？"学士曹鼐道："臣子固不足惜，主上系天下安危，岂可轻进？"王振大怒道："倘有此，亦天命也。"

日暮，有黑云如伞，罩于营上，忽雷雨大作，满营人马皆惊。王振

---

① 郿（fū）野——郿县，在陕西。

② 郕（chéng）——周朝国名，在今山东汶上县北。

心亦恶之。忽报西宁侯朱瑛、武进伯朱冕，全军覆没。又报成国公朱勇率兵五万人，战于鹞儿岭，被埋伏兵夹攻，五万人不曾留了一个。八月十三日到了土木地方，太监郭敬密密对王振道："其势不可行。"王振始有回意。土木地方去怀来城止二十里，那时急急进怀来城，尚可保无事。王振因自己有辎重千余辆在后，还要等待，遂屯于土木。及到十四日欲行，而也先兵已如山一般，四面围拢杀来，但见尸横遍野，血染黄沙，五十余万兵尽作沙场之鬼。无论百官，早已陷乘舆于沙漠。

不数日，报到京师，满城震恐，百官无措，俱齐集廷中，放声大哭，请孙太后临朝奏事。孙太后惶惶不知所为，因问近侍道："朝中臣子，谁有安邦定国之才，可托大事？"太监兴安忙奏道："奴婢窃见兵部左侍郎于谦，赤心忠良。娘娘若托以大事，断能安邦定国。"孙太后听了，随即垂帘登殿，召于谦帘前奏事。于谦闻召，忙率多官进立帘下奏道："圣驾失陷，臣等不共戴天，誓当迎请还朝，但社稷为重。国家不可一日无君，乞太后降旨，立皇子为皇太子，宣郕王上殿辅国，庶社稷有人，天下不至摇动矣。"太后随即降诏，二十日立皇子为皇太子，时年二岁，宣郕王代总国政；一面即遣使赍黄金珠玉、衮龙段疋，到也先营中，迎请车驾。

到了二十二日，郕王初摄朝，群臣即上奏道："王振倾危社稷，罪恶滔天，人人愤恨，若不灭其族属，以正典刑，何以慰安人心？"奏罢，遂一齐痛哭，声彻中外。郕王犹沉吟不决，王振恶党，锦衣卫马顺，早从旁喝斥百官起去。给事中王竑①见马顺不奉旨，擅自喝人，不胜大怒，因厉声骂道："马顺逆贼，助王振为恶，祸延社稷。今日事已至此，尚兀自放肆，乱臣贼子，人人得而诛之。"一边骂，一边即揪住马顺，劈面一拳。众官愤极，遂一齐动手，乱靴踢打，顷刻脑浆涂地，血流中庭而死。马顺既死，众官仍要王振心腹王、毛二人，宫中秘匿不敢发出。众官见二人不出，便喧哗不止，无复朝仪。郕王惊疑不定，即欲起身回宫，于谦忙上前拽住王袍袖，叩请道："今殿下若不发出二人来，恐诸臣哓哓不已，非安国家之计。"郕王遂传令旨，发出二人。众官亦一齐打死。于谦遂大声道："附党奸邪俱已打死，众官各宜就班，

---

① 竑（hóng）。

勿得喧哗。"众臣就班讫，于谦又奏请郕王降谕，俯慰群臣。郕王因降谕道："王振奸臣误国，即着都御史陈镒，抄没其家产。"于谦又奏："也先不道，志满气骄，将有长驱深入之势，不可不预为之备。"郕王见于谦有才多能，遂听其谋划，一一传旨。着都督孙镗、范广、孙安、雷通等，守护京师，勿违节制。又乞赦杨洪、石亨罪犯，着紧守宣府，勿与浪战。仍差杨洪之子杨俊，充游击将军，率兵并口外归顺人等，前往涿州、保定、真定、沧州、河间等处，往来巡哨。但见我朝遭伤军兵，即令收抚，不可加责。又着郭登等，紧守大同等处，遇敌可截、可邀、可守、可杀，相机而行。又着九边将帅许贵、刘安等，谨守城堡，切勿浪战。又着石亨侄石彪，领 游击等兵，沿城防守，以备不测。又着金瑛、兴安等，忠良内相，防守内城。

郕王见于谦一一区画，皆定国安邦之策，知人善任之谋，心中始安。各官都先命退，独留于谦在殿，直至一鼓方出，但见袍袖为之尽裂。此时吏部尚书王直，与多官尚在午门未散。见于公出朝，王直先说道："今日之事，变起仓促，赖公镇定，虽百王直，何能为耶？"众官都道："朝廷洪福，今幸有公。于公逊谢，众方同散。"正是：

　　社稷倒悬日，偏能一一持。

　　盘根若不遇，利器何由知？

此时太后深知于谦大有才能，且为人望，即传旨升于谦为兵部尚书。于谦入朝谢恩，即率众官，请早定大计，以定国本。至二十九日，皇太后即着金瑛传旨："皇太子冲幼，未能践祚，遽理万机；郕王年长，宜早正大位，以安国家。"于是群臣交章劝进。至九月六日，郕王即皇帝位，遥尊正统为太上皇帝，尊孙太后为上圣皇太后，改明年为景泰元年。于是天下始知有君，朝纲始肃，法令始行矣。于谦因见帝痛言道："胡人志满，必然深入。入则必须预备。今精锐之兵尽为随征丧尽，军资器械，十不存一。今宜遣官分头招募，官舍余丁义勇，再起集附近民夫，更替沿河漕运官军，令其悉隶各营，操练听用。再令工部齐集物料，造成攻战器具。户部尚书周忱，谋虑深长，乞令兼理二部事务。京城九门，最为紧要，向者，宣府、大同等处，尚为捍卫，今为也先残毁，便可直犯京师。前日虽着孙镗等将帅守护，还宜急取石亨、柳溥为总帅，列营操练。再遣王竑、杨善等，分头巡视，勿令疏虞。郭外居民都迁进城，勿为敌所掠。一切关隘，楼橹城墙，墩台濠堑，倘有毁坏淤塞者，务要挑筑高深坚固。又着飞骑传示九边：'若也先拥上皇到城下，可应道：赖宗庙社稷之灵，我朝已有君矣。'如违定以军法从事。"

奏毕，忽飞报也先拥上皇，从紫荆关而入，口称送驾，实杀伤指挥韩清等，掳去男女数百。将近京师，人心汹汹。侍讲徐珵，苏州人，自以为识得天文，见荧惑不退舍，忙移家口还苏，道："若再不去，定要作鞑子妇矣。"太监金瑛召廷臣问计，徐珵倡言京师不可守，必须南还。于谦因恸哭奏道："京师，天下根本。山陵社稷在此，百官万姓在此，帑藏仓储在此，六宫辎重在此，今不守此，将欲何为？若一迁都，大势去矣。昔宋高宗南渡之事可鉴也。一步不得离此！"金瑛、兴安大以于谦之言为是，因倡言道："死则君臣一处同死耳，再有言迁都者，上命必诛之。"一面出榜晓谕，众心始定。

此时承平日久，城外仓场堆积，动以数百万。于谦闻敌临关，急令官军预支一年粮草，任其自运。其搬运不尽者，就放一把火，焚烧殆尽。有人说："事体重大，何不报？"于谦道："事有经权①。今敌在目前，若必待报而行，适已资敌。敌食吾粮草，必久困吾，非计也。今行坚壁清野之计，彼无粮草，不能久留，将自退矣。"

不数日，也先兵果长驱至京城西北关外，此时喜宁降于也先，尽告以中国虚实，遂为向导。一路来势甚厉害，焚烧长陵、献陵、景陵。此时石亨掌后府，要闭九门以避敌锋。于谦道："断然不可。彼势甚是凶勇，今若闭门，是示之弱，益轻中国矣。"遂自提兵出德胜门，躬环甲胄，整顿人马，背城扎起九个大营，分布九门，共二十二万人马。激励将士，令石亨屯于城北，于谦自督其军，都督孙镗屯在城西，刑部侍郎江渊督其军于后，御史杨善等众臣闭门守城，以示必死。顷刻，也先蜂拥而来，我军严整不动。知也先拥上皇在军中，故不轻发一矢。也先因遣使来，假以送皇上为名，邀大臣出去议和迎驾，且邀金币巨万。于谦一无所许，但对他道："赖宗庙社稷之灵，我国已有君矣。"也先来意，只以为奇货可居，今见于谦说得冰冷，老大没兴，遂把黑旗一麾，人马

----

① 经权——权变，变化。

尽绕东城，而口称要攻南门。石亨要撤兵到南门，于谦道："这不是攻南门，必抢通州而去。"也先果喝指道："南朝可谓有人矣。"因又遣使来议和，就率大臣迎驾。于谦知其诈，因遣通政参议王复、中书赵荣往迎。二人到营，见上皇并也先。也先道："尔等皆小官，可令于谦、石亨、胡濙来。"王复辞归，上皇私谕二人道："彼无善意，尔等宜速去。"

二人方出，贼众早四面抢杀。只因坚壁清野，并无所得，遂仍拥了上皇而去。于谦哨探得上皇去远了，遂把军中黄旗一麾，放起联珠子母炮来，响得山摇地动。又将佛郎机、铜将军、铳炮一齐发，打死兵马不计其数。贼见势头不好，哄而走。于谦又令石亨领敢死之士，奋勇杀出，杀到城西，又杀到城南，贼兵大败而去。石亨不舍，一直追杀了三日三夜，直追至清风店才住。

未几，也先又拥上皇至大同城下，要金币巨万，方才归驾。大同副总兵郭登，知其诈，闭门不纳，使人在城传说道："赖祖宗社稷之灵，我国已有君了。"既而郭登设计，以与他金银为名，暗却结忠义壮士七十余人，令暗暗夺驾入城，不期淹留既久，也先疑心有变，一面收了金银，便大笑不应而去。此计不成，郭登心恨。到了景泰元年，也先又入朔州，郭登自领精兵，出其不意，从背后掩杀，杀死贼人无数。奏捷到京，于谦大喜，进封郭登为定襄伯。

也先吃了这一场亏，整点大队人马，仍要到大同来报复前仇。探事人报到城中，于谦恐九边有失，自请行边，指授方略。因先巡大同，对郭登道："也先要来复仇，势大难以力敌，莫妙于火攻。此处风土高燥，若暗埋地雷、火铳，破敌必矣。"郭登又请兼用搅地龙、飞天网，于公皆允行之。因而巡到宣府，谓守将杨洪道："总戎久在边庭，又且戮力，可谓有功。何土木之师，全不援救？今因多事，曲宥汝罪，向后当尽心报国。"杨喏喏连声。又巡到独石，于公谓守帅朱谦道："吾观独石城池一带，尽皆空虚，多有坍损，此国家藩篱重地，若弃而不修，非但宣府难保，即京师亦为之动摇矣。"遂荐都督孙安，授以方略，从独石、度龙门等关，且守且筑，后果无虞，于公巡边指授停妥，遂自回京。

却说也先要报大同之仇，率领勇悍，一齐杀来。郭登准备端正，只要他来，号炮一响，火箭火炬，远远射去，射着乱草枯苇，药线发作，地雷火铳，天崩地裂，飞将起来，烟焰冲天，人亡马倒，贼兵打死无数。急急逃得性命，又陷入飞天网，搅地龙之内，死者又不计其数。共打有二十八里血路，也先叫苦不迭道："中了南朝之计了。"于公又各处张挂榜文："若有擒获也先者，封国公，赏万金。"因此也先怀疑，遂不敢轻易攻城。

原来也先要送上皇归国，原是实意，只可恨一个降贼的太监，叫做喜宁，在其中屡屡挑唆也先，伤害中国，故不能归国。上皇察知其意，因怒谓袁彬道："若不诛喜宁，如何有还京之日。"袁彬因与上皇计较，写了一封书，叫总旗高磐寄去。那高磐原是中国人，一日能行二百余里，颇有忠心。他领了上皇之命，遂割开股肉，将书藏了，星飞到于宣府，将此书奏进。于谦看了，立时写书与杨洪，教他依计而行，擒取喜宁。你道此是什么计？原来杨洪之子杨俊，英勇无比，力挽千斤，能两胁挟两个石狮子而行，所以于公授计于杨洪，叫他："只说犒赏段疋，去骗喜宁到宣府来，及到领段疋时，却将段疋从城上簆笭中吊将下来，再叫杨俊扎缚身体，一如彩段之色，藏在簆笭之内，上加段疋遮掩，也吊将下去。但听高磐叫'喜宁哥'，指与你认，你便一把捉住，擎在簆笭之内，城上登时吊上。"

杨洪因与高磐细细说明，高磐大喜，遂急急去见也先，说明朝着宣府赏赐段疋。也先因令喜宁为向导，假以送上皇为名来领段疋。因前次受了郭登之亏，步步看视。尚离城五六十里，便住了，只拥上皇在前。城上见了上皇，便放下数百筐簆笭来。高磐紧紧跟着喜宁的马，厮赶而走。此时杨俊已在簆笭之内。高磐落马，搬取彩段，喜宁也落马来搬。高磐见了，忙大叫三四声："喜宁哥！喜宁哥！你不消搬，待我来搬罢。"叫声未绝，杨俊听得真，认得明，早跳出笭来，大叫一声："宁贼休走！中了俺于尚书之计也。"把喜宁一似捉小鸡的一般，丢在笭内，自身压着。城上人见了，忙把绳索一齐扯起。众贼见喜宁捉上城去，恐怕有变，急急搬了彩段，如飞而走，报知也先。也先见喜宁被捉，知南朝有计，也急急拥上皇奔去。杨俊早得喜宁上城，已压得半死，即时因车解到京师，遂凌迟处死。正是：

　　奸人不识是何心，专把伦常名教侵。

只道倚强身久住，谁知一旦忽遭擒。

也先自失了喜宁，无人挑唆，又见中国有人，不比旧时，便实心要归我上皇矣。因遣使赍番文一道，到京请和。礼部奏闻，要迎请上皇归国。景泰道："朝廷因通和坏事，欲与彼绝，而卿等又为此请，不知何故？"吏部尚书王直奏道："讲和者，因上皇在此，礼宜迎复。请遣使臣，不可有他日之悔。"景泰闻言不悦道："当时大位，是卿等要朕为之，非出朕心。"于谦察知其意，忙奏道："大位已定，孰敢再议？但上皇在北，当遣使尽礼，以舒边患耳。"景泰闻于谦之奏，方回嗔作喜道："从汝，从汝。"遂差李实为礼部左侍郎，罗绮为大理寺卿，允此副使，同来使而行。既而鞑王脱脱不花亦遣人来讲和。朝廷只得又差都御史杨善、侍郎赵荣使北报命。此一行，赖李实、杨善二人知机识变，能言善语，说得也先与鞑王欢喜，兼之正统洪福未艾，故也先、鞑王俱实意送还，尽皆治酒饯行。到了九月初八日，上皇起驾，也先妻妾都罗拜哭别而去。伯颜率兵护送。十一日至野狐岭，伯颜道："此处乃华彝界限。"一齐大哭道："皇帝去矣，何时复得相见。"良久别去，仍命头目五百骑，送至京师。十四日，至怀来，抵居庸关，报到朝廷。群臣同礼部，请议迎复仪注。都御史王文独大声道："来？孰以为来耶？黠寇岂是真意？若不索金帛，便索土地。有许多事在，孰以为来耶？"众官都畏王文，不敢做声。独于谦道："不必固执。防变方略，我当任之。来与不来，与议仪注，固无害也。"遂具仪注。十五日，上皇至唐家岭，先遣使到京，诏谕避位，免群臣迎。十六日，百官仅迎于安定门，上皇从东安门进，景泰迎拜，上皇答拜。拜毕，相抱持而哭。各述授受之意，推让良久，乃送上皇至南宫，厚赏来使而去。正是：

上皇避位情兼礼，景帝迎归礼近情。

何事南宫一入后，遂令同气不同声。

景帝见大位已定，听黄竑易储之说，遂立皇子见济为皇太子，改封皇太子为沂王。满朝文武，谁敢谏止？不意皇太子五月立得，十二月便得疾而毙。景帝大哭不已。早有御史钟同、礼部章伦上疏，请复立沂王为皇太子。景帝大怒，即下二人于狱拷讯，流血被体。逼令诬引大臣，并南宫通谋。二人不服，复加重刑，适天大风雨，黄沙四塞，方才停刑。一日，于谦见景帝，即面奏道："臣窃见太子立未逾年，即□疾而尧，此诚天意有属，然钟同、章伦二臣所奏，未为无当，乞陛下容而宥之。”景帝闻言，拂然不悦道：“卿亦为此言耶？”即辍驾入宫，于谦悚然而去。内监兴安见于公奏，因叹息道：“此足见于尚书忠心，为国固本也。”

于公自知威权已重，屡疏乞骸骨，归老西湖。景帝十分信任，再三不许。于公见上不允，自知必死。尝拍案叹息：“吾一腔热血，竟不知洒于何地。”既而于公病，景帝差太监兴安、舒良，更番看视。二人见于公自奉俭朴，不胜叹息。奏闻景帝，景帝亦为之叹息。因命尚食监，凡一应日用，酱醋小菜，果品之类，尽数给与。于公患痰病，御医奏治痰必须竹沥。京中无竹，景帝亲驾幸万岁山，伐竹烧沥，以赐于谦，亦异宠也。众官见上优待于谦，便都诽谤起来。兴安闻之大怒道：“你们都毁谤于廷益。如今朝廷正要用人，若有不要钱财，不贪官爵，不顾家计，日夜与国家分忧出力，何不保举一人来，替换了于尚书？也是你们为臣子之事。汝众人不要把私心乱谤，公论自然难逃。”众官听了，俱默默无言而退。正是：

　　　　庙堂故仗忠臣计，肘腋还须内宦全。

　　　　不是兴安廷叱众，谁人为国惜于谦？

到了景泰七年，杭州西湖之水，忽然彻底干枯。此时孙原贞正在浙江做巡抚，见此变异，因叹息道：“哲人其萎乎？吾正忧乎于公。”不期到了十二月二十八日，景帝忽遘①重病，不能坐朝，于谦心中甚忧。捱到次年正月，景帝渐渐病重。于谦遂与众官计议，请立沂王仍为东宫，奏请不允。于谦又约十七日面奏泣请。不期徐有贞见景帝有不起之色，便与石亨计议，要乘机夺开南宫之门，迎请上皇复位，以成不世之大功。石亨大喜，以为然。因一面通知太监曹吉祥、蒋冕奏白于皇太后；又一面通知南宫；又一面会同掌兵都督张𫐐、张𫐶及都御史杨善；又一面假报北寇南侵，使于谦闻知，自去调度军务；又乘着北寇之信，暗暗纳兵入城。十六日晚，石亨等齐会于徐有贞宅中，徐有贞急急到台上观看星象，下来道：“时在今夕，不可失也。”到了四鼓，天色晦冥。石亨等惶惑道：“事当济否？”徐有贞大言道：“时至矣。”遂拥众到南

────────────

①　遘（gòu）——相遇。

宫城，那城门都用铁汁灌牢，众遂毁坏垣门而入。上皇问道："尔等何为？"徐有贞、石亨俯伏奏道："请圣驾复登九五。"遂扶上皇乘舆，兵士战惊，不能举动。徐有贞急忙上前自推，石亨一齐扶着。忽天色光明，星月交辉，众人呼噪，直入奉天殿，鸣钟击鼓，群臣尽皆失色。

其夜于谦尚宿于朝房，与众文武约定，次日祈遂前议。不意徐有贞、石亨等，希图迎复之功，竟将顺理之事，以为侥幸之图。于谦见众人有变，自知不免，然神色不变，徐整朝衣入班行礼。早闻得殿上传旨，拿王文、于谦、范广并太监王诚、舒良、张永，王勤等下狱。此皆徐有贞捏造其有谋迎立外藩之故也。

后二日，景帝驾崩，遂改八年为天顺元年，命徐有贞入阁办事，石亨封忠国公，余并升赏。徐有贞又唆给事王镇上疏，劾奏王文、于谦要坐以谋反之律，凌迟①处死，严加拷掠，必要招承迎立外藩之事。王文道："若要迎立外藩，必要金牌符敕，今金牌符敕见存禁中，不奏知皇太后，谁敢窃取而行？"石亨等道："虽无显迹，其意则有。"王文道："若以意欲二字诬陷文等，实不甘心。"琐琐辩之不已。于谦道："汝辩之何益？石亨等意已如此。彼盖欲踵秦桧'莫须有'之故智也。辩亦死，不辩亦死。忠臣岂恤死哉！"次日，石亨促成"迎立外藩，谋危社稷"之狱。天顺看了，尚犹豫不忍道："于谦曾有大功。"徐有贞、石亨二人忙上前道："臣等出万死一生，迎复陛下，若不置于谦等于死地，则今日之举为无名。"上意遂决。二十二日早，狱中取出王文、于谦、范广、王诚等，于西市受刑。王文犹称冤不住口，于谦笑道："我与汝不必辩，日后自有公论。"遂口吟乱世诗一首道：

　　　　成之与败久相依，岂肯容人辩是非？

　　　　奸党只知谗得计，忠臣却视死如归。

　　　　先天预定皆由数，突地加来尽是机。

　　　　忍过一时三刻苦，芳名包管古今稀。

吟毕，即引颈受刑，完了他"忠臣不怕死"一句。时年六十一。是日，阴霾四塞，日月无光，都人莫不垂泪。于公受害，太皇太后都不知道，既死方知。后上进宫来，朝太皇太后，方嗟叹道："于谦曾有大

---

①　凌迟——古代一种残酷的死刑，分割犯人的肢体。

功于我国家，为何就令至此，皇帝蒙尘时，若无于谦，国家不知何如。此皆奸人误皇帝也。况迎立外藩，并无此事。"因而惨然。上亦为之动容，然悔无及矣。石亨曾荐陈汝言为兵部尚书，不上半年，赃私狼藉，抄没财物于大内庑下者累累。上大怒道："景泰间，任于谦久且专，没无余财。汝还未几何，财帛之多如此！"石亨唯俯首默默。由是上益知于谦之冤，而恶石亨等矣。

也先闻知于谦被杀，料中国无人，乘机杀进，人人惊慌，京城大震。恭顺侯吴瑾在侧道："于谦若在，安得有寇至此。"上亦再三叹息。后徐、石二人争权，徐有贞贬云南卫充军，石亨谋反事露，石彪斩首，石亨赐白罗勒死。于冕初发辽东卫充军，至是赦归，始发棺回杭，葬于西湖之三台山。至成化即位，于冕上疏，讼父亲冤枉。上甚怜恤，因复其官爵，遣行人马旋，赐于谦祭物祭文。其谕有云："卿以俊伟之器，经济之才，历事先朝，茂著劳绩。当国家之多难，保全盛以无虞；唯公道而自持，为权奸之所害。在先帝已知其枉，而朕心实怜其忠。"

弘治元年，有诏道："少保于谦，有社稷功，可赠特进光禄大夫，柱国太付，谥肃愍①。"又立祠墓所，名曰旌功，命有司春秋致祭。万历年间，浙江巡抚傅孟春，偶有事宿于于坟，感梦于公，因上疏言所谥肃愍未合，改谥忠肃。自是之后，祈梦于祠下者，络绎不绝。祠侧遂造"祈兆所"，彻夜灯烛，如同白昼。诚心拜祷，其梦无不显应。

吾所谓正人之气，若郁郁不散，又能隐隐跃跃，而发为千古征兆者，此也。以此知西子湖灵秀之气中，有正气为之主宰，故为天下仰慕不已耳。

---

① 愍（mǐn）——忧伤。同"悯"。

卷九　南屏醉迹

佛家之妙，妙在不可思议；尤妙在不可思议中，时露一斑，令人惊惊喜喜，愈可思议；及思议而似有如无，又终归于不可思议。此佛法所以有灵，而高僧时一出也。西子湖擅东南之秀，仙贤忠节，种种皆有，而三宝门中，岂无　真修之衲，为湖山展眉目？然或安隐于禅，而不显慧灵之妙；或标榜于诗，而但逞才学之名；至于认空是色，执色皆空，时露前知，偶存异迹，疯疯癫癫，透泄灵机，不令如来作西方之蠢汉者，岂易得哉？

不意西湖上有一僧，叫做道济，小变沙门之戒律，大展佛家之圆通；时时指点世人，而世人不悟，只认他作疯癫，遂叫他作济癫。谁知他的疯癫，皆含佛理。就有知他不是凡人，究属猜疑，终不着济癫的痛痒。然济癫的痛痒，多在于一醉；而醉中之圣迹，多在于南屏。故略举一二，以生西湖之色。

原来济癫在灵隐寺远瞎堂座下为弟子，被长老点醒了灵性，一时悟彻本来①，恐人看破，故假作癫狂，以混人世之耳目。世人哪里得能尽知？自到了净慈寺做书记，便于癫狂中做出许多事业来。

忽一日，大众正在大殿上，香花灯烛，与施主看经，济癫却吃得醉醺醺，手托着一盘肉，突然走来，竟蹋地坐在佛前正中间。见众僧诵经，他却杂在众僧内唱山歌，唱一回，又将肉吃一回。监寺看见，不胜愤怒道："这是庄严佛地，又有施主在此斋供，众僧在此梵修，你怎敢装疯作痴，在此搅扰！还不快快走开！若再迟延，禀过长老，定加责治。"济癫笑道："你道我佛庄严，难道我济癫不庄严？只怕我这臭皮囊，比土木还庄严许多。你道施主在此斋供，难道我这肉不是斋供？只怕我这肉，比施主的斋供还馨香许多。你道众僧在此诵经，难道我唱的山歌儿不是诵经？只怕我唱的山歌儿，比众僧诵的经文还利益些。怎么不逐他们，倒来赶我？"监寺见逐他不动，只得央了施主，同来禀知长

---

① 悟彻本来——即彻悟本来，对人间万物一切事情了然于心。

老。长老因命侍者唤了济癫来，数说道："今日乃此位施主祈保母病平安的大道场。他一片诚心，你为何不慈悲，使他如愿，反打断众僧的梵修功果？"济癫道："这些和尚只会吃馒头，讨衬钱，晓得什么梵修？弟子因怜施主诚心，故来唱一个山歌儿，代他祈保。"长老道："你唱的是什么山歌儿？"济癫道："我唱的是：

　　　　你若肯向我吐真心，我包管你旧病儿一时都好了。"

济癫念完，因对着施主说道："我这等替你祈保，只怕令堂尊恙此时已好了。你在此无用，不如回去罢。"正说得完，只见施主家里早赶了家人来报道："太太的病已好，竟坐起来了。叫快请官人回去哩。"施主听了，又惊又喜。因问道："太太数日卧床不起，为何一时就坐得起来？"家人道："太太说，睡梦中只闻得一阵肉香，不觉精神陡长，就似无病一般。"施主听了，因看着济癫道："这等看来，济老师竟是活佛了。待某拜谢。"说还未完，济癫早一路斤斗，打出方丈，不知去向了。

又一日，要寻沈提点，猜疑他在小脚儿王行首家，遂一径走到王家来。看见他妳子正站在门首，因问道"沈提点在你家么？"妳子道："沈相公是昨夜住在我家的，方才起来去洗浴，尚未回来。你要见他，可到里面去坐了等他。"济癫因走了入去。只见房里静悄悄，王行首尚睡在楼上，不曾起来。楼门是开的，遂蹑着脚儿走了上去。此时王行首正仰睡在暖帐里，昏沉沉地做梦。济癫看见，因走到床前，忙在踏板上取起一只绣鞋儿来，揭开了锦被，轻轻放在他阴户之上。再看王行首，尚恬恬睡熟。济癫恐有人来看见，遂折转身，走下楼来，恰好正撞着沈提点浴回。大家相见了，沈提点道："来得好，且上楼去吃早饭。"二人遂同上楼来。此时，王行首已惊醒了，见阴户上放着一只绣鞋，因看着济癫笑说道："好个圣僧，怎嫌疑也不避，这等无礼！"济癫道："冲撞虽然冲撞，却有一段姻缘，非是我僧家无礼。"王行首道："明明取笑我，有甚姻缘？"济癫道："你才梦中曾见什么？"王行首道："我梦中见一班恶少，将我围住不放。"济癫道："后来如何？"王行首道："我偶将眼一闭，就都不见了。"济癫道："却又来！这岂不是一段姻缘？"因取纸笔写出一个词儿来道：

　　　　蝶恋花枝应已倦，睡来春梦昏昏。衣衫卸下不随身，娇痴生柳祟，唐突任花神。

　　故把绣鞋遮洞口，莫教觉后生嗔。非干和尚假温存，断除生死路，绝却是非门。

　　又一日，净慈寺的德辉长老，要修整寿山福海的藏殿，晓得济癫与朝官往来，故命他化三千贯钱，济癫道："不是弟子夸口，若化三千贯，只消三日便完。但须请我一醉。"长老听了大喜道："你既有本事三日内化出三千贯钱来，我岂有不请你一醉？"因命监寺去备办美酒素食，罗列方丈中，请济癫受用，长老亲陪。济癫见酒，一碗不罢两碗不休，直吃得大醉，方才提了缘簿去睡。到次早，竟拿了缘簿来见毛太尉道："敝寺向来原有座寿山福海的藏殿，甚是兴旺，不意年深日久，尽皆倒塌，以致荒凉。今长老要发心修造，委我募化，须得三千贯钱，方能成功。你想我一个疯癫和尚哪里去化？唯太尉与我有些缘法，求太尉一力完成。"便取出缘簿，递与太尉。太尉看了道："我虽是一个朝官，哪里便有三千贯闲钱作布施？你既来化，我只好随多寡助你几十贯罢了。"济癫道："几十贯济不得事，太尉若不肯，却叫我再化何人？"太尉道："既如此说，可消停一两月，待下官凑集便了。"济癫道："这个使不得。长老限我三日便要，怎讲一两月？"太尉见济癫逼紧，转笑将起来道："你这个和尚，真是个疯子。三千贯钱，如何一时便有？"济癫道："怎地没有？太尉只收了缘簿，包管就有得来。"因将疏簿撇在当厅案上，急忙抽身便走。太尉见了，因叫人赶上，将疏簿交了还他。济癫接了，又丢到厅内地下，说道："又不要你的，怎这等悭吝①？"说罢，竟走出府去了。太尉只得将缘簿收下，因吩咐门上人："今后济疯子来，休要放他进府。"

　　却说济癫回到寺中，首座忙迎着，问道："化得怎么了？"济癫道："已曾化了，后日皆完。"首座道："今日一文也无，后日哪能尽有？"济癫道："我自会化，不要你担忧。"说罢，竟到禅堂里去了。首座说与长老，长老半信半疑，一时不能决断。

　　到了次日，众僧又来说："道济自立了三日限期，今日是第二日了，竟不出寺去化，只坐在灶下捉虱子，明日如何得有？多分是说谎，

---

　　①　悭（qiān）吝——吝啬。

骗酒吃了。"长老道："道济虽说疯癫，在正务上还不甚糊涂。事虽近乎说谎，但他怎好骗我？且到明日再看。"

不期到了第二日，毛太尉才入朝随驾，早有一个内侍，从宫里出来，寻着毛公道："娘娘有旨宣你。"毛太尉忙跟到正宫来叩见道："娘娘宣奴婢，不知有何吩咐？"太后道："本宫昨夜三更时分，正蒙眬睡去，忽梦见一位金身罗汉对我说道，西湖净慈寺，有一座寿山福海的藏殿，一向庄严，近来崩坍了，要化我三千贯钱去修造。我问他讨疏簿看，他说疏簿在毛君实家里。我又问他是何名号，他又说名号已写在疏簿之后，但看便知。本宫醒来，深以为奇。但不知果有疏簿在汝处么？"毛太尉听了，惊倒在地，暗想道："原来济公不是凡人！"因启奏道："两日前，果有个净慈寺的书记僧，叫做道济，拿一个疏簿到奴婢家来，要奴婢替他化三千贯钱，又只限三日就要的。奴婢一时拿不出，故回了他去。不期他急了，又弄神通来化娘娘。"太后又问道："这道济和尚，平日可有什么好处？"太尉道："平日并不见有甚好处，但只是疯疯癫癫地要吃酒。"太后道："真人不露相，这正是他的妙用，定然是个高僧。他既来化本宫，定有因缘。本宫宝库中现有脂粉银三千贯，可舍与他去修造。但此金身罗汉现在眼前，不可当面错过。你可传旨，备鸾驾，待本宫亲至净慈寺去行香，认一认这金身罗汉。"毛太尉领了太后的懿旨，一面到宝库中支出三千贯脂粉钱来，叫人押着；一面点齐嫔妃彩女，请娘娘上了鸾驾，自己骑了马，跟在后面，径到净慈寺而来。

此时济癫正坐在禅房中不出来，首座看他光景不像，因走来问他道："你化的施主如何了？"济癫道："将近来也。"首座不信，冷笑而去。又过了半晌，济癫忙奔出房来，大叫道："都来接施主銮！"他便去佛殿上撞起钟来，擂起鼓来，长老听见，忙叫众僧去看。众僧看见没动静，只有济癫自在佛殿上乱叫："接施主。"因回复长老道："哪里有甚施主？只有道济在那里发疯。"

正说不完，早有门公飞跑进来，报道："外面有黄门使来，说太后娘娘要到寺迎香，銮驾已在半路了，快去迎接！"众僧听见，方才慌了。长老急急披上袈裟，戴上毗①卢帽，领着合寺的五百僧人，出到山

---

① 毗（pí）——毗连，辅助。

门外来跪接。不一时，凤辇到了，迎入大殿。太后先拈了香，然后坐下。长老领众僧参见毕，太后就开口说道："本宫昨夜三更时分，梦见一位金身罗汉，要化钞三千贯修造藏殿，本宫梦中已亲口许了，今日不敢昧此善缘，特自送来。住持僧可查明收了，完此藏库功德。"毛太尉闻旨，忙将三千贯钱抬到面前，交与库司收明。长老忙同众僧一齐叩谢布施。

太后又说道："本宫此来，虽为功德，实欲认认这位罗汉。"长老忙跪奏道："贫僧合寺虽有五百众僧人，却尽是凡夫披剃的，实不敢妄想称罗汉，炫惑娘娘。"太后道："罗汉临凡安肯露相？你可将五百僧人尽聚集来我看，我自认得。"长老恐从杂堂上一时难看，因命众僧抬着香炉，绕殿念佛，便一个一个都从太后面前走过。此时济癫亦夹在众僧中，跟着走。刚走到太后面前，太后早已看见，亲手指着说道："我见的罗汉，正是此僧。但梦中紫磨金色，甚是庄严，为何今日作此幻相？"济癫道："贫僧从来是个疯癫的穷和尚，并非罗汉。娘娘不要错认了。"太后道："你在尘世中混俗和光，自然不肯承认，这也罢了，只是你化本宫施了三千贯钱，却将何以报我？"济癫道："贫僧一个穷和尚，只会打斤斗，别无什么报答娘娘，只愿娘娘也学贫僧打一个斤斗转转罢。"一面说，一面即头向地，脚朝天，一个斤斗翻转来。因不穿裤子的，竟将前面的物事都露了出来。众嫔妃宫女见了，尽掩口而笑。近侍内臣见他无礼，恐太后动怒，要拿人，因赶出佛殿来，欲将他捉住，不料他一路斤斗，早已不知打到哪里去了。

长老与众僧看见，胆都吓破，忙跪下奏道："此僧素有疯癫之症，今病发无知，罪该万死，望娘娘恩赦。"太后道："此僧何尝疯癫，实是罗汉。他这番举动，皆是祈保我转女为男之意，尽是禅机，不是无礼。本该请他来拜谢，但他既避去，必不肯来，只得罢了。"说罢，遂上辇①还宫。

太后去了，长老一块石头方才放下，因叫侍者去寻道济，哪里寻得见。早有人传说，他领着一伙小儿，撑着一只船，到西湖上采莲去了。侍者回报长老，长老因对众僧说："道济因要藏殿完成，万不得已，故

---

①　辇（niǎn）——古时用人拉的车，后来多指皇帝坐的车。

显此神通,感动太后。今太后到寺,口口声声罗汉,他恐被人识破,故又作疯癫,掩人耳目。你们不可将他轻慢。"众僧听了长老之言,方才信服。

又一日,济癫走出到灵隐寺来望印铁牛,印长老道:"他是个疯子。"遂闭了门不见。济癫恼了,随题诗一首,讥消他道:

几百年来灵隐寺,如何却被铁牛闩?

蹄中有漏难耕种,鼻孔撩天不受穿。

道眼岂如驴眼瞎?寺门常似狱门关。

冷泉有水无鸥鹭,空自留名在世间。

印长老看见,不胜大怒,遂写书与临安府赵府尹,要他将净慈寺外两旁种的松树尽行伐去,以破他的风水。赵府尹一时听信,径带了许多人来砍伐。德辉长老得知,着忙道:"这些松树,乃一寺风水所关。若尽砍去,眼见的这寺就要败了。"济癫道:"长老休慌。赵府尹原非有心,不过受谗而来。说明道理,自然罢了。"遂走出来迎接赵府尹,道:"净慈寺书记僧道济迎接相公。"赵府尹道:"你就是济癫么?"济癫道:"小僧正是。"赵府尹道:"闻你善作诗词,讥消骂人,我今来伐你的寺前松树,你敢作诗讥消骂我么?"济癫道:"木腐然后蠹生。人有可讥可消,方敢讥消之;人有可骂,方敢骂之。有如相公,乃堂堂宰官,又是一郡福星,无论百姓受惠,虽草木亦自沾恩,小僧颂德不遑,焉敢讥消相公。此来伐树,小僧虽有一诗,亦不过为草木乞其余生耳。望相公垂览。"因将诗呈览。府尹接了一看,上写道:

亭亭百尺接天高,久与山僧作故交。

只认枝柯千载茂,谁知刀斧一齐抛。

窗前不见龙蛇影,屋畔无闻风雨号。

最苦早间飞去鹤,晚回不见旧时巢。

赵府尹将诗一连看了数遍,低徊吟咏,不忍释手。因对济癫说道:"原来你是个有学问的高僧,本府误听人言,几乎造下一重罪孽。"因命伐树人散去,然后复与济癫作礼。济癫便留府尹入寺献斋。斋罢,方欣然别去。长老见府尹不伐树而去,因对众僧道:"今日之事,若非济癫危矣!"因叫人寻他来谢,早已不知去向。

又一日,要到长桥与王公送丧,走到王家,恰好丧事起身,济癫因对王婆说道："你又不曾请得别人，我一发替你指路罢。"因高声念道：

馉饳①儿王公，灵性最从容。擂豆擂了千百担，蒸饼蒸了千余笼。用了多少香油，烧了万千柴头。今日尽皆丢去，平日主顾难留。灵棺到此，何处相投？噫！一阵东风吹不去，鸟啼花落水空流。

念罢，众人起材，直抬到方家峪，才歇下，请济癫下火。济癫因手提大火把，道："大众听者！

王婆与我吃粉汤，要送王公往西方。

西方十万八千里，不如权且住余杭。

济癫念罢，众亲戚听了，暗笑道："这师父说得好笑。西方路远，还没稽查，怎么便一口许定了住余杭？"正说之间，忽见一个人走来，报王婆道："婆婆，恭喜！余杭令爱，昨夜五更生了一个孩子，托我邻人来报喜。"原来王婆有个女儿，嫁在余杭，王婆因他有孕，故不叫他来送丧。今听见生了孩子，满心欢喜，因问道："这孩子生得好么？"邻人道："不但生得好，生下来还有一桩奇处，左肋下，有'馉饳王公'四个朱字。人人疑是公公的后身。"众亲友听了此信，方才惊骇道："济公不是凡人。"急忙要来问他因果，他又早不知哪里去了。

又一日，净慈寺被回禄，复请了松少林来做长老。长老见重修募缘没榜文，因对济癫说道："只得要借重大笔一挥了。"济癫道："长老有命，焉敢推辞？但只是酒不醉，文思不佳。还求长老叫监寺多买一壶来吃了，方才有兴。"长老道："这个容易。"便叫人去买酒来与他吃。济癫吃得快活，便提起笔来，直写道：

伏以大千世界，不闻尽变于沧桑；无量佛田，到底尚存于天地。虽祝融不道，肆一时之恶；风伯无知，助三昧之威；扫法相还太虚，毁金碧成焦土；遂令东方凡夫，不知西来微妙。断绝皈依路，岂独减湖上之十方；不开方便门，实实缺域中之一教。即人人有佛，不碍真修；而俗眼无珠，必须见像。是以重思积累，造宝塔于九重；再想修为，塑金身于丈六。况遗基尚在，非比创业之难；大众犹存，不费招寻之力。倘邀天之幸，自不日而成；然工兴土

---

① 馉饳（gǔ duò）——面食品。

木，非布地金钱不可。力在布施，必如天檀越方成。故今下求众姓，盖思感动人心；上叩九阍①，直欲叫通天耳。希一人发心，冀万民效力。财众如恒河之沙，功成如法轮之转，则钟鼓复设于虚空，香火重光于先帝。自此亿万千年，庄严不朽如金刚；天人神鬼，功德证明于铁塔。谨榜。

　　长老看见榜文做得微妙，不胜之喜；随即叫人写了，挂于山门之上。过往之人看见，无不赞羡，哄动了合城的富贵人家，尽皆随缘乐助，也有银钱的，也有米布的，日日有人送来。长老欢喜，因对济癫说："人情如此，大约寺工可兴矣。"济癫道："这些小布施，只好热闹山门，干得甚事？过两日，少不得有上千上万的大施主来，方好动工。"长老听了，似信不信，只说道："愿得如此便好。"

　　又过不得三两日，忽见济癫忙走入方丈，对长老道："可叫人用上好的锦笺纸，快将山门前的榜文端端楷楷写出一道来。"长老道："此榜挂在山门前，人人皆见，又抄他何用？"济癫笑道："只怕还有不出门之人要看。快叫人去写，迟了恐写不及。"长老见济癫说话有因，只得叫人将锦笺抄下。恰好抄完，只见管山门的来报道："李太尉骑着马，说是皇爷差他来看榜文的，要请长老出去说话。"长老听了，慌忙走出山门迎接。李太尉看见长老，方跳下马来，说道："当今皇爷，咋夜三更时分，梦见驾幸西湖之上，亲见诸佛菩萨，俱露处于净慈寺中；又看见山门前这道榜文，字字放光；又看见榜文内有'上叩九阍'之句，醒来时记忆不清，故特差下官来看。不期山门前果有此榜文，榜文内果有此'叩阍'之句，大是奇事。但下官空手，不便回旨，长老可速将榜文另录一道，以便归呈御览。"此时长老因有锦笺抄下的，一时胆壮，随即双手献上道："贫僧已录成在此，伺候久矣。"太尉接了，展开一看，见笺纸精工，字迹端楷，不胜大喜道："原来老师有前知之妙，下官奏知皇爷，定有好音。"说罢，即上马而去。

　　到了次日，李太尉早带领许多人，押着三万贯钱到寺来说："皇爷看见榜文，与梦中相似，甚称我佛有灵。又见榜文有'叫通天耳'之句，十分欢喜，故慨然布施三万贯，完成胜事。你们可点明收了，我好

---

　　① 九阍——九天之门，犹言九关。也用来比喻帝王的宫门。

回旨。"

　　长老大喜，因率合寺僧人，谢了圣恩，李太尉方去复旨。长老正要寻济癫来谢他，济癫早又不知哪里去了。长老见钱粮充足，因急急开工，诸事俱容易打点，只恨临安山中，买不出为梁、为栋、为柱的大木来，甚是焦心，因与济公商量道："匠人说要此大木，除非四川方有；但四川去此甚远，莫说无人去买，就是买了也难载来。却如何区处？"济癫道："既有此做事，天也叫通了。四川虽远，不过只在地下。殿上若毕竟要用，苦我不着，去化些来就是了。但路远，须要吃个大醉方好。"长老听了，又惊又喜道："你莫非取笑么？"济癫道："别人面前好取笑，长老面前怎敢取笑？"长老道："既是这等说，果是真了。"因吩咐侍者去买上好的酒肴来，尽着济公受用。济癫见酒美肴精，又是长老请他，心下十分快活，一碗不罢，两碗不休，一霎时就有二三十碗，直吃得眼都瞪了，身子都软了，竟如泥一般矬①将下来。长老与他说话，也都昏昏不醒，因吩咐侍者道："今日济公醉得人事不知，料走不去，你们可搀扶他去睡罢。"侍者领命，一个也搀不起，两个也扶不动，没奈何只得四个人连椅子抬到后面禅床上，方放他睡下。这一睡，直睡了一日一夜，也不见起来。众僧疑他醉死了，摸一摸，却又浑身温软，鼻息调和；及要叫他起来，却又叫他不醒。监寺因来埋怨长老道："四川路远，大木难来，济癫一人如何得能走去化来？他满口应承者，不过是要骗酒吃。今长老信他胡言，买酒请他吃醉，今醉得不死不活，睡了一日一夜，还不起来。等他到四川去化了大木回来，只好那事罢了。"长老道："济公应承了，必有个主意，他怎好骗我？今睡不起，想是多吃几杯，且等他醒来，再作道理。"监寺见长老回护，不敢再言。

　　又过了一日，济癫只是酣酣熟睡，又不起来，监寺着急，因同了首座，又来见长老，道："济癫一连睡了两日两夜，叫又叫不醒，扶又扶不起，莫非醉伤了脏腑②？可要请医生来与他药吃？"长老道："不消得。你不须着急，他自会起来。"监寺与首座被长老拂了几句，因对众

---

　　①　矬（cuó）——短。
　　②　脏腑——五脏六腑。

僧说道：“长老明明被济癫骗了，却不认错，只叫等他醒起来。就是醒起来，终不然能到四川去！好笑，好笑。”

不期济公睡到第三日，忽然一咕噜子爬了起来，大叫道：“大木来了。快吩咐匠人搭起鹰架来扯。”众僧听见，都笑的笑，说的说：“骗酒吃的，醉了三日，尚然不醒，还说梦话哩。大木在哪里？就有大木，不过是扛是拽，怎么叫人搭鹰架去扯？胡说，胡说！”济癫叫了半晌，见没人理他，只得走到方丈来见长老，说道：“寺里这些和尚甚是懒惰。弟子费了许多心机力气，化得大木来，只叫他们吩咐匠工搭鹰架去扯，却全然不理。”长老听了，也有些兀突，因问道：“你这大木是哪里化的？”济癫道：“是四川山中化的。”长老道：“既化了，却从那里来？”济公道：“弟子想：大木路远，若从江湖来，恐怕费力费时，故就便往海上来了。”长老道：“若从海上来，必由鳖子门钱塘江上岸。你怎叫搭鹰架扯木？”济公道：“许多大木，若从钱塘江盘来，须费多少人工？弟子因见大殿前的醒心井，与海相通，故将众木都运在井底下来了。只要搭架子去扯。”

长老听见济公说得有源有委，来历分明，不得不信。因吩咐监寺快去搭鹰架。监寺因回禀长老道：“老师父不要信他乱讲。他吃醉睡了三日，又不曾半步出门。若说四川去化，好近路儿，怎生就化得大木来？就是有神通，化了从海里来，怎能够得到井底下？就是井底下通海，只不过泉眼相通，怎能容得许多大木？今要搭鹰架，未免徒费人工。”济公在旁听了，笑道：“你一个蠢和尚，怎得知佛家的妙用？岂不闻‘一粒米要藏大千世界’，何况偌大一井，怎容不得几根木头？”长老因叱监寺道：“叫你去搭鹰架，怎有许多闲说？”

监寺见长老发性，方不敢再言。只得退出，叫匠人在醒心井上，搭起一座大架子来，四面俱用转轮，以收绳索，索上俱挂着钩子，准备扯木。众匠人搭完了，走到井上一看，只见满满的一井水，却怎能有个木头？因都大笑起来，道：“济癫说痴话是惯的，也罢了，怎么长老也痴起来？”监寺正要捉长老的白字，因来禀道：“鹰架俱已搭完，井中只有清水，不见有别物，不知要扯些什么？”长老因问济公道：“不知大木几时方到？”济公道：“也只在三五日里。长老若是要紧，须再买一壶来请我？包管明日就到。”长老道：“要酒吃何难？”因吩咐侍者，又买了两瓶来请他受用。济公也不问长问短，吃得稀泥烂醉，又去睡了。长老有些识见，也还耐着；众僧看见，便三个一攒，五个一簇，说个不了，笑个不休。

不期到了次日，天才微明，济公早爬起来，满寺大叫道："大木来了，大木来了！快叫工匠来扯！"众人听了，只以为济癫又发疯了，俱不理他。济公自走入方丈，报知长老道："大木已到井了，请老师父去拜受。"长老听了大喜，忙着了袈裟，亲走到草殿上佛前礼拜了，然后唤监寺纠集众工匠，到井边来扯木。监寺与众工匠也只付之一笑，但是长老吩咐，不敢不来。及到了井边一看，哪里有个木头影儿？监寺要取笑长老，也不说有无，但只请长老白看。长老不知他是取笑，因走到井边，低头一看，只见井水中间果露出一二尺长的一段木头在水外。长老看见，满心欢喜，又讨毡条，对着井拜了四拜。拜完，因看着济癫说道："济公，真真难为你了。"济公道："佛家公事，怎说难为？只可恨这班贼秃，看着木头，叫他纠人工扯扯，尚不肯动手。"长老因对监寺道："大木已到，为何还不动手？"监寺忙走到井边，再一看时，忽见一段木头高出水面，方吃了一惊，暗想道："济公的神通真不可思议矣。"忙叫工匠系下去，将绳上的钩子钩在木上，然后命人夫在转轮上转将上来。扯起来的木头都有五六尺为圆，七八丈长短。扯了一株，又是一株冒出头来。长老因问济公道："这大木有多少株数？"济癫道："长老不要问，只叫匠人来算一算。若不够用，只管取，只管有；若是够用，就罢了。也不可浪费。"长老点头道"是"。因叫匠人估计，哪几颗为梁，哪几颗为柱。扯到六七十颗上，匠人道："已够用了。"只说得一声"够了"，井中便再没得冒起来了。合寺皆惊以为神，而济公又不知哪里去了。

自此之后，寺中诸事俱有次第，独两廊的影壁未画。临安的显宦俱已有过布施，不可再去求他，独有新任的王安抚未曾布施，济公就打帐去化他。长老听说，忙皱着眉，摇着头说道："这个官，万万不可去缠他。若去缠他，不但不肯布施，只怕还要惹出祸来。"济公道："这是为何？"长老道："我闻得此官原是个穷秀才，未得第时，常到寺院投斋，受了僧人戏侮，所以大恨和尚。曾怒题寺壁道：'遇客头如鳖，逢斋项似鹅。'这等怀嗔，化他何益？"济公道："他偏怀嗔，我偏去化他。"遂带着酒意，疯疯癫癫，一径走到安抚前，探头探脑地张望。

适值王安抚坐在堂上看见了，因叫人拿了进去，拍案大骂道："你这大胆秃厮，怎敢立在我府门外张望？"济癫道："相公府门外人人可立，为何小僧立一立，便是大胆？"安抚道："他人偶立立，便走去了。你这秃厮，立而不去，又且探头缩脑地张望，岂非大胆？"济癫道："小僧立而不去，是心要求见相公，因无人肯通，不得其门，故不得已而张望。"安抚道："你且说，要见我为着甚事？"济癫道："闻知相公恼和尚，小僧以为和尚乃佛门弟子，只为梵修祝赞，暗为人增福寿，故赖人衣食，而不能衣食于人，无可恼处，故特来分辩。"安抚听了，默然良久，道："我恼与不恼，你如何得知？且有甚分辩？"济癫道："小僧也无甚分辩，只有一段姻缘，说与相公，求相公自省。"安抚道："你且说来。说得好，免你责罚；说得不好，加倍用刑。"

济癫因说道："昔日苏东坡学士与秦少游①、黄鲁直②、佛印③禅师四人共饮。东坡因行一令：前要一件落地无声之物，中要两个古人，后要结诗二句。要说得有情有理，而又贯串，不能者罚。"旁边看的人都替济公担忧，济公却不慌不忙道："相公听着：

苏东坡说起道：笔花落地无声，抬头见管仲。管仲问鲍叔④，如何不种竹？鲍叔曰：只须三两竿，清风自然足。

秦少游说道：雪花落地无声，抬头见白起。⑤ 白起问廉颇，如何不养鹅？廉颇曰：白毛铺绿水，红掌拨清波。

黄鲁直说道：蛀屑落地无声，抬头见孔子。孔子问颜回，如何不种梅？颜回曰：前村深雪里，昨夜一枝开。

佛印禅师后道：天花落地无声，抬头见宝光。宝光问维摩，⑥ 僧行近如何？维摩曰：遇客头如鳖，逢斋项似鹅。"

---

① 秦少游——即秦观，宋代著名词人。
② 黄鲁直——即黄庭坚，宋代著名词人、书法家。
③ 佛印——宋僧，名三元。
④ 鲍叔——即鲍叔牙，春秋时齐人。
⑤ 白起——战国时秦国大将。
⑥ 维摩——即维摩诘，释迦同时人，义译无垢称，或作净名。

　　王安抚听了，打动当年心事，忍不住大笑起来道："语参禅妙，大有可思。且问你是那寺僧人？叫甚名字？"济公道："小僧乃净慈寺书记僧，法名道济。"王安抚听了，大喜道："原来就是做榜文，'叫通天耳'的济书记，果是名下无虚。快请起来相见！"重新见礼过，遂邀入后堂，命人整酒相留，安抚亲陪。

　　二人吃到投机处，济公方说起两廊画壁之事，要求相公慨然乐助，安抚道："下官到任未久，恐不能多。既是济师来募，因取出俸钞三千贯，叫人押送到净慈寺去。"济公方谢别安抚，一同回寺。长老看见，只惊喜得吐舌道："这位宰官化得他来，真要算他手段！"

　　又一日，吃得烂醉，走到清和坊街上，早一跤跌倒。他也不扒起来，竟闭着眼要睡。正值冯太尉的轿过，前导的虞候看见，吆喝叫他起来。济公道："你自走你的路，我自睡我的觉，你管我怎么？"太尉轿到面前，听见了，因喝骂道："你一个和尚，吃得烂醉，说我管你不得，我偏要管你一番，看是何如？"因吩咐四五个虞候将济癫扛到府中，当厅放下。

　　太尉复问道："你这和尚，既入空门，须持五戒，却癫狂贪酒，怎说无罪？"因叫当该取纸笔与他，问他是何处僧人，有何道行，可从实供来。济癫道："要我供，便供何妨？"因接了纸笔，竟供道：

　　南屏山净慈寺书记僧道济，幼生宦室，长习儒风。自威音王以前，神通三昧；至传灯佛下世，语具辩才。宿慧暗通三藏法，今修背记十车经。广长舌，善译五天竺书；圆通耳，能省六国梵语。清凉山一万二千人，犹记同过滑石桥；天竺寺五百余尊者，也曾齐登鹫峰岭。理参无上，谁不竖降旗？妙用不穷，自矜操胜着。云居罗汉，唯有点头；泰州石佛，自难夸口。剃光头，卖萝卜，也吃得饭；洗净手，打口齿，也觅得钱。倔强赛过德州人，跷蹊压倒天下汉。有时娼妓家说些因果，疯狂不是疯狂；有时尼姑寺讲些禅机，颠倒却非颠倒。本来清净，笑他龙女散花多；妙在无言，笑杀文殊狮子吼。唱山词，声声般若；饮美酒，碗碗曹溪。坐不过，禅床上醉翻斤斗，戒难持，钵盂内供养屠儿。袈裟当于卢妇，尽知好酒癫僧；禅杖打倒庞婆，共道风流和尚。十六厅宰官，莫不尽我酒后往还；三天竺山水，从来听予闲中坐卧。醉昏昏偏有清头，忙碌碌却无拘束。虽则欲加罪，和尚易欺；只怕不犯法，官威难逞。请看佛面，稍动慈悲，拿出人心，从宽发落。今蒙取供，所供是实。

供完，当该取了呈上。冯太尉见其挥洒如疾风猛雨，已自惊羡，再见名字是道济，因讶说道："原来你就是净慈寺的济书记！同僚中多说你是个有意思的高僧，为何这等倒街卧巷，不惜名检？今日经此一番，不便加礼，且放他去了罢。"济公听见放了他，他倒转大笑起来道："我和尚吃醉，冲撞了太尉，蒙太尉高情放了，只怕太尉查不见外国进贡的这盒子玉髓香来，朝廷倒不肯放你哩！"太尉听见济癫说出"玉髓香"三字竟惊呆了。

原来朝廷果有一盒玉髓香，三年前八月十五日，曾取出来烧过，就吩咐冯太尉收好，冯太尉奉旨收在宝藏库第七口厨内。不期去年八月十五日，圣上玉体不安，皇太后取出来烧了祈保，就随便放在内库第三口橱里。皇上不知原由，叫冯太尉去取。冯太尉走去取时，已不见了，心上着忙，不敢复旨，故自出来求签问卜。今见济癫说出他的心事，怎不着惊？因问道："这玉髓香，你莫不知道些消息在哪里么？"济癫因又笑道："贫僧方才供的，卖响卜也吃得饭，这些小事怎么不知？"太尉听见他说知道，满心欢喜，忙叫人将他扶起，自起身与他分宾主坐下，复问道："济师既知，万望指教。"济公道："说是自然要说，但贫僧一肚皮酒，都被太尉盘醒了，清醒白醒，恐说来不准。敢求太尉布施一壶，还了贫僧的本来面目，贫僧便好细说。"

冯太尉没奈何，只得叫人取酒请他。济公直吃得烂醉如泥，方才说道："这香是皇太后娘娘旧年中秋夜，取出来焚烧，祈保圣安，因夜深了，就顺便放在内库第三口厨内。你为何问也不去问声，却瞎哄哄乱寻？"冯太尉听了，又惊又喜，却不能全信，因吩咐掌家款住他，自却飞马入朝去查问。去不多时，早欢欢喜喜飞马回来，向济公称谢道："济师竟是未卜先知的一尊活佛了！这玉髓香果在内库第三口橱里，连皇太后娘娘也忘记了。"说罢，济公辞出回寺。

自此之后，以游戏而显灵救世之功，也称述不尽。只到了六十外，忽尔厌世，遂作病容。松少林长老因看他道："济公，你平日最健，为何今日一旦如此？"济癫笑笑，也不回说些什么，但信口作颂道：

　　健，健，健，何足美！只不过要在人前扯门面。吾闻水要流干，土要崩陷，岂有血肉之躯，支撑六十年而不变？棱棱的瘦骨几根，鳖鳖①的精皮一片，既不能坐高堂，享美禄，使他安闲；何苦忍饥寒，奔道路，将他作贱？况真不真，假不假，世法难看；且酸的酸，盐的盐，人情已厌。梦醒了，虽一刻，却也难留；看破了，从百年，大都有限。倒不如瞒着人，悄悄去静里自寻欢；索强似活现世，哄哄的动中讨埋怨。灵光既欲随阴阳，在天地间虚行；则精神自不肯随尘凡，为皮囊作楦。急思归去，非大限之相催；欲返本来，实自家之情愿。从此紧闭门，坐破蒲团；闲行脚，将山川踏遍。

长老听了，叹羡道："济公来去如此分明，禅门又添一重公案矣。"故济公坐化后，留此醉迹，为西湖南屏生色。

---

① 鳖鳖——即瘰。

卷十　虎溪笑迹

释家之有高僧，犹儒家之有才子也。才子虽修齐诚正工夫，倒不得圣贤地位，然不朽文章，亦名教之所重。高僧的学问虽不及佛菩萨之神通，然戒律精严，性情灵慧，亦鬼神之所钦，高人之所敬。行为佛法增光，坐为湖山生色，有不可埋没者也。唯其品第相因，故才子与高僧，往往两相契慕。虎溪一笑，有自来也。

你道这笑迹，是怎生样留的？原来西湖南山中，有一龙井寺，本名龙泓，其来久矣。在孙吴的赤乌年中，葛稚川在葛岭炼丹，便按方位，选灵秀，到此龙井中来取水。盖因此地的林樾幽古，山麓深沉，满山空翠之色，泠泠①欲滴；而石涧流泉，淙淙然不舍昼夜。闲花寂草，铺满深山；鸟韵樵歌，响答林谷。境界已自不凡，又相传井中有龙居焉，故大旱，居民祷雨，每到此拜求，多有灵验。一向也有僧人栖止，然无道德，无才能，不能为湖山开出生面。直到宋朝嘉祐年间，方来了一位高僧法名元净。后来神宗皇帝喜其讲解精微，又赐号辨才。他是临安於潜人，曾受戒于天竺的慈云法师，故学行精进；每每行住坐卧之处，都有舍利子流将出来；左肩肉上又现出袈裟文八十一条，后直到八十一岁方才坐化。他到了湖上，四山捡选，要寻个幽胜之地，以为栖息。湖曲则厌繁华，五云又嫌孤寂，直上风篁岭，寻到龙井，见其山灵水活，朝夕可亲，径路透迤，又不阻绝，方才茸旧增新，创成一个丛林，住在里面。

从来说"人杰地灵"，这龙井寺自有了辨才住锡，只觉得一日兴头似一日。这是为何？盖因辨才的道行精严，又能持楞严秘密神咒，为人治病立愈，故有人尊敬他，不啻活佛，而辨才却只以学者自居，有才名之人来相访，便无不接见，恐怕当面失了高人。争奈龙井路虽不甚远，而山高路峻，往还者虽说有人，毕竟稀少。此时天竺自慈云法师归西之后，遂无高僧主持，便觉冷冷落落，不甚兴头。太守沈文通见了，甚不

---

① 泠泠（líng）——形容滑凉。

过意，因对众说道："天竺乃观世音菩萨的<u>丛林</u>，观世音菩萨之教，是以声音宣扬佛力，却不是禅和子习静之处。吾闻龙井寺的辨才和尚，大有灵慧之才，若请得他来为天竺之主，宣场教力，便自然要兴头一番。"众人听了，皆以为然。沈太守见人情乐从，不胜欢喜，便做了一通请启，到龙井来敦请辨才法师出山，为天竺之主。正是：

> 佛法何尝择地兴，名山往往得高僧。
>
> 移将龙井菩提妙，来作三天竺上乘。

那时辨才的初意，也不肯舍了龙井之静，而就天竺之喧，只因却不过沈太守的面皮，只得应承来了。不期一到了天竺，人皆久慕其名，来学道的，来求讲的，纷纷不一。辨才虚心好道，又怕失了高人，凡来相访的，无不殷勤接见，与他论法谈禅，所以来的人多向往。况又能为人治疾，就是三五年不能痊可的病，只要他在佛前至诚忏悔已往之愆，消除未来之过，拜毕，辨才便取净瓶中杨柳枝水洒地，结坛跏趺①而坐，面前置净水一碗，朗诵楞严神咒三遍，再将杨柳枝上水，滴于病人手心内，叫病人饮了，随你千般病症，顷刻就好；任你一二十年宿疾，医士药不能奏效的，一遇辨才，便无不好之理。偶然出到秀州楞严寺里，适有嘉兴县令陶象，只生一子，名凤官，年方十八。来任不上一年，忽染一奇症，犹如"还魂记"中说的，"似笑如啼，有影无形"，却是一个邪神野鬼牵缠；忽哭忽笑，忽起忽拜，谜言谜语，呢呢念念，饮食都废，骨瘦如柴。父母见他如此光景，不胜惊惶，广延医药，有的说是痰迷心窍，吃了许多半夏、竹茹、贝母，消痰之药，也不见效。有的说是心神恍惚，吃了许多琥珀、硃砂、牛黄、镇心之丸，绝不相干。父母见此光景心慌，只得求神祈祷。

原来嘉兴最信的是师巫，听得县里要祈祷，便来了八个，这干人口里专会放屁，敲锣击鼓，跳起神来，骗猪头三牲吃；哩哐罗哐，请起几位伤司五路，唱了几个祝赞山歌，假说："我是金元七总管下降。"一个道："我是张六五相公临坛。"又一个道："吾乃宋老相公是也。"不过是饮食若流，做个饱食饱餐的饿鬼一通，有甚效验？再访得城隍庙有个贾道士法高。真是：

---

① 跏趺（jiā fū）——佛教徒的坐法，即所谓结跏趺坐。

降妖的天篷元帅，捉鬼的六甲天丁。

请了这贾道士来衙，登坛设醮，穿戴起星冠羽衣，焚了信香，念了
净心神咒；右手拿了七星降妖宝剑，左手用五雷诀捏着法水；踏罡①步
斗，喷了几口法水，用天篷尺在桌上拍一拍道："一击天门开，二击地
户裂，三击神鬼惊！"又拍一拍道："开天门，闭地户；留人门，塞鬼
路；穿鬼心，破鬼肚。"念过了金光咒，又念净天地咒，念完，烧起符
来，遣将捉邪。又念北方真武荡魔神咒。谁想那妖鬼就附在凤官身上，
走到坛前，与这道士福了两福道："师父，俺与你往日无冤，今日无
仇，如何念咒遣我？我与陶公子宿世夫妻，乃五百年结就的。随你念咒
书符，也禁我不得。"道士见精怪不怕他，他却有些慌了，连忙把令牌
在桌上，门门门门，一片价敲得发喊道：

都天大雷公，霹雳震虚空。神兵千万万，来降此坛中。敢有逆
令者，雷令敕不容。吾奉太上老君，急急如律令敕。

又烧符召请庞、刘、荀、毕、邓、辛、张、王、马、赵、温、关十二天
君。那妖怪在侧边，见道士做把戏，呵呵大笑道："自己心上的魔，尚
且不曾除，要除谁的魔，俺与你同是一魔，若以魔除魔，岂有此理！"
说罢，竟自走入房中去了。道士无可奈何，老大扫兴，只得收拾法器剑
印告回。

陶县令见这妖精神通广大，心中愈慌，恰好辨才法师来到秀州，陶
县令素闻其名，就往请法师，救拔儿子性命。辨才问这妖精是怎生起
的，陶县令道："小儿始初得病的时节，见一个少年女子，从外而来，
道：'我与你夫妻，五百年来结下的缘分，休得相弃。俱是芳年，好生
受用。'遂与小儿调笑欢呼，同走到一水边，这女子赠诗一首道：

生为木卯人，死作幽独鬼。

泉门长夜开，衾怖待君至。

自此之后，便源源而来，如今又说道：

仲冬之月，二七之间，

月盈之夕，车马来迎。

今去仲冬十五之期，已不多几日了，随你法官都治他不得，特来拜请吾

---

① 罡（gāng）——道家称天空极高处。

师救度。"辨才法师允其请，即便迎到衙中。法师教除地为坛，上悬一幅大士像，取柳枝洒水于地，一面宣大佛顶首楞严秘密神咒，三绕坛而去。是夜，那妖竟不到凤官房里来。凤官但见坛前都是长身金甲的神将，手执刀斧剑戟，重重围绕，遂得安寝。

次日，辨才又来坛前，结跏趺坐，密密宣咒，教四大天王速擒妖物来。那四天王有通天的手段，专降的是恶魔凶怪，得了法旨，就像抓小鸡儿的，一把抓将过来，摔在坛前地下，这妖怪怎生模样？但见：

> 淡淡梨花白面，轻轻杨柳纤腰。朱唇一点晕红娇，好个青春年少。绿鬓照开明月，玉笋微露轻绡。盈盈十五女儿娇，嫁与潘郎正好。

> ——右调《西江月》

法师见了，问道："汝居何地而来此？"那女妖娇声地答道：

> 会稽之东，下山之阳，
> 是吾之宅，古木苍苍。

法师又问道："汝姓什么？"女妖又答道：

> 吴王山上无人处，几度临风学舞腰。

法师道："据你这等说，敢是姓柳么？"女妖道："便是。"法师道："你何故在此媚人？"女妖答道："因与陶公子原有宿世夫妻之分，非敢为媚也。"辨法师大喝道："汝无始已来，迷已逐物；为物所转，溺于淫邪；流浪千劫，不自解脱；入魔趣中，横生灾害，延及无辜。汝今当知魔即非魔，魔即法界。我今当为汝宣说楞严秘密神咒，汝当谛听。讼既往过愆，返本来清净，觉性若迷而不悟，再在此胡缠，吾当令四天王押汝到烈火坑中去，受苦无量。"说罢，女妖惊悟，涕泣叩头道："承师父说法超度，不复在此贪恋，当别公子去矣。"遂入见凤官道："妾本与君图百年姻眷，今辨法师佛力无边，神通广大，他说法超度我，我岂可迷而不悟，受烈火坑中之苦乎？今要别子而去，但久与子处，情不能顿舍，愿与子同饮酒一杯，为永别之意。"遂相对痛饮，作诗一首为赠。诗云：

> 仲冬二七是良时，江下无缘与子期。
> 今日临岐一杯酒，共君千里永相离。

遂拂衣而去。自此之后，凤官神气清爽，再无魔难。陶县令感辨才法师有再生之功，厚有所赠，而法师一毫不取。陶县令唯有心感其德而已，遂备盛斋奉款，以船送归天竺。其时因在嘉兴遣了柳妖，并陶公子的病立时脱体，故一时僧俗人等，来见者不计其数。遂致天竺境中，凿山筑室，不过三年，竟成了一个闹热场。辨才法师此时深以为繁，恐误静中之功，遂决意辞了大众，仍归于龙井寺，此时沈太守已经去任，无人留他，故得自由。

　　辨法师到了龙井，见天竺朝夕与人往还，并不曾遇一出类高人，雄谈快论，开益心胸，故此交接之念，也就淡了。便有个藏修之意，不欲与人应酬。然湖上到龙井，路有二十余里之远，又不好全行拒绝来人，因立一个清规条约道：

　　　　山僧老矣，精神衰惫，不能趋承①。谨以二则预告：殿上闲谈，最久不过三炷香。山门送客，最远不过虎溪。垂顾大人，伏乞相谅。

　　　　　　　　　　　　　　　　　　　　山僧元静叩白

又造了一间远心庵，以为自家取静之地，本寺侍者因称他为“远公”。凡是与他来往的缙绅士夫，知他迎送之劳，因尊他敬他，却也都不坏他的规矩。如此年余甚是相安。

　　原来这龙井寺前，有一条小桥，桥下便是龙井的水，流出成溪。因溪中有一块巨石，形类于虎，故就叫做“虎溪”，以配“龙井”之意。溪上这条桥，因而遂叫做虎溪桥。过了桥去，就是逶逶迤迤的一带长岭，岭傍俱是修竹在上，丛筱在下，风韵凄清，大有林壑之趣，故取名叫做风篁岭。岭上有石一块，高可丈许，青润玲珑，巧若镂刻，名曰“一片云”。远公未立清规之前，常常借送客而盘桓其间，偶题云：

　　　　兴来临水敲残月，谈罢吟风倚片云。

　　今因立了清规，便只以虎溪桥为界，一向倒也习成规矩：但走到桥边，脚早住了。

　　不期一日，苏东坡学士谪到临安来做太守，闻知辨才之名，公事一暇，即命驾往龙井寺来访他。管事僧接着，知他是本府太守，恐怕远公不肯迎送，以致得罪，因先跪禀道：“本寺老僧，不迎不送的清规行已

_____

　　①　趋承——尽心尽力效劳。

数年；今不便顿改，须求相公宽恕。"东坡道："我来访和尚，是访他的道行，谁访他的迎送？"一面说，一面就走到方丈里来。

此时辨才早已接住，相见过，才坐下，东坡便问道："闻知和尚戒律精严，不知戒的是些什么？律文是哪几条？"辨才应声答道："戒只是戒心之一件，律只是律心之一条，哪里更有几件几条？"东坡道："活泼泼一个心，受此戒律，不几死乎？"辨才道："死而后活，方才超凡入圣。"东坡听了，不禁点头赞羡道："辨师妙论入微，令人敬服。"二人遂促膝而谈，遂谈到快心处，彼此依依不舍，恨相见之晚，因而留宿。

到了次日，辨才又引东坡到潮音堂、神运石、涤心沼、方圆庵、寂室、照阁、闲堂、讷斋各处游赏。每到一处，不是题诗，便是作偈。二人你称我扬，甚是投机。吃过午斋，衙役整轿催归，东坡知留不住，方才约了后期。辞别出门，辨才相送，也只以为到桥自止，不期二人携手相搀，说到妙处，贪着说话，竟忘其所以，一步一步，只管走去，竟不知要走到哪里方住。左右侍者着急了，只得从旁叫道："远公，远公，送客已过虎溪矣！"辨才听见，忙举头一看，而身子已在风篁岭下矣，忍不住大笑起来道："学士误我，学士误我！"东坡见了，也忍不住笑将起来道："我误远公，不过是戒律。远公今日死心活了，超凡入圣，却又是谁之功？"二人相顾，又笑个不了。众人在旁，亦皆笑倒。远公道："杜子有云：'与子成二老，来往亦风流。'今日之谓也。"东坡有诗纪云：

> 此生暂寄寓，常恐名实浮。
> 我比陶令愧，师为远公优。
> 送我过虎溪，溪水常逆流。
> 聊使此山人，永记二老游。

自远公与东坡行后，遂作亭岭上，名曰"过溪亭"。而西湖之龙井，有此笑迹，遂为后人美谈。正是：

> 高僧纵是高无比，必借文人始得名。
> 所以虎溪留一笑，至今千载尚闻声。

卷十一　断桥情迹

盖情之一字，假则流荡忘返，真则从一而终；初或因情以离，后必因真而合，所以破镜重圆，香勾再合，有自来也，

话说元朝，姑苏有一士人，姓文，名世高，字希颜。生来天资敏捷，博洽好学，但因元朝轻儒，所以有志之士，都不肯去做官，情愿隐于山林，做些词曲度日，故此文世高功名之念少，而诗酒之情浓。到至正年间，已是二十过头，因慕西湖佳丽，来到杭州，于钱塘门外，昭庆寺前，寻了一所精洁书院，安顿了行李书籍，却整日去湖上遨游。信步闲行，偶然步至断桥左侧，见翠竹林中，屹立一门，门额上有一扁曰："乔木世家"。世高缓步而入，觉绿槐修竹，清荫欲滴，池内莲花馥郁，分外可人。世高缘景致佳甚，盘桓良久，忽闻有人娇语道："美哉，少年!"世高闻之，因而四顾。忽见池塘之左，台榭①之东，绿荫中小楼内，有一小娇娥，倾城国色，在那里遮遮掩掩地偷看。

世高欲进不敢，只得缓步而出，意欲访问邻家，又不好轻易问得。适见花粉店中，坐着一个老妇人，世高走近前，赔个小心道："老娘娘，借宝店坐一坐。"老妇人道："任凭相公坐不妨，只没有好茶相款。"世高见这老妪说话贤而有礼，便问道："老娘娘高姓?"老妇人接口道："老身母家姓李，嫁与施家。先夫亡过十年，只生得一个小女。因先夫排行第十，人都称老身施十娘。但不知相公高姓，仙乡何处，到此何干?"世高道："在下姑苏人，姓文，因慕西湖山水，特来一游。"施十娘道："相公特特来游西湖，便是最知趣的人了。"

世高见他通文达礼，料到不是粗蠢之人，便接口道："老娘娘，前面那高门楼，是什么样人家?"施十娘道："是乡宦刘万户家。可惜这人家，并无子嗣，只生得一位小姐，叫名秀英，已是十八岁了，尚未吃茶。"世高故意惊讶道："男大当婚，女大须嫁。论起年纪，十八岁，就是小户人家，也都嫁了，何况宦家。"施十娘道："相公有所不知，

---

① 台榭——亭台。

刘万户只因这小姐生得聪明伶俐，善能吟诗作赋，爱惜他如掌上之珍，不肯嫁与平常人家，必要嫁与读书有功名之人，赘在家里，与他撑持门户，所以高不成，低不就，把青春都错过了。"世高道："老娘娘可曾见小姐过么？"施十娘道："老身与她是紧邻，时常卖花粉与她，怎么不见？"世高听见，暗暗道："合拍得紧。今日且未可说出。"遂叫声咭噪，起身回去，细细思想道："这姻缘准在此老妇人身上有些针线。但这老妇人卖花粉过日，家道料不丰腴，我须破些钱钞，用些甜言美语，以图侥幸。"是夜，思念秀英小姐道："她是闺门处女，如何就轻易出口称赞我？他既称赞，必有我的意思。况又道：'美哉少年'，尤为难得。"在床上翻来覆去睡不着，忽然不知不觉，梦到城隍庙里，一心牵挂着秀英小姐，便就跪在城隍面前，祷告道："不知文世高与刘秀英有婚姻之缘否？"城隍吩咐判官查他婚姻簿籍。判官查出呈上，城隍看了，便就案上朱笔，写下四句与文世高，接得在手，仔细一看，上道：

　　尔问婚姻，只看香勾。

　　破镜重圆，凄惶好仇。

文世高正在详审之际，旁边判官高声一喝，飒然惊觉，乃是南柯一梦。仔细思量："此梦实为怪异，但'破镜重圆，凄惶好仇'二句，其中有合而离，离而合之事，且待婚姻到手，再作区处。"到天明，急用了早膳，带了两锭银子，踱到施十娘店中来。那施十娘正在那里整理花粉，抬起头来，见文世高在面前，便道："相公，今日有什么事又来？"文世高道："有件事央求老娘。"施十娘道："有何事？若可行的，当得效劳。"文世高便去袖中取出银子来，塞在施十娘袖中道："在下并不曾有妻室，要老娘做个媒人。"施十娘见他口气，明明是昨日说了秀英小姐身上来的，却故意问道："相公看上了哪一家姐姐，要老身做媒？"文世高道："就是老娘昨日说的刘秀英小姐。"施十娘道："相公差矣！若是别家，便可领命；若说刘家，这事实难从命。只因刘万户生性固执，所以迟到于今。多少在城乡宦，求他为婚，尚且不从，何况你是异乡之人，不是老身冲撞你说，你不过是个穷酸，如何得肯？尊赐断不敢领。"便去袖中摸出那两锭银子来，送还文世高。

世高连忙道："老娘娘，你且收着，在下还有一句话要说。"即将店前椅子移近柜边，道："不是在下妄想，只因昨日步入刘万户园庭，亲见小姐坐在小楼之内，见了我时，说一声道：'美哉少年！'看将起来，小姐这一句说话，明明有些缘故。今日特恳老娘进去，见一见小姐，于中见景生情，得便时，试问小姐可曾有这一句说话否。然而她是深闺小姐，如何就肯应承这句话？毕竟要面红耳赤。老娘是个走千家，踏万户，极聪明的人，须看风使船，且待她口声何如。在下这几两银子，权作酬劳之意，不必过谦。在下晚间再来讨回话。"施十娘听了，笑嘻嘻地道："刘小姐若没这句话，你再也休想；若果有这句说话，老身何惜去走一遭。但你不可吊谎；若吊了谎，却不是老身偌大的罪过？反说是轻薄她，日后再难见她的面，这关系非同小可，你不可说空头话。"文世高道："我正要托你做事，如何敢说谎？若是在下说谎，便就天诛地灭，前程不吉。"施十娘见他发了咒，料到未必是谎，即忙转口道："老身特为相公去走一遭，看你姻缘何如。若果是你姻缘，自然天从人愿；若不是你姻缘，你休痴想，缠我也是无益的。"文世高点首道："自然晓得。"便回下处。正是：

　　　　眼观旌捷旗，耳听好消息。

却说施十娘着落了袖里这两锭银子，安排午饭吃了，拣取几枝奇巧时新花儿，将一个好花匳①儿来盛着，慢慢地走到刘家来。正是：

　　　　本为卖花老妪，权作探花冰人。

　　　　三姑六婆不入，斯言永远当遵。

却说这刘小姐自见文世高之后，好生放他不下，暗想道："我看他一表非俗，断不是寻常之辈。若与他夫妻偕老，不枉我这一双识英雄的俊眼儿。我今年已十八，若不嫁与此等之人，更拣何人？但我爹爹固执，定要嫁势要之人，不知势要之人就是贫贱之人做起的。拣到如今，徒把青春耽误过了，岂不可叹？但不知所见少年是何姓名，恐眼前错过了，日后难逢。"这是小姐的私念。大抵女人，再起不得这一点贪爱之念，若起了时，便就心猿意马，把捉不定。

恰值那施十娘提了花篮儿来到刘家，见了老夫人，道个万福。夫人还礼道："施妈妈，久不见你了。"施十娘道："因家间穷忙，失看老奶奶和小姐。今日新做得几枝好花儿，送与小姐戴。"老夫人道："我家

_____

①　匳（lí）——竹箱或小匣。

小姐正思量你的花儿戴。你来得好。"吃了茶，就走到小姐绣房门口，掀开帘儿，走将入去。只见小姐倚着栏干，似一丝两气模样。上前忙道个万福，恰值小姐思忆少年，一时不知，见施十娘道了万福，方才晓得有人到来，急转身回礼道："妈妈为何这几时不来看我？可有什么时新巧色花头儿么？"施十娘道："有！有！"连忙开了花盒儿，都是崭新花样。一枝枝取出来，放在桌上，却取起一朵喜踏连科的金枝金梗异样好花儿，插在小姐头上道："但愿小姐明日嫁个连中三元的美少年，带挈老身吃杯喜酒，可好么？"小姐笑笑，便随她戴了。

恰好丫环春娇送进茶来，施十娘接杯在手，顺口儿道："老婆子今日吃了小姐的茶，不知几时吃小姐的喜酒呷，常时受小姐的好处，些也不曾补报得，日夜在心。明日若替小姐做得一头好媒，老婆子方才放心得下。"小姐口中虽不做声，却也不怪她说。施十娘看房中无人，便走近小姐身边一步道："小姐，老身有一句不知进退的话，敢在小姐面前说么？若不嫌老身多嘴，方敢说，若怪老身，老身也就不说了。"小姐道："妈妈，你是老人家，如何怪你？有话但说不妨。"施十娘便轻轻说道："小姐！你前日楼上，可曾见一个少年的郎君么？"小姐脸色微红，慢慢地道："没有。"口中虽然答应，那意思甚懒。施十娘见他像个不嗔怪的意思，料到是曾见过来。因又说道："你休瞒我。那少年郎君，今日特来见我，说前日见了小姐，小姐称赞他美少，可是有的么？"小姐不觉满面通红，便不作声。施十娘知窍，便说道："那少年郎君是苏州人，姓文，真个好一个风流人品。小姐若得嫁他，日后夫荣妻贵，也不枉了小姐芳容。你心下何如？"那小姐把头低了，微微一笑。施十娘见小姐这般光景，料到十拿九肯，又说道："那文相公思想小姐，自从昨日至今，一连来数次，要老身访问小姐消息，不知小姐有何说话？"那小姐道："没有什么说话，但不知这人可曾娶？"便不言了。施十娘接口道："他说不曾娶妻，所以求老身做媒。据我看起来，这人不是个薄幸①之人。论相貌，与小姐恰好是一对儿，不可错过了这好亲事。小姐若肯应允，老身出去就与他说知。"小姐将头点了一点，施十娘会意，忙收拾花盒儿起身，小姐又扯住她衣袂道："老妈妈谨

---

① 薄幸——薄情，负心。

言。"施十娘道:"不必吩咐。"出来见了老夫人道:"小姐还要几枝好花儿,明日再送来。"说罢自去。正是

　　　　背地商量无好语,私房计较有奸情。

施十娘出得门来,那文世高早已在店中候久了。见了施十娘欣欣然有些喜色,便深深唱一个喏道:"那事如何?"施十娘细细说一遍,喜得那世高浑身如虫钻骨痒一般,非常快乐,道:"小姐这般光景,婚姻事大半可成,我明日做一首诗,劳老娘寄与小姐一看,或求她和我一诗,或求她信物一件,以为终身之计。全仗维持。"施十娘依允了。

文世高回寓,当晚一夜无眠,次日早起,取出白绫汗巾一方,磨浓了墨,写七言绝句一首于上:

　　　　天仙尚惜人年少,年少安能不慕仙?
　　　　一语三生缘已定,莫教锦片失当前。

写完,封好了,急急走到店中,付与施十娘,道:"烦老娘寄一寄去,千万讨小姐一个回信。事成重重相谢。"

施十娘袖了诗又拣几枝好花儿,假意踱到刘家来,见了老夫人道:"今选上几枝花儿,比昨日的又好,特送与小姐。"说完了,便望小姐卧楼上走。小姐见了,比昨日更自不同,即忙见礼。施十娘四顾无人,便去袖中摸出那条汗巾儿,递与小姐。小姐打开一看,却是一首诗。仔细看来,大是钟情的意思,又见他写作俱妙,越发动了个爱才之念,看了不忍释手。施十娘见她这般不舍,就道:"小姐高才,何不就和他一首?"小姐笑道:"如何便好和得?"施十娘道:"文相公还要问你求件信物儿以为终身之计。"小姐听罢,便从箱子内,取出亲手绣的一条花汗巾,拿起一枝紫毫笔,就题一诗于上。云:

　　　　英雄自是风云客,儿女蛾眉敢认仙。
　　　　若问武陵何处是?桃花流水到门前。

题完诗,就递与施十娘。十娘道:"你两个既是这般相爱,定是前生结下的夫妻;但不知道这诗中可曾约他几时相会?"小姐道:"我诗中之意,虽未有期,却随他早晚来会便了。"施十娘道:"如此固好,但府上铜墙铁壁,门户深沉,却教他从何处进来?"小姐听了,没做理会。施十娘是偷香窃玉的老作家,推开窗四围一看道:"有了!老身的后门,紧靠着这花园墙内栖云石边。小姐,你晚间可到石上,垂过一条索

子来，教文相公执着索子，攀着树枝，便可进来。"小姐道："恰好有条秋千索在此。且喜这石畔有一株老树，尽可攀援，谅无失足之虞。"

两个计较得端端正正。小姐又取出一只穿得半新不旧的绣鞋儿，递与妈妈，道："以此为验。"施十娘袖了绣鞋儿并花汗巾，起身作别。临行时，小姐去奁妆里取出金钗一股，赠与施妈妈，道："权作谢仪，休嫌菲薄。"又叮嘱了几句，送至楼门口。正是：

> 情到相关处，身心不自由。
>
> 和盘都托出，闺阁惹风流。

施十娘急急走至店中，那文世高已候许久了，施十娘道："文相公，恭喜贺喜！天赐良缘！我今日为你作合，你休负了小姐一片苦心。"遂取出汗巾、绣鞋儿，递与文世高。世高一时见了，就如平地登天，喜之不胜。再看诗意，不独情意绸缪，而词采香艳风流，更令人爱慕。看了绣鞋儿，纤小异常，又令爱杀。正在仔细玩弄之际，忽然想起梦中城隍之言，"若问婚姻，只得香勾"之句，遂叹一声道："好奇怪！"施十娘道："有何奇怪？"文世高便将梦中之事，说了一遍。施十娘道："可见夫妻真五百年结就的，不然，一见何便留情至此？"文世高遂把汗巾、绣鞋放入袖中。施十娘道："还有好处哩，约你晚间相会！"并从墙上挂索之计，从头至尾，说了一遍。喜得那文世高眉花眼笑，连叫谢天谢地。走到寓所，换了一套新鲜衣服。等到黄昏，街鼓微动，文世高就悄悄到施十娘家等候。候不多时，只听得墙头上果有秋千放过来。施十娘扶了文生，文生吊住索子，扒上墙头，慌慌张张，攀着一枯树枝，正欲跨到石上，不料那枯枝一断，从空倒跌在石峰上，立时丧命。只道是：

> 两地相思今会面，谁知乐事变成悲！

施十娘见文生跨过了墙，只道落了好处，竟自闭门而睡不题。小姐见文生已上墙头，正欲相迎，忽知跌下竟不动了；急走近身边一看，见牙关紧闭，手足冰冷，忙去摸他口鼻，一些气息也无。小姐慌了手脚，一霎时满身寒战起来，欲待救他，又无计策，只得又去口鼻边摸一摸，气息全无，身上愈冷了。凄惶无措，不觉两泪交流，一则恐明早父母看见尸首，查究起来，谴责难逃；二则文生因我而亡，我岂有独生之理？千思百想，只得将秋千索自缢而死。正是：

　　可怜嫩蕊娇花女，顿作亡生殒命人。

　　且说春娇这丫环，原是粗婢，日日清早，小姐几次叫她，也不就起来。这晚小姐因有心事，叫她先睡，故不知小姐自缢而死，竟睡得过不亦乐乎。老夫人不见春娇出来取面汤，随即自上楼来叫："春娇，这时节怎么还不拿面汤与小姐洗面？"那春娇从睡梦中惊醒，起来见老夫人立在她面前，也便呆了。老夫人只道小姐贪睡，口里道："女儿，你也忒①娇养了，这时候还不起来，莫非身子有些不快么？"总不见则声，急急走到床前一看，并不见影响，忙问春娇道："小姐在哪里？"春娇蒙蒙不知，下楼四围一看，只见栖云石上，跌死一少年男子；举头一看，树上吊着的，却是秀英女儿；一时吓倒，口里只叫道："怎么好，怎么好！"急叫春娇把小姐抱起，自去喉间解了秋千索子，放将下来，已是直挺挺，一毫气息都无了。慌忙走到房中，见了刘万户，两泪如雨，连一句话也说不出。刘万户不知什么缘故，问道："为何事这般慌张？"夫人咽了半日，方说得一句出，道："女儿缢死了！"刘万户听了，惊得面如土色，急忙同了夫人，走到石边，看见两个死尸，便则声不得；点点头，叹一口气道："这般丑事，怎处？"细问春娇，知是施婆做脚。刘万户对夫人道："女儿之死，倒也罢了，但这贼尸却怎么处？"因又想道："这事既是施婆做的，须叫她来设法出去。"便悄悄叫家人去唤施婆。

　　那时施十娘五更就立在后门首，等文生下来；再不见秋千索子，好生疑虑，不住地走进走出，绝不见影儿，心里委决不下。忽然间，刘家两个人走到面前道："施妈妈，奶奶立等你说句话。"那施妈妈听了这句话，吓得面上就像开染坊的，一搭儿红，一搭儿紫，料道这事犯出来了；又没法儿做个脱身之计，只得硬着脸来见老夫人。

　　夫人道："你如何害我小姐？"施妈妈道："并不关我事，这都是小姐自看上了文生，赋诗相约，自家做出来的。"老夫人道："如今两个都死了，怎么处？"施妈妈听了这一句，一发魂都没有了。同到山石边一看，连施妈妈也哭起来。刘万户道："做得好事！谁要你哭？如今事已至此，无可奈何，我家丑声岂可外扬？却怎么弄得这两个尸首出去方

────────────

　　①　忒——太，很。

好。恐家中小厮得知，人多口多，不当稳便。"施妈妈接口道："我有个侄儿李夫，原卖棺木为生。他家有两三个工人。等我去叫他，晚间寂寂抬一口大些的棺木来，把他二人共殓了，悄悄抬到山里埋葬了，谁人得知？"刘万户与夫人都点头会意，取了三十两银子与施妈妈，叫她速去打点。又吩咐道："切莫声张。来扛抬的人，都莫与他说真话。若做得干净，前情我也不计较你了。棺木须要黄昏人静，从后门抬进，不可与一人知觉。凡事谨言，不可漏泄。"说罢，施妈妈自出，暗暗地打点停妥。到得人静，刘万户只叫春娇开了后门，放那抬棺木的悄悄而入。扛抬的人留在外厢，单叫李夫进来，把这两个尸首放做一柩。老夫人不敢高声人哭，因爱惜这个女儿，虽有家赀①，已死无靠；遂将房中金银首饰尽数都放在棺内，方将棺材盖上钉好。老夫人又赏了扛抬的人，悄地抬出，抬到天竺峰下，掘开土来，把棺材放下。李夫吩咐众人道："你们抬了这半夜，也辛苦了；你们先自回去买些酒吃。我受人之托，当终人之事，我自埋好了方回。"

众人取了扛索而回，独李夫心怀歹意，因入殓时，见老夫人将金银首饰放在棺内，约摸也有三百金。李夫是眼孔小的人，生平何曾见过这许多东西。一时眼热，恨不尽数拿来，揣在怀里，故先打发了这几个人回去，再四顾无人，便将②铁锄把棺盖着实打了几下，那棺盖就松开一条缝。原来李夫先前用了贼智，便预准备着这个意思，于钉钉时节，就不着实钉紧，所以一敲就开。再将铁锄去子口边撬将开来，把棺盖掀开，放在一边；正要伸手去小姐头上拔那首饰，你道世上有这样遇巧的事！一边李夫去取首饰，一边文世高远魂转来，哼叽一声。那李夫着实吃一惊，只道是死鬼作怪，慌了手脚，连忙便跑。只听见呼呼地，有鬼从后赶来，愈觉心慌，负极地往前奔走，一连跑了四五里路，方才放心。回转头来一看，并没一个人影。低头一看，原来脚上带了一条大荆棘草，索索地，不住拖着。四边荒草乱响，不觉疑心生暗鬼起来。李夫原不是久惯劫坟之人，所以一惊便走回去，哪里还再来。正是：

　　鳌鱼脱却金钩钓，摆尾摇头再不来。

————————

① 家赀（zī）——钱财。
② 将——这里为"用"之意。

　　且说文世高还魂转来，遍身疼痛难当；又不知何处，举目茫然。但见淡月弯弯，残星点点，荒蒿满眼，古木参天。见自己存身棺内，谁知棺内又有一尸，料是秀英小姐了，抱着小姐的尸首哭道："我固为卿而死，卿必因我而亡。既得生同情，死同穴，志亦足矣。"因以面对面，抱着只是哭。见小姐不能回生，便欲再寻死地。忽见鼻孔中微有气息，文生急按耳哀呼，以气接气。良久，秀英星眼微开，文生大喜，渐渐扶起，觉音容如旧。

　　二人既醒，悲喜交集。秀英道："今宵死而复生，实出意表，这是天意不绝尔我之配。但我父母谓尔我已陷于死亡，无复再生之理，不可骤归。不若妾与君同去晦迹山林，甘守清贫，何如？"文生点头道："此言甚是有理。"

　　两人从圹中走出，文生因跌坏，步履艰难。秀英只得帮着文生，将棺内被褥打了一包；又将自己金银首饰收拾藏好；再将棺盖盖好，把铁锄锄些浮土掩了棺木，携了包裹，二人你挽我扶，乘着星月之下，慢慢地一步一步走出山来。走到天亮，方才到得水口。文生雇了一只阿娘船，扶了秀英小姐下船，便与船家长几钱银子，买些鱼肉酒果之类，烧个平安神福①纸，大家吃了神福酒，遂解缆开船而去。正是：

　　　　偷去须从月下移，好风偏似送归期。

　　　　傍人不识扁舟意，唯有新人仔细知。

这文生载了秀英小姐，就如范大夫载西施游五湖的一般，船中好不欢悦。又是死而复生之后重做夫妻，尤觉不同。只是身体被跌伤之后，少不畅意，每到村镇，便买些酒肉将息。

　　过了三日，早到了苏州地面，文生走上去，叫了一乘暖轿下来，收拾了包裹，放在轿内。两人抬到家里，歇下轿子，请那新娘子出来，那时更自不同。

　　　　不道是嫦娥下降，也说是仙子临凡。

原来文生父母双亡，他独自当家，就叫家中婢女收拾内房，打扫洁净，立时买了花烛纸马，拜起堂来，吃了交杯酒，方才就寝。从此夫妻相敬如宾，自不必说。

---

　　①　神福——祈神保佑幸福。

　　且说老夫人当日打发了这棺材出门，暗暗啼哭不住。只因只此一女，日常不曾与她早定得亲，以致今日做出丑事来，没紧要，把一块肉屈屈断送了。心里又懊恨，又记挂，不知埋葬得如何。次日去寻施妈妈，正要问她埋葬的事。叫人去问，并无人答应。推开门看时，细软俱无，只剩得几件粗家伙。家人忙回复了夫人，夫人愈加伤感道："恐我与她日后计较，故此乘夜逃去了。"正是：

　　　　千方百计虔婆子，逃向天涯灭影踪。

　　那文生与秀英在家，正自欢娱，谁知好事多磨。其时至正末年，元顺帝动十七万民夫，浚通黄河故道，一时民不聊生，人人思叛。妖人刘福通，以红巾倡乱，军民遇害。刘万户以世胄人才，钦取调用。刘万户无可奈何，只得同夫人进京。经过苏州，又值张士诚作耗，路途骚动。那些军士们纷纷四散劫掠，遇着的便杀，有行李的便夺行李。到处父南子北，女哭儿啼，好不惨凄。刘万户欲进不能，暂羁吴门。

　　过不几日，那张士诚乘战胜之势，沿路侵犯到苏州地面，合郡人民惊窜。文生在围城中，亦难存济，只得打叠行囊，挈了秀英，同众奔出，也投泊到驿中。秀英小姐远远望见一人，竟像父亲模样，急对丈夫道："那是我父亲，不知为何在此。但我父亲不曾认得你，你可上前细细访问明白。"那文世高依了秀英之言，慢慢踱到刘万户面前，拱一拱手道："老先生是杭州人么？"刘万户答道："学生正是钱塘。"文生又道："老先生高姓？"万户道："姓刘。家下原系世胄，近因刘福通作乱，学生因取进京调用，并家眷羁滞在此。不意逢此兵戈满眼之际，不能前进，奈何？"文生听了这一番话，别了回来，对秀英小姐道："果系是我泰山，连你母亲也来在此。"小姐听得母亲也在这里，急欲上前一见。文生止住道："未可造次。你我俱是死而复生之人，恐一时涉疑，反要惹起风波，更为不美，且慢慢再作区处。"小姐不好拂丈夫之意，只得忍耐。然至亲骨肉，一朝见了，如何勉强打熬得住？

　　是夜，秀英暂宿馆驿间壁，思念父母，竟不成眠，呜呜大哭，声彻远近。刘万户与夫人细听哭声，宛然亲女秀英之声也，心中涉疑，急急往前一看，果是秀英。老夫人不管是人是鬼，一把抱住了大哭。独刘万户尚然不信，因说女已死久，必然是个鬼祟，变幻惑人。秀英闻言，细细说明前事。父亲只是不信。秀英见父亲固执，无计可施，只得说：

"父亲若果不信，可叫人回到天竺峰下，原旧葬埋之处，掘开一看。若是空棺，则我二人不是鬼了。"刘万户依言，吩咐老仆刘道，速往西湖天竺峰下，面同施婆侄儿李夫，掘开旧葬之处，看其有无，速来回报。

刘道领了主人之命，走到湖上去寻李夫。谁知李夫当夜开棺，恐怕日后事露，夜间就同姑娘逃走了，没处寻下落。却问得原先李夫手下一个抬材之人，领了刘道，到山中掘开土来，打开棺材一看，果然做了孔夫子"有鄙夫问于我，空空如也。"刘道方信还魂是真，急急奔到苏州，细细说知。刘万户始信以为实。然夫人见女儿重生，喜之不胜；独刘万户见女婿是个穷酸，辱没了家谱，心中只是不乐，几次要逐开他去，因干戈扰攘，姑且宁耐①。

到得癸巳六月，准南行省平章福寿击破了张士诚，会伯颜、帖木儿等，合兵进蕲水破之。自此道路稍通。刘万户恐王命久羁，急于趋赴，遂携了夫人、女儿，同上京师。文生亦欲同行，怎奈丈人是个极势利的老花脸，竟弃逐文生，不许同往。文生却与妻子依依不舍。那万户大怒，登时把秀英小姐扶上车儿，便对文生道："我家累世不赘白丁，汝既有志读书，须得擢名金榜，方许为婚。"说罢，登程如飞而去。气得那文生嚎啕大哭，珠泪填胸，昏晕几绝；又思量道："这老势利如此可恶，而我妻贤淑，生死亦当相从。"遂缓步而进。

到得京师，那时刘万户新起用，好不声势赫奕，世高穷酸，如何敢近？旁边又没个传消递息的红娘，小姐如何知道文生在此？况客中金尽，东奔西去，没个投奔，好不苦楚。兼之腊月，朔风凛凛，彤云密布，悠悠扬扬，下起一天雪来。文生冒雪而往，只见前面一个婆婆，提着一壶酒，冒雪而来，就像施十娘模样，渐渐走到面前。施十娘抬头一看，见是文生，好生惊恐，啐了一声，也不开言，连忙提了酒壶往前乱跑；口里只管不住地念"观世音菩萨！救苦救难的菩萨！"文生见她如此害怕，晓得她疑心是鬼，便连赶上几步道："施老娘不要心慌，我不是鬼，我有话与你说。"那施十娘心慌，也不听得他的话，见他从后面赶来，越发道是鬼了。走得急，不料那地下雪滑，一跤跌倒，把酒罐儿丢翻在地。连忙爬起，那酒已泼翻了一半。文生忙上前扶住道："老娘

---

　　① 宁耐——平息，忍耐。

不须怕得，我不是鬼。"连声道："不是鬼。"施十娘仔细一看，方才放心道："你不要说谎，我是不怕鬼的。"文生道："我实是人，并非虚谬。你却不晓得我还魂转来的缘故，所以疑心。我与小姐都是活的了。"施十娘道："我不信！那棺材又是钉的，棺上又有土盖了，如何走得出来？"文生道："不知那时有什么人撬开棺木，要盗小姐首饰，却值我气转还魂，那人就惊走了去。我见小姐尸首，知是为我而亡。"并小姐亦活的事，细细说了一遍。

施十娘道："如今相公进京来何干？"文生道："谁知小姐父亲上京做官，驿中遇着了小姐。岳丈嫌我穷酸，竟强携了女儿进京，将我撇下。我感小姐情义，不忍分离，只得在此伺候消息。今日冲寒出来，又访不得一个音问，却好撞着老娘。不知老娘为何也到此住？"施十娘道："自你那日死后，我却心慌惧罪，连夜与侄儿搬移它处。后因我女儿嫁了京中人，我也就同女儿来此，尽可过活。相公既如此无聊，何不到我舍下，粗茶淡饭，权住几时。一边温习经书，待功名成就再图婚娶，何如？"文生正在窘迫之际，见施十娘留他，真个是他乡遇故知，跟了十娘就走。

走不上数十家门面，便是她女婿家了。施十娘叫出女婿来见了，分宾主而坐，说其缘故，那女婿嗟呀不已。妈妈就去把先前剩的半壶酒烫得火热，拿两碟小菜儿，与文生搪寒。自己就到外厢收拾了一间书房，叫文生将行李搬来。文生从此竟在施妈妈处作寓，凡三餐酒食之类，都是施妈妈搬与他吃。文生本是不求闻达之人，因见世态炎凉，若不奋迹巍科①，如何得再续婚姻，以报刘小姐贞洁？因此下老实读书。

那刘万户在京，人皆趋他富贵，知他只此一女，都来求他为婚。刘万户也不顾旧日女婿，竟要另许势豪。幸得秀英小姐守志不从，父母苦劝，她便道："若有人还得我香勾的，我就与他为婚。"万户见女儿立志坚贞，只得罢了。

一日，黄榜动，选场开，文世高果以奇才雄策，高掇巍科。那榜上明写着苏州文世高，岂有刘万户不知的道理？只因当日轻薄他，只知姓文，哪里去问他名字，所以不知他中。又量他这穷酸，如何得有这一

————————

① 奋迹巍科——努力攻读，力争科举中能金榜题名。

日。在文生高中，也是本分内事，但刘万户小人心肠，只道富贵贫贱是生成的，不知富贵贫贱更翻迭变，朝夕可以转移的；但晓得富贵决不贫穷，不晓得贫穷也可富贵，但时运有迟早耳。奉劝世人不可以目前穷通，认做了定局。

文世高自中之后，人见他年少，未有妻室，纷纷地来与他议亲。他一概回绝，仍用着旧媒人施妈妈，取出刘小姐原赠他的汗巾一方，香勾一只，递与施妈妈，烦她到刘万户家去，看他如何回话。施十娘即刻领了文老爷之命，喜孜孜来到刘万户衙内。衙内人见了施妈妈，俱各惊喜。施妈妈见了老夫人和小姐，真个如梦里相逢一般，取出小姐诗句、香勾，一五一十说了文老爷圆亲之意。合家欢喜道："小姐果然善识英雄，又能守节。"刘万户也便掇转头来道："女儿眼力不差，守得着了。"一面回复施妈妈，择日成亲；一面高结彩楼，广张筵席，迎文生入赘。说不尽那富贵繁华，享用无穷。文世高是个慷慨丈夫，到此地位，把前头的事一笔都勾。夫妻二人甚是感激施十娘恩义，厚酬之以金帛；并她女婿，也都时常照管她。

后来张士诚破了苏州，文世高家业尽散，无复顾恋，因慕西湖，仍同秀英小姐归于断桥旧居，逍遥快乐，受用湖山佳景。当日说她不守闺门的，今日又赞她守贞志烈，不更二夫，人人称羡，个个道奇，传满了杭州城内城外，遂做了湖上的美谈，至今脍炙人口不休云。

卷十二　钱塘霸迹

　　草莽英雄乘权奋起，而招集士卒，窃据一方以成霸王之业，往往有人，不为难也，然皆侥幸得之，不旋踵即骄横失之；唯难在既成之后，能识时务，善察天心，不妄思非分以自趋丧亡，不独身享荣名而子孙且保数世之利如钱镠①王者，岂易得哉？嗟乎！此吾过西子湖滨，谒钱王祠而有感焉。

　　王姓钱，名镠，字具美，浙之临安人也。初生时因有怪征，父母欲弃之，赖得邻人钱婆苦劝而留，故俗名"钱婆留"。少贫贱，及父母广后，而孑然一身，愈觉无所为，却喜他天生的骁勇绝人。此时东西两浙之盐务大有利息，但官禁甚严，无人敢于私贩。钱镠贫困无聊，遂招集了一班流亡汉子，暗暗贩卖私盐。捕人知风来捉，他却自恃骁勇，尽皆被他打走，一时不能得他的踪迹。如此数年，遂不乏钱财忽自想道："贩卖私盐，此小人无赖事也，岂大丈夫之所为！"正是：

　　　　乘时思奋起，雌伏不为雄。

　　　　壮志常留剑，指吞吴越中。

　　唐僖宗乾符年间，适值狼山镇守将王郢等，有功不赏，遂招众为乱，一时猖獗，势不可挡。此时浙中虽有节度使悾茬其地，不过虚应朝廷名号；至于谋讨之事，竟不能行，全赖各县乡勇士团出力。那士团内有一人，姓董名昌，也是临安人，最有英略。闻王郢作乱，遂欲起兵讨之，因出示招集英俊。钱镠访知，不胜欢喜道："此吾出身之会也。"遂往投之。董昌见其人物雄伟，气宇不凡，不胜羡慕；又闻知也是临安人，同出一乡，更加欢喜，因用为前部往讨王郢。王郢虽一时汹汹，然皆乌合，未经大战，钱镠兵至，前后冲击，遂皆星散。正是：

　　　　干戈闪烁列雄旗，战士常随钲②鼓齐。

　　　　赢得将军封万户，滔滔腥血贱轮蹄。

---

　　① 镠（liú）——成色好的金子。

　　② 钲（zhēng）鼓——古代行军时用的打击乐器，有柄，用铜制成。

　　朝廷闻董昌讨贼有功，遂补为石镜镇将，董昌遂以钱镠为石镜兵马使。自是，董昌与钱镠之英名著于两浙。到了中和年间，黄巢作乱，淮南节度使高骈遣一使者来召董昌到广陵去议事。董昌见他宫尊权重，不敢不往，因带了钱镠同至广陵进见。高骈因说道："董将军平王郢之乱，战功矫矫一时。今黄巢犯顺，横扰中原，将军既拥重兵，何不从予而讨平之？亦一代之奇勋也。不知将军有意否？"董昌听了，一时不能答，因俄首而思。高骈因又说道："此大事也，非鲁莽应承得的，可退而熟思之，明日复我。"正是：

　　　　思深能胜敌，审处可谈兵。

　　　　不是同谋侣，何须强用心？

　　董昌因谢而辞出，与钱镠商议。钱镠道："往讨黄巢，固英雄之事，然从人牵制，未必便能成功。况镠观高公，不过虚扬讨贼之名，实无讨贼之意，不若以捍御乡里为辞，归而图杭城以为根本。此实际也。"董昌听了，大以为然。到次日，因进复高骈道："以昌僻乡士将，得从坛制旌节，进剿黄巢，以成不世之功，固大幸也；但思王郢虽亡，而余党尚潜林伏谷，末将若执殳随征，倘潜伏者一旦复起，乘机乡里，则是后效未见一班而前功早已尽弃，故踌躇而不能立决也。望台相教之。"高骈听了道："将军所思，实老成之见。既是这等，请回罢。"

　　董昌既还石镜，兵马渐多，以为杭州在其掌握，不妨缓图；不期过不多时，忽闻朝廷命路审中为杭州刺史，董昌因惊思道："杭州若有刺史，则我镇将无能为矣。再相攘夺，未免伤情，何不高才捷足，先往据之？彼闻吾先至，惧而不来，则声色俱可不动。即敢于赴任，同住一城，彼文我武，实亦无奈我何。"算计定了，即领兵将入据杭州，自称都押司知州事。正是：

　　　　知机不妨先下手，事后方知志过人。

　　杭州刺史路审中，正兴兴头头要到杭州来上任，不期才到得嘉兴，早有人报知："石镜镇将董昌，已入据杭州，自称都押司，判理杭州之事矣。"路审中闻知，不胜惊惧，道："董昌，乡团也，自恃讨王郢之功，往往横行，补为镇将，朝廷莫大之恩也，全不知感。今复入据杭州妄称押司，此岂知礼义之人之所为？我若到任，与之争辩，必遭其辱；莫若归奏朝廷，再作区处。"因而回朝。正是：

两人计较都相似，更看何人胜一筹。

有人报知董昌，董昌大喜，以为得计。钱镠因说董昌道："天下事，虽可强为，然名分不正，终难服人；人不我服，祸之根也。路审中奉朝命而来为杭州刺史，名分甚正；今将军乃以兵将之强，先入而据之，使路审中畏惧不敢至而逃回，此等举动，实于名分有伤。虽朝廷微弱，不能兴师讨罪，倘草莽又有仗义英雄，如将军奋起者，一旦执此以为口实，不知将军何以应之？"正是：

英雄料事多周匝，绝倒当年都押司。

董昌听了大惊道："吾一时造次，实未思量及此。但事已舛错，却将奈何？"钱镠道："将军之杆，名分不正也，今仍正其名分，则枉者直矣。"董昌道："名分如何能正？"钱镠道："要正也还不难。小将见镇海节度使周宝，庸懦人也，况又多欲。若遣将吏，多赍金币，请于周宝，求其表奏朝廷，以将军为杭州刺史。彼若肯请，则朝廷无不从之理。朝廷命下，则将军名正言顺矣。"董昌听了大喜，因急遣将吏多赍金币，请于周宝。宝果庸懦贪财，虽明知董昌据杭之为僭窃，却畏其兵威，又利其重赂。遂欣然为之表奏其平王郢之功，深得浙民之心，若命为杭州刺史，则浙土安矣。正是：

苟息片言擒虢主，钱镠一计定杭州。

凭君漫论经邦事，谟讦①胜算有谁俦？

朝廷见节度使表奏，以为合理，不日命下，而董昌已实为杭州刺史矣。董昌自做了杭州刺史之后，十分敬重钱镠，百事皆听他张主。浙民到也相安。不期朝廷微弱，不能制伏群盗，竟陡升了刘汉宏到浙东来做观察使。你道这刘汉宏是个什么人？原是兖州人，乘黄巢之乱，遂在江陵起而为盗，一时党羽浸盛，遂侵掠宋境，既而又南掠中州。朝廷被扰，因征东方诸道兵讨之，汉宏恐不敌，因而请降。朝廷见其降，遂以为宿州刺史，汉宏又怪朝廷赏薄，口出怨言，朝廷不能制，故又升他做浙东观察使，他既到浙东，又嫌浙东偏僻，因遣弟刘汉宥，与马步军都虞侯辛约，共将兵二万，屯于钱塘江上，欲谋兼并浙西。

一时报到杭州，董昌闻知，不胜惊恐，道："刘汉宏，大盗也。与

---

① 谟讦（xū）——远大宏伟的谋划。

黄巢共扰中原，为害不小。今坐拥浙东之重兵，而遣将以窥浙西，吾杭兵将虽有，恐非其敌，为之奈何？"钱镠道："刘汉宏虽为大盗，骚扰中原，实未逢劲敌，今又轻觑浙西，遣将来窥，好生无礼。请乘彼未备，痛击之，令其片甲不还，以振先声，彼方知我浙西之有人也。"董昌方大喜。即命钱镠领兵三千，驻扎钱塘江口以御之。

钱镠既至江，以探知刘汉宥与辛约，俱立营对岸，因想道："彼众我寡，与其旗鼓相当，方与对敌，又不若乘其未备，出其不意而击之，必获全胜。"这一夜，恰又值大雾漫天，钱镠遂率众兵乘雾渡江。比及登岸，而刘兵尚熟睡不知。钱镠遂指挥将士，奋勇杀入。刘汉宥与辛约梦中惊觉，但闻得满营中喊声动地，锣鼓震天，只吓得魂胆俱亡。忙忙走起，止带得几个贴身将士，跨马出后营而逃，哪里还顾得营中的事。突然被劫，将士无主，唯有逃窜而已；逃窜不及的，俱被杀死。二万兵马，早已丧去七八。正是：

> 纷纷兵甲自天来，将令军声四散开。
>
> 任我挥戈谁敢过？招摇羽扇识雄才。

刘汉宏闻知兵败，不胜大怒，道："钱镠何人？敢乘机袭我，殊可痛恨，誓必擒而斩之。"因又命上将王镇，统兵七万，往取杭州。王镇既至杭州，访知刘汉宥之败，是立营江岸，为其乘雾所袭，非对敌之故，因远远屯兵于西兴，先打了一封战书，责董昌暗袭刘汉宥之罪，单索钱镠出战，钱镠既败刘汉宥之后，料定刘汉宏必遣兵重来，因在江之上下湾曲处，看了两条渡兵之所。今见王镇打了战书来讨战，遂批定"来日渡江大战。"因在江口虚立了一个大营，以为明日交战之地。王镇见了，信以为真，激励将士，来日临阵，必要奋勇，以擒钱镠，断不防钱镠又来劫寨。

不期钱镠到了半夜，竟率三千精勇之士，上从虎爪山，下从牛头堰两江，悄悄地渡了过来，两头杀入西兴寨内。孰知寨内将士未曾防备，一时惊起，人不及甲，马不及鞍，枪刀不知何处，只思量逃走，哪里还敢对敌？钱镠率众兵将，逢人便杀，直杀得血流成河，尸积如山。王镇慌忙逃走，竟奔往诸暨，而七万人，杀死万余，其余星散，报到刘汉宏，汉宏方大惊道："钱镠原来英雄如此！须谨防之。"因调兵分屯黄岭、岩下、真如三处，以为三镇，固守越州之门户。

　　钱镠因说董昌道:"刘汉宏两次大败,已丧胆矣,今调兵分屯三镇以自守,若再往攻破其三镇,不但浙西安如磐石,而越州一境,亦将动摇矣。但三千兵卒似乎太少。"董昌道:"吾初起兵时,与钱塘刘孟安、阮结、富阳闻人宇、监官徐及、新城杜稜、余杭凌文举、临平曹信,俱为都将,号称'杭州八都'。今其人虽存亡不一,然八都之兵俱在。汝何不帅之往攻三镇?"钱镠大喜,遂领了八都之兵,由富春而先攻黄岭。刘汉宏原约一镇有事,二镇往援。今黄岭被攻,岩下镇将史弁,与真如镇将杨元宗闻知,俱各引兵来救。及至二镇来救,而黄岭已为钱镠攻破矣。史杨二将既已到镇,退还不及,只得与战。怎当得钱镠骁勇异常,战不数合,早已鞭打史弁落马,而生擒杨元宗于马上矣。正是:

　　　　汉宏三败却如何?枉费精勤用力多。

　　　　强战不知曾料敌,至今野鬼哭山河。

　　刘汉宏探知三镇俱破,欲领精兵来救,辛约进议道:"三镇既破,救之已无及矣;莫若领兵断其归路。倘一战胜之,则三镇不救而自全矣。"刘汉宏大以为是,遂引精兵屯于诸暨。钱镠探知,大笑道:"断归路,是邀截败兵也。吾大胜之兵,是归师也。归师莫遏,彼若遏之,吾又立见其败矣。"因将八都之兵,列做长蛇之形,振旅①而还。到了诸暨,刘汉宏不知好歹,竟引精兵从中突出,意欲冲做两段,不知长蛇阵法击腰则首尾相顾。刘汉宏的兵才冲来,而一声炮响,长蛇之腰往后一展,让刘汉宏杀入,而长蛇之首尾早已回盘拢来,将刘汉宏之兵重重包裹在内,不辨东西南北矣。欲击左,而左边兵卒有如铁壁;欲击右,而右边将士有若铜墙;欲要退回,而后已无路。四围喊杀将来,只叫"不要走了刘汉宏!"那刘汉宏听见,只吓得魂胆俱无,慌做一团。还亏得辛约杀开一条血路,拥着刘汉宏逃去,其余将士,丧亡过半。正是:

　　　　拥兵只道自强梁,南界图来想北疆。

　　　　谁料有时强不去,强争强夺是趋亡。

　　刘汉宏大败逃回,愈思愈恼,道:"吾横行半世,雄名矫矫,怎今一旦丧于钱镠之手?"辛约道:"观察虽兵败数次,皆被袭被劫,误中

---

　　① 振旅——抖擞精神,振奋军威。

其诡计，并非堂堂正正，对垒交锋。观察若亲提大兵，直逼钱塘，声董昌妄攻之罪而击之，则胜负未可知也。何自出此短气之言？"刘汉宏听了，大喜道："都虞侯之言是也。"因搜点全越之兵约十万，进屯西兴，以击董昌。董昌闻知，因谓钱镠道："刘汉宏此番倾国而来，势非小可，将军不可轻视，须避其锐气而缓图之。"钱镠道："刘汉宏虽倾国而来，实是计穷力竭，勉强支撑。然屡败之后，其心甚馁；若缓缓图之，则停留长志，必渐猖狂。莫若乘此战胜先声，济江逆击，使其立足不定，未有不败者。此一败，则越州不可保矣。"董昌道："将军善觑方便，吾不中制。"

　　钱镠遂依旧率了八都之兵，渡过江去，对着西兴立一大营；却暗暗地差阮结领了数百细作兵丁，叫他转出西兴之后，四下埋伏，只听得前边阮结厮杀，便竖起旌旗，鸣锣击鼓，若将袭其后寨者。众领命而去。钱镠到了次早，即长枪大马，亲立于大纛①之下，上首是顾全武，下首是杜棱，耀武扬威以率战。刘汉宏领着十万大兵而来，只以为钱镠兵寡，畏惧不出，便好逞强，不料兵马营盘尚未立定而钱镠早在阵前讨战；心虽忿忿，却又怯他骁勇；然事已到此，无可奈何，只得领了一班将士，拥出阵前，大声说道："我浙东观察使也，董昌不过一杭州刺史，怎敢擅自用兵，袭我守将，破我三镇，以犯上下之分？今本使兴兵问罪，宜面缚以请，尚有可恕，奈何倚强逆命，直待身膏斧钺，悔之晚矣。"钱镠道："汝本一盗耳，蒙朝廷准降，加以显职，此莫大之恩也。汝今既知以观察妄自尊大，便当思圣命，止敕观察浙东，如何两番遣将，窥我浙西？须知浙西名自有主。汝既以知犯我，则浙东越州，吾岂容汝安坐？"说罢，早一匹马，一杆枪，劈面冲来。刘汉宏的先锋穆用见了，只得横刀截战。战不数合，早被钱镠一枪刺于马下。正是：

　　　　凭君莫话封侯事，一战功成万骨枯。

　　刘汉宏见穆用刺死，着了忙，便麾众将齐出。钱镠一马当先，因叫众将道："不乘此时捉了刘汉宏，更待何时？"遂纵马直抢至刘汉宏麾盖之下。顾全武与杜棱诸将，早随后赶来。大家正是杀在一团，忽刘汉宏寨后锣鼓震天，旌旗招展，有如无数的兵马来劫寨。刘汉宏前面厮

---

　　① 纛（dào）——古代军队里的大旗。

战，尚支撑不来，怎禁得后面两旁又有兵来劫寨？直吓得心寒胆落，耳朵里又听得敌兵只叫："不要走了刘汉宏！"汉宏恐怕被执，遂不顾众将输赢，竟策马刺斜里冲将出来，随路奔去。又听得背后有人赶来道："那穿金甲锦袍的，定是刘汉宏！钱将军有令，不许放走。快赶去捉住。"刘汉宏听得分明，忙将金甲锦袍脱下，付与侍卫，又往前奔。不期过得山来，却是西兴江口，是条绝路，急急要再复回，又听得人声汹汹：只叫"钱将军有令：不许走了刘汉宏。"刘汉宏事急，已拼着走到江边，投江而死，却喜江边有一只小渔船在那里，剖鱼为脍。刘汉宏见了，不胜之喜，忙跳下马来，钻入渔船，夺了渔人脍鱼的刀拿在手中，装做脍鱼之状，却叫渔人速速将船撑开。追兵赶到江边，不见踪迹，方才回去。刘营将士苦战多时，忽听得主帅已逃，便心灰意懒，尽皆败走。一霎时，十万余兵杀得东零西散，只剩得一个空寨。钱镠因谓董昌道："刘汉宏屡败丧胆，浙东越州已在吾掌握。"董昌谓钱镠道："将军若能为我取越州，吾当以杭州授将军。"钱镠道："镠非敢念杭州，但越州不取，至容刘汉宏养成锐气，终为后患。"董昌道："将军之言是也。"

　　此时是僖宗光启二年冬十月，钱镠引兵伐越，却不由江路，竟从诸暨以趋平水，复凿山开道四五百里直出曹娥埭，以攻其不备。此地虽也有守将鲍君福守之，这鲍君福已知钱镠数败刘汉宏，又自谅兵微将寡，不是钱镠的敌手，遂帅众迎降于钱镠。钱镠大喜道："子知顺逆者。"遂率之进屯丰山，刘汉宏闻知，急遣兵将来迎。钱镠兵威已著，尽皆败去。钱镠遂乘势进围。越州无人固守，钱镠兵朝至而夕破矣。刘汉宏此时兵将已无，又见城破，知事不济，奔出东门，逃往台州而去。台州刺史杜雄见刘汉宏逃来，因大惊道："此祸端也。纳之必招董昌、钱镠之兵，非算也。"因设盛筵款待，等他吃得烂醉，然后将他绑缚起来，纳于槛车之中，差一队兵马、从间道直解到杭州，献于董昌。此时钱镠既克越州，命将护守，已回杭州报捷，适值刘汉宏解到。董昌犹以为浙东观察是奉朝命，恐不便行刑，钱镠道："汉宏，大盗也，观察之职是挟制而得者，非出朝廷之正命。况失职弄兵，亦罪人也。不斩何为？"董昌以为然，遂斩之。正是：

　　　　为贼强梁乱杀人，杀人如草以为神。

谁知天道终须报，一旦诛屠到自身。

董昌既得了越州，便徙镇越城，自称"知浙东军府事。"不负前言，果以钱镠知杭州事。到了三年春，朝廷闻知刘汉宏在浙东作乱，为董昌钱镠所斩，因即以董昌为浙东观察使，钱镠为杭州刺史。此即钱镠治杭之始也。

钱镠既治杭州，遂大加恩惠于民，民皆安堵。到了昭宗景福元年，朝廷置武胜军于杭州，遂以钱镠为防御使。到了二年闰五月，又改钱镠为苏杭观察使。钱镠见朝廷恩爵屡加，遂留心图治。又见杭民生齿日繁，并无城郭以为护卫，到了秋七月，农事将毕，因发民夫二十万及十三都军士，要筑杭州罗城，周围七十里，各门俱已筑完，独候潮一门，临于钱塘江上，江岸时时为潮水冲塌，故一带城墙，难于筑起。钱镠不觉大怒道："吾钱镠，既为杭州一方之主，则一方神鬼皆当听命于我，怎敢以潮水无知，冲塌江岸，以致吾善政不能成功！若果如此，则朝廷官爵为无用矣。吾安肯低眉任其汹涌！"因选了精卒万人，各持劲弩，等到潮信之日，亲率六师排列于江岸之上，以待潮来。不多时，只见潮头起处，如银山雪巘①一般，飞滚而来。古人有言：

千层雪练连天接，万乘貔貅②卷地来。

钱镠待潮头将滚到百步之外，便放了三个大炮，一声锣响，万弩齐发，箭箭都射在潮头之上。射了万箭又是万箭。真是英雄之气，直夺鬼神！那潮头被射，恰似有知的一般，便不敢冲突到岸边，竟撒转潮头，霎时退去。江口万民见了，莫不诧异，欢声如雷，皆伏钱将军之神武。自此之后，潮头往来，绝不冲岸，而城功立时告竣矣。到了九月，朝廷闻知，又加钱镠为镇海节度使。钱镠承命，益修职业。到了乾宁元年，又加钱镠为镇海节度使同平章事。

此时董昌因贡献殷勤，朝廷已加爵至陇西郡王，因而妄想非分，又有吴瑶、李畅之一班僚佐怂谀之，遂谋为帝。节度使黄祧、会稽令吴镣，山阴令张逊皆苦谏之，俱被杀戮。遂于乾宁二年二月，身披衮冕，登于城楼，即皇帝位，自称大越罗平国，改元顺天，以吴瑶为翰林学

---

① 巘（yǎn）——山峰，山顶。

② 貔貅（pí xiū）——古书载为一种猛兽，比喻勇猛的军队。

士，李畅之等皆为大将军。又移书钱镠，告以权即罗平国位，因以镠为两浙都指挥使。正是：

> 富贵荣华俱已极，更谋非分作超升。

钱镠得书，因叹息道："富贵已极，乃自取死耶？"因复书戒之道："天下事势，应须自揣。与其闭门作天子，与九族百姓皆陷入涂炭①中，又岂若开门作节度使，终身享富贵之为快乎？及今悛悔，尚可及也；倘犹豫不决，大祸至矣。"董昌正才为帝，兴匆匆地，哪里肯听。钱镠见其不听，因谓众将士道："董公遇而且骄，自趋死路，非口舌所能争，须以兵谏之，庶几一悔。"因领了三万人马，弓上弦，刀出鞘，金鼓喧天，旌旗蔽日，直至越州城下，叫人传言，请董人王相见。要知董昌妄自称帝，原恃着钱镠夙好，定然相扶，今日他的兵早先至城下，吃一大惊，因排驾迎恩门，传谕钱镠道："钱公别来无恙？今何故以兵相顾耶？"钱镠见董昌自出，因走马至迎恩门，下马再拜而说道：大王位兼将相，富贵已极，正宜受享，奈何舍安就危，而造此灭族之事。我钱镠今日之来，虽兵马造次，然犹是念大王之久相爱庇，不忍坐视，尽此微忱，欲冀大王之改悔耳。倘大王听信奸佞，必不见察，则公私之恩义已绝，异日天子命将出师，则非今日之比也，愿大王熟思之。大王纵不自惜，乡里士民何罪？忍随大王灭没耶？"董昌见钱镠侃侃指摘其罪犯，方才大惧，说道："谨领大教。"随即入城，遣人致犒军钱二十万，以散士卒，又使人执道说吴瑶以及妄言巫觋数人送于钱镠，且请待罪于天子。钱镠见其有改悔之意，遂引兵西还，细以其状奏闻朝廷。朝廷念其输贡之勤，又怜其改悔，遂诏释其罪，纵归田里。

谁知董昌见钱镠兵至，一时改悔，及钱镠兵去，又惑于奸人之说，复称帝号。又求救于杨行密。杨行密上表请赦董昌。又遣宁国节度使田頵、润州团练使安仁义攻杭州镇城，以救董昌。安仁义舟师至湖州，欲渡江应董昌。钱镠见董昌仍复称帝，不胜大怒，因遣武勇都指挥顾全武、都知兵马使许再思把守西陵，令安仁义不能渡。朝廷欲用杨行密之请，再赦董昌，复其官爵，钱镠不从，道："为帝何事而可屡犯屡赦乎？"朝廷因敕钱镠讨之。钱镠遂遣顾全武、许再思进兵，直至越州城

---

① 涂炭——烂泥和炭火，比喻极困苦的境遇。

下。正是：

　　六师讨伐将天钱，欲悔前非恨已迟。

　　董昌遣兵拒战，战败而婴城自守。顾全武因拥兵围之，昼夜攻打，董昌徬徨无策，因又削去帝号，复称节度使。顾全武已破其外郭，董昌犹据牙城而拒之。钱镠因想道："与其围困而擒，不若诱之出穴。"因遣董昌的旧将骆团往诱之。骆团既至越州，先止住顾全武之攻，然后入城说董昌道："朝廷已有诏，令大王致仕归临安，大王何不舍此自全？何苦尚据此以争不可知之命？"董昌正在垂危之际，闻致仕有命，便送出牌印，出居清道坊，以俟朝命。顾全武潜令都监使吴璋，以舟载董昌往杭州。行至小江南，骆团因说董昌道："大王若在围城之中，一时城破，生死未保。今归临安，虽不得意，却喜危者安矣。况钱公与大王有旧，未有不周全之理。"董昌听了，又垂首沉吟了半晌，忽慷慨大声道："吾与钱公同起乡里，彼微我显，且吾久为大将，今狼狈至此，死则死耳，有何面目以见之。"遂奋身一跃，投水而死。正是：

　　生死荣华何足美？可怜功绩一时休。

　　董昌既死，浙东无主，钱镠因谕意吏民，令其上表，请以钱镠兼领浙东。朝廷知不能拂其意，因而从之。自是全浙皆归钱镠矣。到了天复二年，朝廷又进钱镠之爵为越王。此时虽杨行密、安仁义、陈约等，叛服不常，时有战争，然卒皆败去。故两浙得钱王，安然无恙。到了昭宗天祐末年，国运大衰，为朱温所夺，更立国号为梁，遂改元开平。知钱镠在昭宗时，求为吴越王，昭宗不许。梁主既即位，便降诏以钱镠为吴越王。钱王因奉表称谢，以为得意。不期镇海节度判官罗隐，知而进谏道："大王此举差矣。大王在杭，受僖昭两朝恩遇二十余载，位列为王，不为不显矣。今国运衰微，为朱温所夺，此正大王进忠报国之时也。纵使天心有属，不能成功，即退保吴越，自为东帝，亦无不安，奈何交臂事仇，岂不贻终古之羞乎？"钱镠自思："吴越一隅，岂能支中原之大厦？然念罗隐抱用世之才而屡出屡屈，不遇于时，宜多愤恨，今为此言，真义士也，吾殊愧之。"到了均王贞明二年，又加吴越王镠为尚父。至于三年，因钱镠入贡，又加钱镠为天下兵马大元帅。未几，李存勖以兵灭梁，复称后唐，庄宗改元同光。

　　此时吴越王钱镠已建国自立，仪卫名称，多如天子之制。所居之屋，改成宫殿；所署之府，皆为朝廷；教令行下，尽名制敕；将吏进见，一例称臣；唯不改元。若有表疏，朝廷但称吴越国，而不言军。此时富贵已极，便思衣锦以还临安。遂驾了车辇，以省其坟墓，并高曾祖父，都追封了王号。此时龙旗凤羽，鼓吹笙箫，兵士羽林，文武百官两傍排列，振动山谷。凡幼年喜游钓弋之所，尽造华屋装点，锦衣覆庇，并挑盐的箩担绳索，都把五彩盖覆，因叹息道："睹兹故物，不敢忘本。"又封石镜乡为广义乡，临水里为勋贵里，安众营为衣锦营。当时石镜山有　片石如镜，曾照钱土未遇时，便有冕旒①莽玉之异，故此也封做衣锦山；大功山为功臣山。钱王幼年，常坐在一颗大树下纳凉，如今也封为衣锦将军，都将五彩锦绣掩挂，以为荣耀。此时钱婆已死，因以千金造一报恩坊。又拔其二子都为显官，以报其抚育之恩。然后治酒筵，遍请一班熟识并高年父老，都来畅饮。直饮到烂醉之后，钱王乘兴而歌道：

> 立节还乡挂锦衣，吴越一王驷马归。天明明兮爱日晖，百岁荏苒兮会时稀。

酒罢，又各赠以金银彩缎，然后发驾还朝。此时钱王已得了一十四州江山。有个贯休和尚，做了一首律诗来献道：

> 贵逼身来不自由，几年辛苦踏山丘。
>
> 满堂花醉三千客，一剑霜寒十四州。
>
> 萊子衣裳宫锦窄，谢公篇咏绮罗羞。
>
> 他年名上凌云阁，岂羡当时万户侯！

吴越王见诗大喜，遣门下吏对贯休说道："教和尚改'十四州'为'四十册'方许相见。"贯休道："州亦难添，诗亦难改。我本闲云野鹤②，何天不可飞，而必欲见耶？"遂飘然而去。时人尽服其高。吴越王要造宫殿于江头凤凰山，有个会看风水的道："如在凤凰山建造宫殿，王气大露，不过有国百年而已；若将西湖填平，只留十三条水路以蓄泄湖水，建宫殿于上，便有千年王气。"钱王道："西湖乃天下名胜，安可填平？况且五百年必有王者起，岂有千年而天下无真主者乎？有国

① 旒（liú）——古代帝王礼帽前后的玉串。

② 闲云野鹤——喻指自由无拘束之人。

百年，吾愿足矣。"遂定基于凤凰山之上。

　　到了庄宗二年，钱王始复修本朝职贡；直至明宗长兴三年春，忽尔寝疾，因诏众臣道："吾疾必不起，诸儿庸懦，谁可为主？"众泣奏道："两镇令公，仁孝有功，孰不爱戴？"缪乃悉出印钥，授于子元瓘道："将吏推尔，宜善守之。"又嘱之道："善事中国，无以易姓废事大之礼。"遂卒，年八十一。自莅杭五十余载，惠爱之政，深及于民，故既死之后，吏民思之不已，便起造一钱王祠于西湖之上，流传至今，历晋、汉、周、宋、元、明，将及千载，尚巍然于东郭，以生西湖之色。

　　其时子孙相继为王，直终五代。始知真正英雄，虽崛起一时，同于寇盗，能知上尊朝廷，下仁万姓，保全土地，不遭涂炭，不妄思非分，而顺天应人，其功与帝王之功自一揆矣，故能生享荣名，而死垂懿美于无穷。回视刘汉宏、董昌之非为，不几天壤哉？所以苏东坡亦有表忠碑立于钱王祠侧，余亦敬羡无已。因叙述其事，与岳于二公同称，使人知西湖正气，不独一秀美可嘉也。

卷十三　三生石迹

凡人一生之中，或聚或散，会合不常的，莫过于朋友，故信之一字，独加于朋友。孔子也道："久要不忘平生之言"，方成友道。看来人生最难践的是信。要求一终身不失信的，尚不可多得，何况再生！所以世人称情薄的曰"泛交"，情厚的曰"石交"。那泛交的，犹如泉之出涧，一过即流；水之遇风，一晌无影。初则缔结同心，转盼便成吴越。就与他对神设誓，指日盟心，到后来相期相约之言，竟付之东洋大海去了。这却算不得是个朋友。唯那石交的，自有一种不可磨灭的真情，从性灵中发出来，生生世世，断不能忘，犹如石之不可转移一般。这方称得一个朋友。予因检点西湖遗迹，于葛岭灵鹫之外，尚有存前生之精，成后生之魄，再世十三年后，复践约期，而津津在人之口耳，以为湖山生色，千载称奇，不容不传者，如圆泽之约李源于三生石畔是也。

据此说来，这块三生石，一定在西湖天竺山的了，谁知却又不然。细考起来，这一块石头倒在那嵩山之下，是曹焕遇了老刘道士，约他后会，遂化于是石之上的事，却偏是西湖上的石头哄传，何也？天下事没有一段姻缘，这件东西由他沉埋在那草莽中，也不足为轻重；一遇着了高人，留下些踪迹，后来就成佳话，游览的也当一节胜景，定往观观。就如虎丘试剑石，自从砍了一剑，那块破石头，至今也就流传不朽。就如天竺寺后这片石头，自古及汉，也不知多少年代，竟无人提起。

到了唐朝，忽然来了一位高僧，法名圆泽。自从他到寺中，也不曾见他谈经，也不曾见他念佛，却也来得古怪，终日只是静静而坐，默默而观，又像观心，又像观世，人都测度他不出。且不喜与人交接，时常只在寺后盘桓，见他常倚着这片石头，沉思暗想。有时抚摩一回，有时坐卧半晌，日复一日，年又一年，绝无厌倦之色。寺中人人说他不受尘埃，不侵色相，却爱着这块石头，想是这石头里有些什么妙处。也有的说他要想炼石补天，也有的说他要使顽石点头，也有的说他要思变石为金，也有的说他要令指石成羊，故此抚摩不了。总是不晓得他的意思，大家猜着。正是：

　　　　高怀①谁是侣？雅操②岂人知？

　　　　不遇同心者，难将意气期。

　　不期唐运中衰，天宝十一年，玄宗命安禄山兼河东节度。禄山领了三镇，阴蓄异谋，却值杨国忠激他反了范阳，遂攻东京。有一虎将，系京洛人，姓李名恺，率师拒敌，报国尽忠，捐躯赴难。东京既没，李恺也就死于安禄山之手。在李恺杀身成仁，倒也罢了，更难得的是李恺之子，名唤李源，又是一个烈性的奇男子。见父亲死于国难，便自悲痛不胜，立志终身不仕，并不娶妻，朝日以君父之仇为念。后来李光弼、郭子仪等克复东京，诛了禄山，天下太平。李源欲回京洛，恐怕有人知风，来缠扰他，要他出来做官，遂想隐姓埋名，潜踪远避，做个出世逍遥的人。正是：

　　　　有恨凭谁语？孤忠血未干。

　　　　报亲无一事，漂泊任摧残。

　　李源闻得西湖山水秀丽甲天下，遂立志要往西湖。及至到了湖上，见画舫笙歌，太觉繁华，欲寻一幽雅之所。因过九里松，访到下天竺，见溪回山静，甚是相宜，遂隐居于寺内。只是一腔悲愤，难对人言，常是闷闷不乐。独居一室，又没一个知己，就像圆泽一般，独行独止。圆泽倒还有块石头盘桓消遣，他却一发干净。寺僧常对人说："我们寺中到了两个泥塑木雕的活佛。"那李源坐了几日，自家觉得无聊，偶尔闲行，步到寺后，只见莲花峰下，修竹千竿，穿石罅而出，层峦叠嶂，幽峭绝人。其中有块石头，拂拭得极其干净，精洁可爱。又见上面坐着一个僧人，神清骨秀，气宇不凡。李源一见，便觉有些留情。那圆泽抬起头来，见了李源，也便有些属意。二人尚未交言，先自眉目之间现出一段的因缘幅凑③，竟像夙昔相知的一般。及至坐而接谈，语语投机，字字合拍。这块石头上，起初只见一个圆泽，如今坐了两个，只当这石头遇着两个知己提拔，也就圆润起来了。当日两人彼此说些投机的话，便

---

　　①　高怀——志向高远。
　　②　雅操——情趣高雅。
　　③　因缘幅凑——相貌中显出的缘分痕迹。

恋恋不舍，就在这石前订了三生之约。自此之后，便朝夕间形影不离，风雨时坐卧相对，至于春拈花，秋印月，夏吟风，冬拥雪，大半在寺后这块石上。两个人，一块石，做了三个生死不离的朋友。后人就叫这石为三生石。正是：

　　　若果是知音，偏从浅见深；

　　　浅深都不得，方信是同心。

　　二人在寺中石上，相与了数年，不独忘世，竟尔忘身。一日雪霁，李源邀了圆泽，同登高峰绝顶，远眺海门白练，俯观遍地银妆，李源不觉想到蜀中，对圆泽道："我闻得蜀中的峨眉积雪，天下奇观。我与你闲居于此，总是寂寥。不若收拾行装，同往一游。名山胜水，也是不可不流览的。"圆泽陡然听了，沉吟半晌，方才答道："朝礼名山，固我平生所愿，但要游蜀，须取道长安，由斜谷路而往方妙。"李源道："这却使不得。我自离京以来，久绝世事，避迹于此，实为远器之计。今为流览而出，岂可复道京师辱地哉？必须从荆州溯峡而上，庶于途中无碍。"圆泽听了，又默然不语。半晌，遂惨然叹息道："大数已定，行止固不由人。"遂不复辨，竟随着李源之意，悉听其买舟，由武林驿至湖广荆州，取路而行。行了几时，那船已到南浦地方，忽然逆风大浪，竟把船搁在那里，不能前进。舟人因舣于岸，就住了船。正是：

　　　情缘忽已绝，风送一帆舟；

　　　大数由来定，何须勉强留。

二人对坐在篷窗之下，观玩江景，忽见一带长林中，有一竹篱茅舍，那篱门内走出一个中年妇人来，上穿的是苎袄，下着锦裆，手携一小瓮，立于江边汲水。圆泽举首见了，不觉动心，因对李源愀然不乐。李源见他心下不快，面有愁容，说道："我与你三生之订，情同骨肉，恩倍寻常，一路相随，登山觅水，颇觉有兴，为何今日反有不怿之色？"圆泽道："你却不知，我今要别公去矣。"李源道："千里偕行，三生共订，如何半途中就要爽信起来？或者弟有得罪处，望吾师明示开释，何必作此俗态？"圆泽道："此非我欲别公，其中却有缘故。我的后生托身之地就在此处。本欲同公纵观峨眉巫峡之胜，奈此生有限，大数已周，不能相随至蜀矣。"李源听了大惊道："何出此言，令人骇杀。不知何处是圆师托生之所？"圆泽因暗指那汲水①妇人道："此吾生身之人也。"又指篱门道："此吾托生之地也。"李源道："生死间隔，路实两分。师云托生在此，果有何据？"圆泽又道："此妇姓王。当以吾为子，彼怀孕已三载矣，因吾不来，故不得乳。日前起程之时，吾欲假道京师以至蜀者，正欲避此也。"李源道："前日既然可避，今日何不可逃？"圆泽笑道："今既相适，便无可逃之理。"李源闻知数不能逃，不胜追悔道："此皆我之所误，实为罪谴。"心下十分悲咽，便搔耳捶胸，焦躁起来。圆泽道："非公之误，亦非公之罪，皆吾命数已定，不能强也。公且自解愁烦，但我别后，三日浴儿之时，过临一视，以征前生后生之不昧。"李源道："师但初生，言昧不昧，于何处征验？"圆泽道："此时虽不能言而能笑，即以笑为征可也。"李源道："我与师相逢今世，花同叶合，定结种于前生。今又问影寻形，必判然于后世。不知此一笑之后，更别有相逢之日否？"说罢，不胜哀痛凄怆。圆泽道："浮萍自在海中，特无情者不识耳。公若有情，后十三年中秋月夜，可到西湖葛洪川畔相访，当再与公一见，以遂三生之约，复完石下之盟便了。"正是：

> 前生留后约，后世续前期；
> 何必过求佛，高僧妙在兹。

当时圆泽与李源相订已毕，便闭目不言。李源因见事势至此，知道不可挽回，只得为之更衣沐浴。候至薄暮，而竟攸然示寂矣。到了次日，随遣人至王姓妇人门前打听消息。那人来回报道："王家昨夜傍晚，果生一子。"李源方信以为姻缘不爽。到了三朝，李源欲验其笑，遂亲自走至妇人门首，立在那竹篱门外，寻消问息。只见有一个人走将出来。李源忍不住问他一声道："府上三日前曾生一位孩子么？"那人应道："前日果然生下一子，却是生了三日，这孩子只管啼哭，再不肯住，不知为甚缘故。"李源心下虽是照会，却疑惑道："圆师别时，约我以笑，这个啼哭，却为什么？难道他骗我不成？不要管他，待我进去看看，或者见我笑将起来也不可知。"就对那人道："这也不难，我能止他的哭。试抱出来与我一看。"那人闻说能止孩子的哭，便忙请李

---

① 汲水——打水。

源进内堂坐下，自己再往里去抱了孩子出来，递与李源。李源接着一看，见那个孩子容颜眉目竟与圆泽无异，因抚摩他道："咄，咄，咄！你原说笑，为何只是哭？"那孩子听了，便将李源定睛一看，竟像认得的一般，嘻然一笑，以后便再不啼哭了。其家见儿不哭，款待李源亦甚殷勤。李源因没了好友，故不胜哽塞；临出门时，又拍拍孩子肩头道："十三年后之约不可忘了。"遂辞别王家，复回船中，独自一人，甚觉无聊，连蜀中峨眉之行，也不想去游了。正是：

> 为忆名山去，知音忽自离；
>
> 胜游虽可美，触绪倍伤悲。

依旧返棹回杭，复到人竺寺中，日日住那寺后三生石边，照依圆泽当初，独自一个，抚摩着石头，盘旋不已。不觉光阴迅速，日月易迁，转眼又是十余年了。每因圆泽之约，切切在心，恐怕失了会期，预先到那西湖之上，朝两峰，暮六桥，不离葛洪之川，天竺之后，寻踪觅迹。想："这孩子已经十三岁矣。若会着他，毕竟还可畅叙。却恨别了多时，路途间阻，如何得其踪迹？"又想："泽师，神人也。昔日与我如此契厚，岂有爽信之理！况且身前身后俱已打算精明，岂是无据而空留此期的理？但我企想之深，恨不得早来一刻，也好早会一面。若愆期不至，就拼老死湖山，以证三生之不妄。"正是：

> 钟期曾有约，流水复高山；
>
> 欲见同心侣，何忧道路难。

你道李源为何先期这等着急？只因他约在葛川相会，只道他的肉身借寓在西湖前后，因此日夜相寻，不知他约了中秋月夜，就是十五早晨也决不来见你的。一直捱到中秋，这一夜因是十三年相约的正期，又兼月明如画，漫山遍野照得雪亮，李源乘着月色抖擞精神，满山夹涧，周围寻访。到葛洪川畔，忽听得隔溪有牧童歌声，隐隐而来。李源忙停了足，倾耳而听。只见那牧童，身穿紫花布袄，头挽菱角髻，骑着一匹斑驳牛，一径从隔岸大声呼来道："李公别来无恙否？"李源见隔岸叫他姓名，心知有异，便定睛一看，却是个牧童，仔细想了一回，虽与圆泽老少不同，而姿容神理竟与圆泽生前无异，不胜欢喜道："原来泽师在此！我到这里候了多时！何不寻路过溪，握手一叙？"那牧童也不回言，但高歌道：

三生石上旧精魂，赏月临风不要论；

惭愧情人远相访，此身虽异性常存。

牧童歌罢，因说道："不负期而来，李公真信士也！本当过溪一叙，但恨公俗缘未断，不敢相近。愿李公勤修深省，天地自不相负。"因又歌道：

身前身后事茫茫，欲话因缘恐断肠；

吴越山川寻已遍，却因烟棹上瞿塘。

李源见他不过溪来，只得四下寻路，要想赶过溪去，与他竟此长夜之谈。只见牧童歌罢，竟自策牛入烟霞而去。李源料是赶他不上，只得带着月光，懒懒摊摊，踱将回来，方信三生之约，真不幻也，故纪其事于天竺之后那一片石上，以继嵩山之旧迹。遂与寺僧乞此一片石，结庐①其侧，朝夕梵修，得悟无生之妙谛，因终老于兹石间。至今流传其事于西湖之上，与灵隐、虎溪并垂不朽。有这圆泽、李源三生有约，至期不爽的，方称得个石交，才算得个信友。可不羞死那些翻云覆雨的子弟，愧倒那些口是心非的后生么？所以历叙西湖之事，因慕此一段精诚信迹，亟表而出之。有诗为证：

从来践约最为难，何况三生更不寒；

千里怀人终是恨，百年聚首亦谁欢？

笑容湘峡形先异，歌彻云衢笛欲阑；

唯有卷卷一片石，至今留迹两山间。

① 结庐——盖房子。

卷十四　梅屿恨迹

西湖，行乐地也，花索笑，鸟寻欢，春去秋来，皆供人之怡悦，何尝有恨？孰知人事不齐，当赏心乐意之场，偏有伤心失意之人如小青者，因而指出，为西湖另开一凄凉景界。

小青本姓冯，名玄玄，因从同姓冯子虚，故讳言姓，而以小青著，乃广陵人也。虽赋命不辰，而夙根颖异。在十岁时，而眼际眉端，早有慧色，触人之爱。忽有一老尼，自芙蓉城来到扬州，偶见小青，逐惊讶道："谁家生有是儿？聪慧自不必言，但惜其世福薄耳，可千古而不可一时。若肯乞与老尼为弟子，尚可三十年活。"家人以为妖妄，嗤老尼道："若仅活三十年，虽佛亦不去做他，何况一尼！"老尼正色道："既不相信，万万不可令识字读书。"家人笑道："世间识字读书的，难道都是短命的鬼么？"老尼见话不投机，飘然而去。

其时广陵闺阃①，竟尚斯文伎艺。小青之母原系一女塾师，每日往教诸淑，而小青自幼随行，因得遍交诸名媛。每聚会时，或茗战而评品色香，或手谈而指点高妙，众论纷然，而小青交酬应答皆出人意表，人人唯恐失小青。在小青，素娴仪则②，能解诗文，绝不以才自矜，盖其天性有然也。年方十六，归冯生。冯生乃西湖之富豪公子也，性贪佳丽，而束于妒妇，不能少生锦屏之色。后再三哀恳，方有许可之意，又不许就近娶讨，恐近地者系冯生素所狎昵，令其维扬远置，往返限以半月，如过期则不容入门。其意以为匆匆选择，未必便有；即有亦未必佳。不料冯生至维扬，适闻小青之名，再一见而神往矣，遂不惜厚聘以娶。其母亦利其厚聘，而即以女归冯生。小青闻之，潸然泪卜道："以素昧平生之人，一旦而从之于千里之外，母子生离，诚薄命也。"冯生惧违半月之限，立刻挂帆。舟中情况，果如范大夫之泛湖，欣然而归。

及至家，在冯生以为曾请命过，则非私娶，竟与小青双双入室。那

妒妇初意以淮扬女子，多被官长娶去；虽有，无非寻常姬妾耳；及见了小青之面，虽低眉下气，不敢稍露风流，而一段嫣然之态愈隐愈彰，冯妇之妒心遂已百结不磨矣。小青至此，无可奈何，唯曲意下之。妒妇见其卑下，愈疑其有深心，时刻自随，不令丈夫私一笑语。小青所带脂粉，尽皆撤去，书籍尽为烧毁，拘禁内房，不通半线。真所谓"一个是画儿中的爱宠，一个是影儿里的情郎。"就要做一年一会的牵牛织女，也是不能的了。

冯生自思无奈，只得浼①姑娘杨夫人与小六娘来劝解一番，或能令妻子回心，也未可知。遂往杨夫人处苦诉道："妻子初容我娶，及至小青进门，便生许大风波，一骂就是三朝四夜，一打便到万紫千红，甚觉难堪。明日元宵佳节，请姑娘过舍，借观灯之意，苦劝一番。"杨夫人允其请，到十五，果同小六娘来冯家看灯。妒妇接着，叙不得几句寒温，便把丈夫娶妾，小青作妖，一五一十，说个不了。杨夫人道："我也略知一二。你且叫她出来，与我一会，果然妖媚否？"小青出来见了礼，杨夫人定睛一看，便道："好个女子！眉清目秀，温雅不群，非骚人韵士之偶，即玉堂金马之匹，却不是我侄儿的对头。今既屈她在此，还须侄媳涵养方好。"说话未终，只听见外面笙歌喧闹而来。小使禀道："闹花灯的过了，请夫人小姐上楼观灯。"冯妇便叫小青陪夫人小姐楼上请坐。小六娘道："青娘，谅你扬州灯看厌了，也要索个杭州灯儿换换眼睛。"小青道："灯虽好，但恨妾不是赏灯人。"杨夫人道："你不须忧虑，我自有一安顿你的所在。"遂辞别冯妇而归。

随即杨夫人着人约冯妇天竺进香。冯妇恐留小青在家，断有不测之事，便叫小青同往。瞻礼大士毕，冯妇道："西方佛无量之多，而世人独专意拜礼大士，却是谓何？汝知其意乎？"小青低声道："此无难知，不过望其慈悲耳。"冯妇知其讽己，因冷笑道："我今当慈悲汝，何如？"杨夫人接口道："二娘既有此心，你家孤山梅屿，何不送青娘在那里住住，也省得在面前惹气。"冯妇道："夫人见教极是，且看她的缘法。"

既归，冯生候于室，小青见之欲避。冯妇道："此我屋，非汝避

---

① 浼（měi）——请托。

地；此我室，又非汝见地。避见俱不可。看汝情性冷淡，命必孤独，何须为我仆仆耶？孤山梅屿是我家别业，山水幽雅，甚与汝相宜。无论避郎隐秀，即有时见郎，或亦不碍我之眼。但我有约法三章，汝须遵守：非我命而郎至，不许接见；非我命而郎有手札至，不许开拆；汝有书札，必由我看，不许私递与人。若有一差池，决不轻恕。"小青闻言，唯唯奉命。自放他住在梅屿内。

小青见了山明水秀，园中花木芬芳，池阁游鱼戏水，枝头好鸟嘤鸣，胜似在家日闻猖吠①。但小青每自念："我之来，实是彼之聘，罪不可突加。今置我于此闲地，又明戒我不许一毫举动，必然广布腹心，暗藏耳目，略有风吹草动，定借莫须有之事以鱼肉我，则彼有词矣，我焉可不慎？"遂深自敛戢。虽有住山水，亦不敢推窗纵观。

冯妇无可奈何，只得借游湖为名，请了杨夫人、小六娘到船，撑到孤山，唤小青上船。放至苏堤，见驱驰挟弹，游冶少年三三五五，同舟诸女侍，或指点，或诙谐，无不畅观，而小青则澄目凝坐，若不知有繁华者。冯妇见之无说，唯杨夫人知其心事，便叫女儿与之对弈，欲与细谈。苦于冯妇在座，因借景以巨觥觞冯妇，睍②其已醉，乃徐语小青道："舟有楼，可伴我一登。"遂登楼，稍稍远眺一番，即抚小青之背道："好光景！可惜容花貌月，无徒自苦。唐之章台柳，亦倚红楼盼韩君平走马，而汝锦堂中人，乃作蒲团观想，岂不辜负天之生才耶？"小青道："蒲团虽不愿，然贾平章剑锋殊可畏也。"杨夫人笑道："汝误矣。贾平章剑钝，女平章乃利害耳。"左右再顾，寂无一人，杨夫人复从容讽谕："以汝之才，与汝之貌，举世无双，岂肯甘心而堕罗杀国中？我虽非古女侠，力尚可脱汝于火坑。请细思之，倘不以章台柳为多事，则湖上岂少韩君平？况彼视汝去，不啻拔眼中一钉耳，何伤乎？今纵能容汝，汝亦不过向党将军帐中，作一羔酒侍儿止矣。才伎风流，宁不可惜？"小青谢道："夫人爱我，不啻父母，可谓至矣。但妾自思，金屋之贮，金屋之命贮之也。幼时曾遇一老尼，云妾薄福相，无令识字，可三十年活。妾后得一梦，梦手折一花，随风片片着水。水中花，

---

①　猖（yín）吠——狗叫的声音。

②　睍（jiàn）——窥视。

岂能久乎？大都命止此矣。夙业未了，又生他想，彼冥曹姻缘簿，非吾如意珠。倘谢去孤单，又逢冷落；岂不徒供群口描画乎？"杨夫人闻言，沉吟半晌，忽叹道："汝言亦是，我不敢勉强。但以汝之人，处此之地，当此之时，不得不为汝痛惜。虽然好自爱，彼之好言，或好饮食及汝，更可忧可虑，须留意一二。我不能时时看你，旦暮所须，不妨告我。再若要消愁解闷的书，也在我那里取看。"遂相顾而泣下沾衣。又恐侍婢窃听，复拭泪还坐而别。

小青回到梅屿，感杨夫人慰安怜惜的情义，可谓不幸中之幸。又借得许多书籍在此，聊以解愁，便将"牡丹亭"开看，虽是旧日阅过的，只晰大凡，今夜雨滴空阶，愁心欲碎，便勉就枕函，终难合眼，不免再三味玩一番，因题一绝云：

　　　　冷语幽窗不可听，挑灯闲看牡丹亭；

　　　　人间亦有痴于我，岂独伤心是小青。

自是小青幽愤悲怨，无可诉说，多托之于诗词。一日有感，作《天仙子》词一首云：

　　　　文姬远嫁昭君塞，小青又续风流债。也亏一阵黑曼

　　下，抽身快，单单另另清凉界。

　　　　原不是鸳鸯一派，休算做相思一概。自思自解自商量，心可

　　在？魂可在？着衫又捻裙双带。

每有吟咏，多寄杨夫人，而杨夫人同调，尚有赏识者。后杨夫人从宦外游，遂无一人可语。间作小画，或画一扇，皆自珍秘，不令人见。每到夕阳落水时，空烟薄霭，临池自照，啾啾与影语，虽不泣亦神伤，因无聊赖，题一绝云：

　　　　新妆竟与画图争，知在昭阳第几名？

　　　　瘦影自怜春水照，卿须怜我我怜卿。

从此郁郁成病，岁余益深，冯妇闻之，喜不自胜，因命医来，继遣婢以乐至，小青佯为称谢，俟婢出，遂掷药床头，笑道："我固不愿生，亦当以净体归依，作刘安鸡犬，岂汝一杯鸩所能断送乎？"然病益不支，知不能起，因修书一封贻杨夫人，内有云：

瞻睇①慈云。分燠嘘寒，如依膝下。縻身百体，未足云酬。自仙槎北渡，断哽南楼，猗语哕声，日为三至。渐乃微词含吐，亦如尊旨云云。窃揆鄙衷，未见其可。夫屠肆菩心，饿狸悲鼠，此直供其换马，不当辱以当炉。去则弱絮风中，住则幽兰霜裹。兰因絮果，现丛谁深？若便祝发空门，洗妆浣虑，而艳思绮语，触绪纷来。正恐莲性虽胎，荷丝难散，又未易言此也。乃至远笛哀秋，孤灯听雨；雨残笛歇，稷稷松声。罗衣压肌，镜无干影；朝泪镜潮，夕泪镜汐。今兹鸡骨，殆复难支；痰灼肺燃，见粒而呕。错情易意，悦憎不驯。老母姊弟，又天涯间绝。嗟乎！木知生乐，焉知死悲。憾促欢浅，无乃非达。真少受天颖，机警灵速。丰兹毒彼，埋诎能双？然而神爽有期，故未应寂寂也。至其沦忽，亦匪自今。结缡以来，有宵靡旦，夜台滋味，谅不殊斯。岂必紫玉成烟，白花飞蝶，乃谓之死哉？或轩车南返，驻节维扬，老母惠存，如妾之受。他时放船堤下，探梅山中，开我西阁门，坐我绿荫床，仿生平于响像，见空帷之寂飏②，是耶非耶？其人斯在。兴言及此，痛也如何！

书成，疾益甚，水粒俱绝，唯日饮梨汁一小盏，然明妆冶服，拥衾欹坐，虽昏晕几绝，断不蓬首垢面而偃卧也。忽一日，语老媪道："汝可传语冤业郎，觅一良画师来，为我写一影。若此时不留个模样儿，越瘦得不堪，则不必画矣。"少顷，师至，即令写照。写毕，揽镜熟视，叹道："仅得吾形似，未尽吾神也。"乞师再画一图。画完进览，道："神是矣，而风态未流动。杜丽娘自为小像，恐为云为雨飞去，盖为丰采流动耳。我知其故矣。我之丰采不流动，多因目端手庄，矜持太过，必须再画一幅，不要拘束了眼睛，我自闲耍，师自临摹。"遂同老姬，或扇茶铛，或捡图书，或整衣衫，而来调刀碧诸色，指顾语笑，纵其想会。须臾，图成，果极风雅之致。始笑道："如今都是了。"师去后，取供榻前，袭以名香，设以梨酒，亲奠道："小青！小青！此中岂有汝缘分耶？"抚几而泣，泪潸潸如雨下，一痛几绝，幸老姬救醒。遂将书

---

①　睇（dì）——斜着眼看。

②　飏（yáng）——飞扬；飘扬。

一缄，托老妪觅便寄上杨夫人。人再指春容道："此图千万为我藏好。我有花钿数事，赠你女孩儿罢。"言讫而终，年才十八耳。哀哉！人美如玉，命薄如云，瑶蕊优昙，人间一瞬。欲求如杜丽娘牡丹亭畔重生，安可得哉？

日向暮，冯生踉跄而来，披帷视之，见小青容光藻逸，衣态鲜好，如生前无病的一般，但少言笑耳，不禁哀号顿足，呕血升余。徐捡得诗一卷，遗像一幅。读到《寄杨夫人》诗云：

> 百结回肠写泪痕，重来唯有旧朱门；
>
> 夕阳一片桃花影，知是亭亭倩女魂。

冯生不觉狂叫道："吾负汝矣，吾负汝矣！"妒妇闻之恚甚，立取第一图焚之，又向冯生索诗卷焚之。悲夫！广陵散从兹绝矣！犹幸第二图，其姻娅①购去。稍有一二著作，则临卒时，赠老妪女花钿纸上得之。有小青手迹，字亦漫灭。细观之，得九绝句，一古诗，二诗余。诗余即寄杨夫人之作。又有冯生酒友刘无梦过梅屿，于小青卧处窗缝中，拾残纸少许，得"南乡子"词三句云："数尽恹恹深夜雨，无多，也只得一半工夫。"虽李易安集中，无此佳句。

有意怜才者，多以小青郁郁而死为恨，予则不然，使冯生不畏妒妇，而冯妇不妒小青，不过于众姬妾间叨恩窃爱，受寻常福庇，纵有美名，顷刻销熔，安能于百年后，令文人才士过孤山别业，吊暮山之夕阳青紫，拟小青之风流尚在？嗟乎！此天不成就小青于一时者，正成就小青于千古也。何恨之有？

---

① 姻娅（yà）——亲家和连襟，泛指姻亲。

卷十五　雷峰怪迹

尝思圣人之不语怪，以怪之行事近乎妄诞，而不足为训，故置之勿论。然而天地之大，何所不有？荒唐者固不足道，若事有可稽，迹不能泯，而彰彰于西湖之上，如雷峰一塔，考其始，实为镇怪而设。流传至今，雷峰夕照，已为西湖十景之一，则又怪而常矣。湖上之忠坟、仙岭，既皆细述其事，以为千古之快瞻，而怪怪常常，又乌可隐讳而不倾一时之欣吲哉？

你道这雷峰塔是谁所造？原来宋高宗南渡时，杭州府过军桥黑珠巷内，有一人叫做许宣，排称小乙。自幼儿父母双亡，依傍着姐夫李仁，现做南廊阁子库幕事官的家里住，日间在表叔李将仕家生药铺中做主管。此时年才二十二岁，人物也还算得齐整的。是年，恰值清明，要往保叔塔寺里荐祖宗，烧餐子。当晚先与姐姐说了，次日早起，买些纸马、香烛、经幡、钱垛等物，吃了饭，换了新衣服，好鞋袜，把餐子钱马，使条袱子包好，径到官巷口李将仕家来道："小侄要往保叔塔追荐祖宗，乞叔叔容假一日。"李将仕道："这也是你孝心，只要去去便回。"

许宣离了铺中，出钱塘门，过石函桥，径上保叔塔。进寺，却撞着送馒头的和尚；忏悔过疏头，烧了餐子，到大殿上随喜，到客堂里吃罢斋，别了和尚，还想偷闲，各处去走走。刚走到四圣观，不期云生西北，雾锁东南，早落下微微的细雨来了。初还指望它就住，不意一阵一阵，只管绵绵不绝。许宣见地下湿了，难于久待，只得脱了新鞋新袜，卷做一卷，缚在腰间，赤着脚，走出四圣堂来寻船。正东张西望，恐怕没有，忽见一个老儿，摇着一只船，正打面前过，连忙一看，早认得是熟识张阿公，不胜欢喜，忙叫道："张阿公，带我到涌金门去。"那老儿摇近岸来，见是许宣，便道："小乙官，着雨了，快些上船来。"

许宣下得船，张老儿摇不得十余丈水面，只听得岸上有人叫道："搭了我们去。"许宣看时，却是一个戴孝的妇人，一个穿青的女伴，手中捧着一个包儿，要搭船。张老儿看见，忙把船摇拢道："想也是上坟遇雨的了，快上船来。"那妇人同女伴上得船，便先向许宣深深道了个万福。许宣慌忙起身答礼，随掇身半边道："请娘子舱中坐。"那妇人进舱坐定，便频把秋波偷瞧许宣。许宣虽说为人老实，然见了此等如花似玉的美人，又带着个俊俏的丫环，未免也要动情。正不好开口，不期那妇人转先道："请问官人高姓大名？"许宣见问，忙答道："在下姓许，名宣，排行小乙。"妇人又问道："宅上何处？"许宣道："寒舍住在过军桥黑珠巷，舍亲生药铺内，做些买卖。"说完就乘机问道："娘子高姓？潭府哪里？亦求见示。"那妇人答道："奴家是白三班白殿直之妹，嫁了张官人，不幸亡过了，现葬在这边。因今日清明，坟上祭扫而回，不期又值此雨。犹幸遇搭得官人之船，不至狼狈。"

　　彼此说些闲话，不觉船已到了涌金门。将要上岸，那妇人故作忸怩之状，叫侍儿笑对许宣说道："清早出门得急了，忘记带得零钱在身边。欲求官人借应了船钱，到家即奉还，决不有负。"许宣道："二位请便，这小事不打紧。"因腰间取出，付了船家，各自上岸。岸虽上了，雨却不住。恐天晚了，只得要各自走路。那妇人因对许宣说道："奴家在荐桥双茶坊巷口，若不弃时，可到寒舍奉茶，并纳还船钱。"许宣道："天色已晚，不能久停，改日再来奉拜罢。"说过，那妇人与侍儿便冒雨去了。

　　许宣忙进涌金门，从人家屋檐下，捱到三桥子亲眷家，借了一把伞，正撑着走出洋坝头，忽听得有人叫道："许官人慢走。"忙回头看时，却原是搭船的白娘子，独自一人，立在一个茶坊屋檐下。许宣忙惊问道："娘子如何还在此？"白娘子道："只因雨不住，鞋儿都踏湿了，因叫青儿回家去取伞和脚下，又不见来。望官人伞下略搭几步儿。"许宣道："我到家甚近，不若娘子把伞戴去，明日我自来取罢。"白娘子道："可知好哩，只是不当。"许宣递过伞来与妇人自去，方沿人家门檐下，冒雨而回。到家吃了夜饭，睡在床上，翻来覆去，想那妇人甚是有情，忽然梦去，恰与日间相见的一般。正在情浓，不觉金鸡三唱，却是南柯一梦。正是：

　　　　心猿意马驰千里，浪蝶狂蜂闹五更。

　　许宣天明起来，走到铺中，虽说做生意，却像失魂一般，东不是，西不是。捱到吃过饭，便推说有事，便走了出来，遂一径往荐桥双茶坊巷口，寻问白娘子。问了半晌，并没一人认得。正东西踌躇，忽见丫环青儿从东边走来，许宣见了，忙问道："姐姐！你家住在哪里？我来取伞。"青儿道："官人随我来。"遂引了许宣，走不多路道："这里便是。"许宣看时，却是一所大楼房，对门就是秀王的府墙。青儿进门便道："官人请里面去坐。"许宣遂随到中堂，青儿向内低声叫道："娘子，许官人在此。"白娘子里面应道："请许官人进来奉茶罢。"许宣尚迟疑不敢入去，青儿连催道："入去何妨。"

许宣方走到里面。只见两边是四扇暗格子窗，中间挂着一幅青布帘。揭开帘儿入去，却是一个坐起。桌上放一盆虎须菖蒲，两旁挂四幅名画，正中间挂一幅神像。香儿上摆着古铜香炉花瓶。白娘子迎出来，深深万福道："夜来遇雨，多蒙许官人应付周全，感谢不尽。"许宣道："些微何足挂齿。"一面献茶。茶罢，许宣便要起身，只见青儿早捧出菜蔬果品来留饮。许宣忙辞道："多谢娘子厚情，却不当取扰。"略饮了数杯，就起身道："天色将晚，要告辞了。"白娘子道："薄酌不敢苦留官人。但尊伞昨夜舍亲又转借去了，求再饮几杯，即着人取来。"许宣道："天晚等不得了。"白娘子道："既是官人等不得，这伞只得要求官人明日再来取了。"许宣道："使得，使得。"遂谢了出来。

到了次日，在店中略做做生意，便心痒难熬，只托故有事，却悄地又走到白娘子家来讨伞。白娘子见他来早，又备酒留饮。许宣道："为一把破伞，怎敢屡扰。"白娘子道："饮酒饮情，原不为伞。不妨饮一杯，还有话说。"许宣吃了数杯，因问道："不知娘子有何话说？"白娘子见问，又斟了一杯酒，亲自送到许宣面前，笑嘻嘻说道："官人在上，真人面前不敢说假话。奴家自亡过了丈夫，一身无主，想必与官人有宿缘。前日舟中一见，彼此便觉多情。官人若果错爱，何不寻个良媒，说成了百年姻眷。"许宣听了，满心欢喜。却想起在李将仕家做生意，居停不稳便，怎生娶亲？因此沉吟未答。白娘子见不回言，因又说道："官人有话，不妨直说。何故不回言语？"许宣方说道："蒙娘子高情，感激不尽。只恨此身，为人营运，自惭窘迫。仔细寻思，实难从命。"白娘子道："官人若心不愿为婚，便难勉强；若为这些，我囊中自有余财，不消虑得。"便叫青儿："你去取些银子来。"青儿忙走到后房中去，取出一个封儿，递与白娘子。白娘子接了，复递与许宣道：

"这一封你且权拿去用。若要时，不妨再来取。"许宣双手接了，打开一看，却是五十两一个元宝，满面欢喜，便落在袖中，对白娘子说道："打点停当，再来奉复。"遂起身作别。青儿又取出伞来，还了许宣。

许宣一径到家，先将银子放好，又将伞还了人，方才睡了。次日早起，自取了些碎银子，买了些鸡鹅鱼肉之类，并果品回来，又买了一尊好酒，请姐夫与姐姐同吃。李幕事听见舅子买酒请他，到吃了一惊，因问道："今日为何要你坏钞？"许宣道："有事要求姐夫姐姐做主。"李幕事道："既有事，何不说明？"许宣道："且吃了三杯着。"大家依序坐定，吃了数杯，李幕事再三又问，许宣方说道："愚舅蒙姐夫姐姐照管成人，感谢不尽，但今有一头亲事与愚舅甚是相宜。已有口风，不消十分费力。但我上无父母，要求姐夫姐姐与我玉成其事。"李幕事夫妻听了，只道要他出财礼，便淡淡地答道："婚姻，大事也，须慢慢商量。今日且吃酒。"吃完酒，各自散去，竟不回话。

过了三两日，许宣等不得，因催姐姐道："前日说的话，姐姐曾与姐夫商量么？"姐姐道："不曾。"许宣道："为何不商量？"姐姐道："连日姐夫有事心焦，我不好问他。"许宣道："我晓得姐姐不上紧的意思了，想是你怕我累姐夫出钱了。"因在袖中取出那锭大银子来，递与姐姐道："我自有财礼，只要姐夫做个主儿。"姐姐看见银子，笑说道："原来你在叔叔铺里做生意，也趱①得这些私房，可知要娶老婆哩。我且收在此，待你姐夫回时，我替你说就是了。"过一会，李幕事回家，妻子即将许宣的银子递与丈夫看道："我兄弟要娶亲，原来银子自有，只要你我做个主儿。须替他速速行之。"李幕事接了银子，在手中翻来覆去，细看那上面凿的字号，忽大叫道："不好了，我全家的性命都要被这锭银子害了。"妻子道："活见鬼！不过一锭银子，有甚利害？"李幕事道："你哪里知道，现今邵太尉库内封记锁押都不动，竟不见了五十锭大银，正着落临安府捉贼，十分紧急。临安府正没寻头路，出榜缉捕，写着字号锭数，捉获者赏银五十两，知情不首，及窝藏正贼者全家发边远充军。这银子与榜上字号相同，若隐匿不报，日后被人首出，坐罪不小。"妻子听了，只吓得咯抖抖地发战，道："不知他还是借的，

———————

① 趱（zǎn）——快走。

还是偷的。却怎生区处?"李幕事道:"我哪管他是借的,是偷的,他自作自受,不要害我一家。"因拿了这锭银子,竟到临安府出首。

临安府韩大尹见银子是真,忙差缉捕捉拿正贼许宣。不多时,拿到许宣当堂。韩大尹喝问道:"邵太尉库中不动封锁,不见了大银五十锭,现有李幕事出首一锭在此,称是你的。你既有此一锭,那四十九锭却在何处?你不动封锁,能偷库银,定是妖人了。可快快招来。"因一面吩咐皂快备猪狗血重刑伺候。许宣见为银子起,忙辩道:"小的不是妖人,待小的直说。"便将舟中遇着白娘子,并借伞、讨伞以及留酒、讲亲、借银子之事,细细说了一遍。韩大尹道:"这白娘子是个什么样人?现住何处?"许宣道:"她说是白三班白殿直的妹了,现住在荐桥双茶坊巷口,秀王墙对门,黑楼子高坡儿内。"

韩大尹即差捕人何立押着许宣去双茶坊巷口捉拿犯妇白氏来听审。何立押着许宣,又带了一干做工的,径到黑楼子前,一看时,却是久无人住的一间冷屋。随拘地方并左右邻来问,俱回称道:"此系毛巡检家的旧屋。五六年前,一家都瘟疫死尽了。青天白日,常有鬼出来买东西,谁敢还在里头住?且这地方并无姓白的娘子。"何立因问许宣道:"你莫要认错了,不是这里。"许宣此时看这个光景,也惊得呆了,道:"分明是这里,才隔得三五日,怎便如此荒凉?"何立道:"既是这里,只得打开门进去。"因叫地方动手,将门打开,一齐拥了入去。

只见内中冷阴阴,寒森森,并无一个人影。大家一层一层直开了入去,并无一痕踪迹。直开到最后一层,大楼上,方远远望见一个如花似玉穿白的妇人,坐在一张床上。众人看见,不知是人是鬼,便都立住脚。独何立是公差,只得高声叫道:"娘子想是白氏了。府中韩大爷有牌票在此,要请你去与许宣对什么银子的公事哩。"那妇人动也不动,声也不做。何立没奈何,只得大着胆子,拥众上前。将走到面前,只听得一声响亮,就似青天打一个霹雳,众人都惊倒了。响定再近床边一看,只见明晃晃一堆大银子,却不见了妇人。及点点银数,恰正是四十九锭。何立遂叫众人将银子扛到临安府堂上,一一交明,又将所见之事,细细禀上。韩大尹听了道:"这看起来,自是妖人作祟,与众人无干。地方邻里,尽无罪宁家。许宣不合私相授受,发配牢城营。"银子如数交还邵太尉,请邵太尉赏给五十两与李幕事。一件方才完了。

唯李幕事因出首许宣，得了赏银子五十两，又见许宣因他出首，发配牢城，心下甚是不安，即将给赏银子尽付许宣作盘费①。又叫李将仕与了他两封书：一封与押司范院长，一封与吉利桥下开客店的王主人。许宣痛哭了一场，辞别姐夫姐姐，便同解人搭船，到苏州牢城营来。一到了就将二书投见范院长并王主人。亏二人出力，与他上下使了钱，讨了回文与解人而去。许宣毫不吃苦，就在王主人楼上歇宿，终日独坐无聊，甚是闷人，正是：

> 独上高楼望故乡，愁看斜日照纱窗；
>
> 自怜本是真诚士，谁料相逢狐媚娘。
>
> 白白不知归甚处，青青岂识在何方；
>
> 只身孤影流吴地，回首家园寸断肠。

许宣在苏半载，甚是寂寞。忽一日王主人进来，对他说道："外面有一乘轿子，坐着一位小娘子，又带着一个丫环寻你。"许宣听了吃惊，暗想道："谁来寻我？"慌忙走到门前来看，不期恰正是白娘子与青青。一时见了，不胜气苦，因跌着脚，连声叫道："死冤家！自被你盗了官银，害我有屈无伸，当官吃了多少苦楚。今已到此田地，你又赶来做甚？"白娘子道："小乙官人，不要错怪了我。我今特来要与你分辩。"王主人见二人只管立在门前说长道短，恐人看见不雅，因说道："既是远来，有话请里面去说。"白娘子乘机便要入去。许宣忙横身拦住道："她是妖怪，不可放他进去。"王主人因将白娘子仔细看了两眼，带笑说道："世上哪有这等一个妖怪？不可轻口诋人。请进去不妨。"

白娘子进到里面，先与主人妈妈见过，然后对许宣说道："奴家既以身子许了官人，就是我的夫主了，终不成反来遗害官人么？就是付银子与官人，也是为好，谁知有祸？若说银子来历不明，罪皆坐于先夫，奴家一妇人，如何得知？奴家一妇人，如何是怪？恐官人错埋怨，故特特来与官人辩明白了，我去也甘心。"许宣道："这都罢了。只是差人来捉时，明明见你坐在床上，为何响了一声，就不见了？岂不是个妖怪？"白娘子笑道："那一声响，是青青用毛竹片刷板壁，弄怪吓众人，众人认做怪，大家呆了半晌，故奴家往床后遁去。众人既害怕不敢搜

---

① 盘费——路费。

求，见了银子，又以银子为重去了，故奴家得脱身，躲在华藏寺前姨娘家里。复打听得你发配在此，故带了些盘缠来看你，并讨你婚姻的信息。不期你疑我是妖怪。我只得去了。"遂立起身来要走。主人妈妈忙留下道："既偌远来了，就要去，也在舍下权住几日。"白娘子尚未肯，只见青青道："既是主人家好意，再三劝留，娘子且住两日再商量。况当日原许过嫁小乙官人的，今日也难硬绝。"白娘子接口道："羞杀人！终不成奴家没人要，定揣在此。"主人妈妈道："既然当初已曾许下，谁敢翻悔？须选个好日子，就在此成就了百年姻眷为妙。"许宣初已认真是妖是怪，今被他花言巧语辩得干干净净，竟全然不疑了。又见他标标致致，殊觉动心，借主人妈妈之劝，便早欣欣然乐从了做亲①之议。白娘子囊中充足，彼此喜欢。到了做亲之后，白娘子放出迷人的手段，弄得个许宣昏昏迷迷，如遇神仙，恨相见之晚。

时光易过，倏忽半载。一日，是二月半，许宣同着几个朋友到卧佛寺前看卧佛。忽走到寺门前，见一道人在那里卖药，并施符水。许宣无心，偶上前去看看。那道人一见了，便吃惊道："官人头上一道黑气，定有妖怪缠身，其害非浅，须要留心。"许宣原有疑病，一闻道人之言，便不禁伏地拜求救度。那道人与他灵符二道，吩咐他三更烧一道，自家头发里藏一道。许宣到家，忙将一道悄悄地藏在头发之内，这一道要等到三更烧化。暗候时，白娘子忽叹口气道："我和你许久夫妻，尚没一些恩爱，反信别人言语，半夜三更，要烧符来魔我。你且把符来烧烧看。"许宣被他说破，便不好烧。白娘子转夺过符来，灯上烧了，全没一些动静。白娘子笑道："如何？我若是妖，必然做出来了。"许宣道："这不干我事。是卧佛寺前一个云游道人说你是妖怪。"白娘子道："他既说我是妖怪，我明日同你去，且叫他变一个怪形与你看看。"

次日，吩咐青青照管下处，夫妻二人来到寺前。只见一簇人围着那道人，正在那里散符水哩。白娘子轻轻走到面前，大喝一声道："你一个不学无术的方士小人，晓得些什么？怎敢在此胡言乱语，鬼画妖符，妄言惑众。"那道人猛然听了，吃了一惊，忙将那女娘一看，见他面上气色古怪，知她来历不正。因回言道："我行的乃五雷天心正法，任是

---

① 做亲——成为夫妻。

毒妖恶怪，若吃了我的符水，便登时现出形来。何况你一妖女！你敢吃我的符水么？"白娘子听了，笑道："众人在此做个证见。你且书符来，我吃与你看。"道人忙忙书符一道，递与白娘子。白娘子不慌不忙接将过来，搓成一团，放在口中，用水吞了下去，笑嘻嘻立了半响，并无动静。看的人便七嘴八舌，骂将起来道："好胡说。这等一个女娘子，怎说她是妖怪？"道人被骂，目瞪口呆，话也说不出一句。白娘子道："她方上野道，毁谤闺贤，本该罚她堕落，今看列位分上，只吊她一索罢了。"一面说，一面口中不知念些什么。只见那道人就像有人捆缚的一般，渐渐地缩做一团，又渐渐地高高吊起，口中哼个不了。众人看见，尽惊以为奇，连许宣也惊得呆了。白娘子道："若不看地方干系，把这妖道吊他一年才好。"因轻轻喷口气，那道人早立时放下地来。那道人得能落地，便只恨爹娘少生两只脚，飞也似的去了。众人一哄而散。夫妻依旧回家。正是：

> 邪邪正正术无边，红日高头又有天；
> 宁在人前全不会，莫在人前会不全。

过了些时，又是四月初八日佛生日，许宣一时高兴，要到承天寺去看佛会。白娘子道："什么好看。"既要去，因取出两件新鲜衣服，替他换了；又取出一把金扇，上系着一个珊瑚坠儿，与他扇；又吩咐他："早早回来，勿使奴记挂。"许宣答应了，便穿着一身华服，摇摇摆摆到承天寺来闲戏。耳朵里虽听得乱哄哄传说：周将仕家典库内，不见了许多金珠衣物，现今番捕拿人，许宣却全不在意，自同着烧香的男女游玩。不期番捕有心，看见许宣身上穿的，手里拿的，与失单上的相同，便攒近许宣面前，道："官人扇子可借我一看。"许宣不知是计，遂将扇子递与公人。众公人看了是真，便吃喝道："贼赃有了，快快拿下。"众人齐上，遂把许宣一索子绑了，好似：

> 数只皂①雕追紫燕，一群饥虎啖羊羔。

许宣被捉，再三分辩，众人哪里听他。适值府尹坐堂，众人竟押上堂来。府尹因问道："穿的衣服、扇子，既已现现被捉，其余金珠赃物，现在何处？从实供来，免受拷打。"许宣禀道："小的穿的衣服物

---

① 皂——黑色。

什，皆是妻了白娘子赠嫁的，怎说贼赃？望相公明镜详察。"太尹道："好胡说！获物现与单对，怎敢以妻子推托！且你妻子今在哪里？"许宣道："现在吉利桥王主人楼上。"太尹即差缉捕押了许宣，速拿白娘子来审。众人一哄，到了店中。王主人见了惊问道："做什么？"许宣道："白娘子害我，特来拿她。"王主人道："白娘子如今不在楼上了。因你承天寺不回，她同青青来寺前寻你，至今未回。"缉捕见说白娘子不在家，便锁了王主人来回太尹。太尹道："妇人家寻丈夫，谅去不远，着王主人寻拿。许宣寄监，候拿到白氏，审明定罪。"

此时周将仕见拿着了许宣，正立在府门前催审，忽家人米报道："金珠等物都在库阁①头空箱子内寻着了。"周将仕慌忙回家看时，果然全有，只不见扇子扇坠。将仕道："扇子或有相同，明是屈了许宣。"便又到府中，暗暗与该房说知，有了情由，叫他松放许宣，故不复问罪，只说地方不相宜，改配镇江。将行，恰好杭州邵太尉又使李幕事到苏州干事。李幕事记挂着许宣，忙到王主人家来看他。闻知改配，李幕事因说道："镇江的李克用，是我结拜的叔叔，住在针子桥下，开生药铺。我写书与你投他，自有好处。"

许宣得书，同差人不数日到了镇江，寻到李克用家，见了李克用，将书投上，说道："小人是杭州李幕事的舅子，家姐夫有书在此，求老将仕青目。"李克用看了书，便请两个公差同他入去吃饭，一面即差当直的同到府中，下了公文，使些钱钞，保领回家。公差讨了回文自去。许宣到家，拜谢了克用。

克用见书上说许宣原是生药店中主管，便留他在店中做买卖。看了几日，见他十分精细，甚是喜欢。许宣恐众人妒忌，因邀他们到酒肆中一叙，通通河港。众人吃完散去。许宣还了酒钱，出门觉道有些醉意，恐怕冲撞了人，只低着头往屋檐下走，不期一家楼上推开窗，播下熨斗灰来，飞了一头。许宣便立住脚，骂道："谁家不贤之妇！难道眼睛瞎了！"只见那妇人走下楼来，道："官人休骂，是奴家一时失误。"许宣抬头看时，不是别人，恰正是白娘子，不觉怒从心上起，因骂道："你这贼妖妇，连累得我好苦！吃了两场大官司，苏州影也不见，却躲在这

---

① 库阁——仓库。

里。"遂走上前，一把捉住："今日决不私休了。"白娘子忙赔笑脸道："一夜夫妻百夜恩。你不消着急，且听我说明了，若有差错，再恼也不迟。前日那些衣服扇子，都是我先夫留下的，又不是贼赃。因你恩爱情深，故叫你穿在身上，谁知被人误认。此皆是你年灾月悔，与我何干？"许宣道："那日我回来寻你，如何不见，反在此间？"白娘子道："我到寺前寻你，闻知你被捉，决要连累我出丑，只得叫青青讨只船，到此母舅家暂住，好打听消息。我既嫁了你，生是许家人，死是许家鬼，决不走开。今幸相逢，任你怎么难为我，我也不放你了。"许宣被他一顿甜言，说得满肚皮的气都消了，因说道："你在此住，难道是寻我？"白娘子道："不是寻你，却寻哪个？还不快上楼去！"许宣转过念来，竟酥酥地跟她上楼住去了。正是：

> 许多恼怒欲持刀，几句甜言早尽消；
> 岂是公心明白了，盖因私爱乱心苗。

许宣与白娘子住了一夜，相好如初，依旧同搬到下处过日子。一日，是李克用的寿诞，夫妻二人买了烛、面、手帕等物，同到李家来拜寿。李克用安排筵席，留亲友吃酒。原来李克用是个色中饿鬼，一见了白娘子生得如花似玉，却便或东或西，躲着偷看。忽一会儿，白娘子要登东①，便叫养娘指引她到后面僻静处。李克用却暗暗闪在一边，让白娘子到后面去了，他却轻脚轻手，悄悄跟到东厕的门缝里张看。不张看犹可，一张看，内里哪有个如花似玉的佳人！但看见一条吊桶粗的大白蛇，盘在东厕之上，两眼就似灯盏，放出金光来。李克用突然看见，惊个半死，忙往外跑，刚跑转弯，腿脚战，早一跤跌倒，面青唇紫，人事不知。养娘看见，慌忙报知老安人并主管，用安魂定魄的丹服了，方才醒转。老安人忙问："这是为何？"李克用不好明言，只说："连日辛苦，一时头风病发，不妨，不妨。你们自去饮酒。"

众人饮散，白娘子回家，恐怕李克用到铺中对许宣说出本相来，便心生一计，只是叹气。许宣道："今日出去吃酒，是快活事，因何叹气？"白娘子道："说不得！你道李克用这老儿是好人么？竟是假老实。见我起身登东，他遂躲在里面，欲要奸骗我，扯裙扯裤来调戏，我叫起

---

① 登东——上厕所。

来，又见众人都在那里，怕装幌子，只得推倒他，方得脱身。这惶恐却从哪里出气？"许宣道："既不曾玷污你，他是我主人家，出于无奈，只得忍了。以后再休去了。"娘子说道："既如此，我还有二三十两银子在此，何不辞了他，自到马头上开个小药铺，岂不强如去做主管？"许宣道好。忙与李克用说了。李克用自知惶恐，也不苦留。

许宣自开店后，生意日盛一日。忽一日是七月初七，乃英烈龙王生日，许宣要去烧香。白娘子先再三劝他不要去，见他定要去，因说道："你既要去，只可在山前山后大殿上走走，切不可到方丈里去与秃子讲话。恐他又缠你布施。"许宣道："这个使得，依你便了。"遂在江边搭了船，径投金山寺来。先到龙王堂烧了香，然后各处闲走看看，无心中忽走到方丈里去，看见许多和尚围着，像说法一般，方想起妻子叮嘱之言，急急退出，却不防座上大和尚早看见了，道："此人满脸妖气。"因吩咐侍者，叫他来说话。及侍者下来叫时，许宣已出方丈去了。大和尚见叫他不着，便自提了禅杖，赶将出来。赶到寺前，见众人皆欲渡江，因风大尚立在门外等待。忽见江心里一只小船，飞也似来得快。众人都惊道："这些小船，怎么不怕风又来得快？"

此时许宣也立在众人中，伸头争看。不期哪来的小船，恰正是白娘子与青青立在上面。许宣正吃惊，要问她来做什么，只见白娘子早远远叫道："丈夫，风大，我特来接你。可速速上船来！"许宣见了，一时没主意。正要下船，不料大和尚在后看得分明，大喝一声道："孽畜！你到此做什么？"正要举禅杖打去，只见白娘子与青青，连船都翻下水底去了。许宣看见，吓得魂不附体，忙问人道："这禅师是谁？"有认的道："这是法海禅师，要算当今的活佛。"正说不了，那禅师早着侍者唤许宣去问道："你从何处遇此孽畜？"许宣见问，遂将前项事情从头说了一遍。禅师道："虽是宿缘，也因汝欲念太深，故两次三番迷而不悟。今喜汝灾难已过，可速回杭，修身立命。如再来缠你，可到湖南净慈寺里来寻我。有诗四句，你可牢记着：

　　本是妖蛇变妇人，西湖岸上卖娇声；
　　汝因欲重遭他计，有难湖南见老僧。"

许宣拜谢了禅师，急急回家，果然白娘子与青青都不见了，此时方信二人真是妖精。次早，到针子桥李克用家，把前项事情告诉了一遍。

李克用道："我生日之时，被他露出形来，我几乎被他吓死。因你怪我而去，我遂不好与你说。今事既已明白，你且搬到我家暂住住不妨。"

过不数日，朝廷有恩赦到来，除十恶大罪，其余尽行释放。许宣闻赦，满心欢喜，遂拜谢李克用回家。一到家，即来见姐夫、姐姐，拜了四拜。拜毕，李幕事即发话道："两次官司，我也曾出些气力。舅舅你好无情，怎娶了妻子在外，就不通个喜信儿与我，是何道理？"许宣道："我并不曾娶妻，姐夫此话从哪里说起？"正说不了，只见姐姐同了白娘子、青青，从内里走了出来，道："娶妻好事，何必瞒人？这不是你妻子么？"许宣一见，魂不附体，急叫姐姐道："她是妖精！切莫信她！"白娘子因接说道："我与你做夫妻一场，并无亏负你处，为何反听外人言语，与我不睦？我妇人家既嫁了你，却叫我又到哪里去？"一面说，一面便呜呜咽咽哭将起来。许宣急了，忙扯李幕事出外去，将前边之事细细说了一遍，道："此妇实实是个白蛇精，不知有法可以遣她？"李幕事道："若果是蛇不打紧，白马庙前有个呼蛇戴先生，极善捉蛇。我同你去接他来捉就是了。"

二人去时，适值戴先生立在门前，便问："二位有何见教？"李幕事道："舍下有一条大白蛇，相烦一捉。先奉银一两，待捉蛇后，另又相谢。"戴先生收了银子，问了住处道："二位请先回，在下随后即到。"忙装了一瓶雄黄①，一瓶煮的药水，一径来到李家。许宣接着，指他到里面房内去捉。戴先生走到房门前，只见房门紧闭，因敲敲门道："有人在此么？"内里面道："你是甚人？敢到此内里来？"戴先生道："我非轻易到此，是你家特特请我来捉蛇的。"白娘子晓得是许宣请来捉他，便笑说道："蛇是有一条，只怕你捉它不到。"戴先生道："我祖宗七八代俱出名，叫做'戴捉蛇'。何况这条把蛇，怎么就捉不到？"内里忽开了门，说道："既会捉，请进来。"戴捉蛇才打帐走进去，只见房门口忽刮起一阵冷风来，直刮得人寒毛逼竖，早现出一条吊桶粗的大蟒蛇来，一双眼睛就是两只灯盏，直射将来。戴捉蛇突然看见，吃了一惊，往后便倒，连雄黄罐儿、药水瓶儿都打得粉碎。那蛇张开血红的大口，露出雪白的牙齿来咬先生。先生见来咬，慌忙爬起来，

---

① 雄黄——一种矿物，可以入药，能解毒。

只恨爹娘少生了两只脚，死命地跑出堂前。李幕事与许宣迎着问道："捉得如何了？"戴捉蛇道："原银奉还。蛇是我捉，妖怪如何我捉得？几乎连我性命都送了。"头也不回，竟跑去了。

二人你看我，我看你，无计可施。转是白娘子叫许宣入去，说道："你好大胆！怎敢叫捉蛇的来捉我？你若和我好意，便佛眼相看；若不好时，带累一城百姓都要死于非命。"许宣听了，心寒胆战，不敢做声，便往外跑，一直跑出清波门外，再三踌躇，却无可奈何。忽想起金山寺法海禅师来，曾吩咐道："若妖怪再来缠你，可到净慈寺来寻我。"今无心中走到此间，何不进去求他？遂一径走到净慈寺来，急问监寺："法海禅师曾到上刹来否？"监寺回道："不曾来。"许宣听说不住，又不敢回家，性急起来，遂走到长桥，看着　湖清水，道："倒不如找死了罢，省得带累别人。"正要踊身跳时，只见背后有人叫道："男子汉何故轻生？有事还须商量。"许宣回头一看，却正是法海禅师，背驮衣钵，手提禅杖，却好走来。许宣纳头便拜道："救我弟子一命！"禅师道："这孽畜如今在哪里？"许宣道："现在姐夫家里。"禅师因取出钵盂递与许宣，道："你悄悄到家，不可使妇人得知。可将此钵劈头一罩，切勿手轻，紧紧按住，不可心慌，我自有道理。"

许宣拜谢了禅师回家，只见白娘子正坐在那里骂张骂李，许宣乘她眼慢，掩到她身背后，悄悄地将钵盂望白娘子头上一罩，用尽平生之力，按将下去，渐渐地压下去，压到底，竟不见了白娘子之形；不敢手松，紧紧按住。只听得钵盂内叫道："我和你数载夫妻，何苦将我立时闷死？略放松些，也是你的情。"

许宣正没法处置，忽报道："外边有一个和尚，说来收妖怪的。"许宣听得，忙叫李幕事快请进来。禅师到堂，许宣说道："妖蛇已罩在此，求老师发落。"不知禅师口里念些什么，念毕，揭起钵盂，只见白娘子缩做七八寸长，如傀儡一般，伏在地下。禅师喝道："是何孽畜？怎敢缠人？可说备细。"白娘子道："我本是一蟒蛇，因风雨大作，来到西湖，同青鱼一处安身。不想遇着许宣，春心荡漾，按捺不定，有犯天条。所幸者，实不曾伤生害命。望老师慈悲。"禅师道："淫罪最大，本不当恕，姑念你千年修炼，仅免一死。快现本相！"白娘子乃现了白蛇一条，青青乃现了青鱼一尾。那白蛇尚昂起头来望着许宣。

　　禅师因将二怪置于钵盂之内，扯下褊衫一幅，封了钵盂口，拿到雷峰寺前，将钵盂放下，令人搬砖运石，砌成一塔，压于其上。后来许宣又化缘而成了七层，使千年万载，白蛇与青鱼不能出世。禅师自镇压后，又留偈四句道：

　　　　雷峰塔倒，西湖水干；

　　　　江潮不起，白蛇出世。

法海禅师颂罢，大众作礼而散。唯许宣情愿出家，就拜法海禅师为师，披剃于雷峰塔下。修行有年，一夕，无病坐化。众僧买龛烧骨，造骨塔于雷峰之下。

　　怪迹虽不足纪，然雷峰由此而成名于西湖之上，故景仰雷峰，又不得不凭吊其怪事云。

卷十六　放生善迹

　　古来文人慧士，俱由前世善根夙悟，故托生来，即有一段超凡入圣的妙用，不像那些没根行的，不是系着了富贵功名，便是恋定了娇妻美妾，把这善根都汩没了。

　　西湖原是古放生池，后以湖心寺为放生池，余遂不禁人之捕捉，渐渐连湖心寺池内也便有名无实了。直至万历年间，西湖上有　个极有文名的秀才，后来做一个极有善缘的和尚。这人姓沈，名株宏，出家无门洞，法号莲池。他父亲号明斋处士，原是杭州望族。他生来慧敏，落笔成章，考着不出三名前后，二十岁就补了廪①。那功名尽可随手而得，父母妻子都望他发科发甲，他却全不以功名为念，盖因前世是个善知识，故此这一途留他不住。

　　你道他前生是什么人？为何托生西湖，成这一篇佳话？他前生姓许，名自新。原系临川府尹，为官清正，晚好乾竺之学。一日，忽被冥司②摄去，看见阎罗天子尊礼一个永明禅师，醒来就弃家寻访。访到西湖净慈寺，永明禅师知道衣钵该传这人，先期坐化，留偈与他。他见了偈，也就立化了，因此托生在仁和褚堂沈宅。到得二十年后，父亲弃世，妻张氏亦以病亡，只有母周氏孀居在室，因母命要他续娶了汤氏。这汤氏却也与佛有缘。日日清晨，见丈夫定要诵过了《金赐经》方才看书，做文字，他也心甘淡泊。却好这年除夜，杭城大作分岁之例，一家老小尽聚集拢来，饮酒欢呼，爆竹流星，笙箫锣鼓，响彻通宵，谓之守岁。莲池那时也随俗过了，但觉父母俱亡，前妻已故，对景凄然。正是：

　　　　心中无限伤情事，不耐灯前对酒卮。

汤氏见他心事不快，不喜饮酒，便叫丫环烹一杯好茶与相公吃。岂料

---

　　①　廪（lǐn）——官府供给的俸米和俸钱。
　　②　冥司——司掌阴间的官事。

"芥菜子偏落在绣花针眼里"，丫环棒了茶，魆①地一声，口称"有鬼"，竟将茶瓯打碎。夫妻二人正在闲话之间，听得外面叫鬼，忙来看时，只见直僵僵，丫环卧在地上，把莲池平日最爱的一只茶瓯打得粉碎。莲池看了，不觉色愠，对娘子道："此瓯自幼相随，已二十年，不意分离竟在今夕。"汤氏道："相公，可知道万物有无常，因缘无不散？物之成毁，何足介意。"正是：

> 翻将开释语，激动有心人。

莲池闻得这两句话，暗想道："娘子此言正合我平生之志。此身虚幻，酷似空花，百岁光阴，速如飞电。倘若无常一到，难免分离，毕竟与瓯一样。"就立身向娘子拜了一拜，道："茶瓯虽小，倒是唤醒迷人的木铎；娘子之言，却是参透禅门的老僧。我从此得悟，猛醒回头，娘子就是吾师。我出家之志从此决矣。"汤娘子道："我方才之言，不过是劝你开怀的意思，为何当真要出家起来？你今年方三十，且到半百之后，功名已遂，儿女事完，方可行此勾当。如今一事无成，从哪里说起？"莲池只说："无常迅速，人身难得。"手里却在案上写"生死事大"四字，绝不回言。

看看鸡唱五更，东方渐白，却是新正元旦了。紧邻徐妈妈，起早在家堂神圣前烧了头香，念了一回佛，看了一卷心经，便锁锁门，走到沈家来贺节。适值汤娘子因丈夫要出家，无计可留，因徐妈妈到来，便将昨夜打碎茶瓯的事细细说了一番，又见官人今日就要出家，故此着恼。徐妈妈道："啊哟，这等没主意的！大娘，你且宽心，请相公出来，我倒有一番言语劝他，自然不去了。"只见莲池里边踱将出来，向徐妈妈唱了一个喏。妈妈笑嘻嘻回礼道："老身特来拜相公的节，恭喜相公今秋大比，必定高魁天下。忽闻得大娘说，相公反要弃家修行，不知是真是假？"莲池道："生死事大，即刻便行，岂是假话？"妈妈道："相公果要出家，老身却有一言相禀。我想太太生相公一场，指望为官作宰，光耀门庭，春秋祭扫，供设泉下。相公如此，岂不虚了先人之望？"莲池道："妈妈虽说得是，我有一辞谢世的，试念与你听：

---

① 魆（xū）——象声词。

恩重山丘，五鼎三牲①未足酬。亲得离尘垢，子道方成就。咄！这是出世大因由。凡情怎剖？孝子贤孙，好向真空究。因此，把五色封章一笔勾。"

妈妈又劝道："出世酬恩，相公说得有理，但大娘嫁相公不久，家中又无人倚靠，怎忍得割断恩情，抛撇而去？"莲池道："我既出家，也自顾不得了。我也有一辞念与你听：

凤侣鸾俦，恩爱牵缠何日休？活鬼乔相守，缘尽还分手。咄！为你两绸缪，披枷带杻，觑破冤家，各自寻门走。因此，把鱼水夫妻一笔勾。"

妈妈又劝道："夫妻也罢了，古人云'不孝有二，无后为大。'相公若有一男半女也就罢了。今子嗣尚无，可不绝了沈门后代么？"莲池道："有了无子，总是一般，你不知道。我再念一辞你听：

身似疮疣，莫为儿孙作远忧。忆昔燕山窦，今日还存否？咄！毕竟有时休，总归无后，谁识当人，万古常如旧？因此，把桂子兰孙一笔勾。"

妈妈又劝道："相公，我看你三更灯火，十载寒窗，如此用功，必须独占鳌头，庶不枉男儿志气。若去出家，岂不被人耻笑？"莲池道："功名未来之事，如何羁留得我住？我也有几句念与你听：

独占鳌头，谩说男儿得意秋。金印悬如斗，声势非常久。咄！多少枉驰求？童颜皓首，梦觉黄粱，一笑无何有。因此，把富贵功名一笔勾。"

妈妈又苦劝道："相公既说这功名原是不可必之事，只如今现在的家舍田园，如何也舍得丢却了么？"莲池道："妈妈，你也不要认真了是我姓沈的，千年田地，八百个主人，这是身外之物，何介我意。正是：

富比王侯，你道欢时我道愁。求者多生受，得者忧倾覆。咄！淡饭胜珍馐②，衲衣如绣，天地吾庐，大厦何须构？因此，把家舍田园一笔勾。"

妈妈见他说来说去，都是推却的话，又实是一片大道理，因想说道：

---

① 三牲——旧时用于祭祀的牛、羊、猪。

② 珍馐（xiū）——珍奇贵重的食物。

"相公这些事也都罢了，只你才高班马，学迈欧苏，一旦修行，真正埋没你一生的学问。"莲池大笑道："你不知阎王面前是用不着'者也之乎'的，一发不劳妈妈过虑了。"正是：

> 学海长流，文阵光芒射斗牛。百艺丛中走，斗酒诗千首。呔！
> 锦绣满胸头，何须夸口？生死跟前，半字不相救。因此，把盖世文章一笔勾。

莲池道："我意已决，妈妈切勿再言了。"妈妈道："相公出世情真，超凡念切，如何老身一人可以劝得住的，但功名富贵固为身累，我想出世的人，春游芳草，夏赏荷池，金谷兰亭，尽堪潇洒，只要存好心，行好事，在家亦可念佛修行，大娘还可依傍同修，何必要出家？"莲池道："你还不悟，我且再说你听：

> 夏赏春游，歌舞场中乐事稠。烟雨迷花柳，棋酒娱亲友。呔！
> 眼底逞风流，苦归身后，可惜光阴，懊憹空回首。因此，把风月情怀一笔勾。"

妈妈被这一番说话，七首词儿，讲得顿口无言。

坐了半晌，想了又想，但道："相公，然虽如此，只是娘子少年，一朝孤处，深为不便。必须生一长久之计，安顿了大娘，方为了当。相公请细思之，老身就此告别。聒噪！多有得罪，相公莫怪。"莲池道："妈妈，你且请坐着，还有商量。"便对妻子道："我已踢开世网，打破爱河，自寻出路，你却怎么结局？也要你自己斟酌，自己情愿。"汤氏便道："忠臣不事二君，烈女不更二夫。男女虽殊，修行则一。你既已踢开世网，难道我独不能踢开世网？你能打破爱河，难道我独不能打破爱河？你既自寻出路，难道我独不能自寻一出路？总是同来同往，同证同修便了。"

莲池闻言大喜，遂对徐妈妈道："我见你无男无女，独自在家。今日幸你在此，也是天假的善缘。我今就将娘子托付与你相陪。所有田园，尽可度日。等我云游回日，盖一尼庵，再去梵修便了。"遂到屠学道处告还了这项盛仓米的头巾。那提学愕然惊问道："你是少年有才之士，为何讲个告字来？"莲池道："生员的趋向不同，看得功名事小，生死事大。"说罢，便撇然而出。屠提学不胜叹息。

回来收拾行李，作别出门，竟投西湖而来。见了南北两山尚无定所，忽撞着一个疯僧，一手扯住莲池，胡斯乱嚷。莲池忙赔礼道："弟子虽未披剃，也是佛门中人。"那僧相了又相，微微地笑说道："背后有人唤你回去。"莲池回头一看，不见疯僧。只见一片纸条在地下，拾起看时，却是两句诗，写着：

> 无门窟里归元路，心生一大即伊师。

莲池拾了纸帖，不见这僧，心下暗想道："或者我缘分应该在无门窟出家，这个圣僧却来指引。但闻岳坟后有一无门洞，想来就是。那第二句无头无脑，却详不出。"将字在手心里画了又画，便道："醒得了！分开四字，合成二字'心生'岂不是'性'？'一大'岂不是'大'？'性天'既是我师，何不竟到无门洞去寻访'性天'虚实便了。"走到大佛头，过了葛岭，竟至岳坟，便往山后，弯弯曲曲走了半晌，却好到无门洞口。周围四望，果然一座好山。有词为证：

> 峭壁插天如削，危崖仙掌遥擎。莲花池涌灿明星，屈曲苍龙卧岭。醉酒太白携诗欲问，昌黎贾勇先登。不如收拾利和名，到此缘何不醒？

——右调《西江月》

莲池举头一看，上面一个大匾，写着"无门洞"三字，门傍有一对写道：

> 何须有路寻无路，莫道无门却有门。

莲池在洞门口立了一会，只见柴门紧闭，寂静无人，不敢敲门叫问，只得在外探望。忽见一老僧走出，约有七十余岁，开门，看见莲池人品，认是城中游客，便道："相公，里面请坐。"莲池进门，先礼了佛，然后坐下，便问道："宝山可有一位性天禅师么？"那老僧道："不敢，贫衲就是。"莲池立起身便拜。性天不知何故，慌忙答礼。莲池道："弟子久仰老师道德无涯，特来拜求剃度。"性天道："我自陕西南五台云游到此，已经三载。道粮只勾老僧一人，所以不敢接待道友，收留徒弟。足下是城里人，享用过的，怎担得恁①般荒凉景界。莫说老僧不允，就是老僧允了，不是盛族还来劝归，就是足下耐不惯凄凉，久后仍要归宗，反增老僧一重罪案，却使不得。"

---

① 恁（nèn）——那样，即。

　　莲池听了，不觉失笑道："老师的话，极为有理。只是弟子抛家割爱而来，单为生死事大，只求老师为我剃度，也不敢求住此间。"性天道："汝念既坚，明日便与你披剃了罢。"取字佛慧。日与性天谈些禅理。不及数月，便辞别了性天，出外游方。饥餐渴饮，一直从山东、河南、北京，周围走了一个大栲栳①圈。闻得有个遍融和尚，是个善知识，特去访他。那遍融和尚见了莲池，只回他道："作福念佛。"又再叩问，便道："脚跟须步步行得稳。"又叫他急急南归。莲池心中尚未明了，又闻笑岩大开炉鞲②，莲池又去入室参访。笑岩道："汝只持戒念佛。"

　　莲池闻二法师之言，终日参解，却无甚深意。一直行到东昌地方，见一茂林之所，山川幽峭，树木复苏，便在大树之下，偃息片时。方才入定，只见许多佛祖立在面前，也有焚香的，也有合掌的，往他身前围绕了一周而去。少停，又见一班魔神，立在面前，奇形怪状，刀戟戈矛，也往身边围绕了一周而去。忽然焚香合掌的，都变了魔神；那奇形怪状的，都变做诸佛。浑了一番，方才出定。坐在树下，左思右想，恍然有悟道："为魔为佛，总在一心，何必向外驰求？"遂做一偈道：

　　　二十年前事可疑，三千里外遇何奇？

　　　焚香掷戟浑如梦，魔佛空争是与非。

念完偈，便立起身，挑着行李，往南而来。走了数日，已到南京地方，身子觉得有些劳顿，远远望见两个僧人来了，不免同伴而行。只见两个游僧走近前来，打个问讯道："长老往哪里去的？"莲池道："阿弥陀佛，我要往南去的。"游僧道："我也是要往南去的。大家同行，一路也热闹些。不知长老肯相挈否？"莲池道："同行极好。"遂同走了二三里路。

　　莲池挑了这担，如何跟得这两个燺头僧着。他两个便上前说道："我看你路途辛苦，行李像是艰难，不若我们替你代挑一肩，一者松松你的肩，二者将息儿，明日也好同走，不然似你这般光景，却不耽误了大家走路？"莲池见他说得真切，便道："路途艰难，彼此一般，如何

---

① 栲栳（kǎo lǎo）——用柳条编成的容器，形状像斗。

② 鞲（gōu）——活塞的旧称。

倒反累道友起来？"那僧道："总是会中人，何分尔我？不过替你挑几步，接接力，少停，你又好挑。"莲池也不疑心，竟将行李付他挑了。方才接得上肩，那僧就把莲池豁地一声，推倒在地，竟似离弦的箭，飞也赶他不上，由你背后叫痛叫苦，他头也不回，去了。

莲池挣了半日，挣得起来，影也不见，心中却自懊悔，只愁只身何处歇宿，急急往前乱走。寻着一个丛林，上写着"瓦官寺"，且投此处暂住几日。那瓦官寺中，走出两个和尚来，见莲池只身而至，就有许多推阻的光景。不得已留住了几日，忽然莲池大病起来。师徒二人便商量一计，假意对莲池道："明日有个斋主要来在此安息。他来定要搅你。我扶你到安静些的所在去，又好养病。"师徒二人竟将莲池扶在金刚脚下，半床草席，听其风吹地冷，进出绝不一顾。

莲池到此地位，正无可奈何，内有一道人看了，反觉不安，便道："天上人间，方便第一。这和尚云游病此，无人照管，眼见得性命要送在金刚脚下了。我且拿盏滚汤与他吃。这现在功德，有何难做？"即时取了一盏汤，走到莲池面前道："师父！你可吃些汤水么？"遂递汤水过去道："这般冷地下睡，吃口下去也暖暖肚。"莲池道："汤水倒不劳，只烦你到礼部沈老爷那里通个信，说道杭州莲池和尚病倒在此。多感多感。"道人闻说，吃了一惊："原来你就是莲池老爷！阿弥陀佛，何不早说？也免得受这苦楚。两三日前，礼部沈爷，正在各处庵观寺院来寻访你，你却就是。失敬，失敬！我就去通报便了。"正是：

> 久旱逢甘雨，他乡遇故知。

你道沈礼部是谁？就是杭州沈三洲，系莲池的堂兄。他为何晓得莲池云游到此？数日前，有两个㿃头僧，拐了莲池行李，分赃不均，嚷闹至礼部衙门前来。沈公见是两个和尚，争着一个被囊，一个说是"途中被他抢去"，一个说是"跌钱输与他作当的"。两个争执不已。沈公道："取被囊上来，自有道理。"便唤衙役将被囊逐一搜检，内有度牒一张，看是何人，便有下落。上写着：

> 云游僧株宏年三十二岁，系杭州府仁和县人，因操方访道，但有经过关津渡口，不许拦阻。

> 右牒仰经过县驿等衙门准此

沈公看了，知是自己兄弟衣囊，便大怒道："这被囊分明是沈莲池的，你这两个秃奴从何处得来？莲池现在何处？若有一字虚诬，立时处死。"两个嘴舌利便的骗贼听了沈礼部的说话，竟像遇了包龙图的一般，说得他毛骨悚然，便道："爷爷，这莲池是小的们的师父。因怜小的赤贫，纳不起度牒①，权借小的为护身符的。至于莲池，现在杭州。"沈公道："好胡说的奴才，不是你诓骗来的，定是谋财害命得的，且收监再审。"即时差人四下寻访莲池消息，故此瓦官寺中也有人来问过。道人心里明白，所以听得莲池二字，即便欣然而往。到了礼部衙门，便对长班说知莲池现在瓦官寺。沈公闻报，立时打轿，往瓦官寺而来。

却笑瓦官寺的师徒两个正在那里议论道："昨日扶出去的病僧，虽然不涉我事，若是死了，还要累着常住哩。"说犹未了，只见那道人喘吁吁地，一身生汗，跑将进来。师徒两个不知他为怎事，这样着惊。道人忙道："你还不知杭州沈莲池老爷在此作寓，礼部就来寺里望他哩！"师徒二人还骂道："你这疯道人，不要见鬼！我们寺中几时有个莲池在此？这般慌张。"道人笑道："在这里，我倒晓得的。"二僧道："果然在这里，快去请他到方丈来。若礼部老爷来拜，也好接待他。如今却在哪里？"道人又道："在这里。"二僧发急道："这里是何处？"道人指着外面金刚脚下道："前日扶出去的不是？"二僧听得说了，惊得目定口呆，没做理会处。徒弟道："事不宜迟，我想一计在此，快出去请了莲池老爷进来，上房安息了，再行个苦肉计，一味磕头哀求他，要他在沈老爷面前方便一声，或者出家人慈悲，宽恕我等，也不可知。"师父道："说的极是。"便走到金刚脚下，倒头便拜："我辈有眼不识泰山，一时小见，将老爷移出，罪该万死。今闻礼部老爷来拜，望乞慈悲。"一连磕了十数个头。莲池道："阿弥陀佛，我修行人，不计较这些小事。"

师徒两个就请了莲池进去，到上房安息，一个烹了六安上号毛尖茶，送与莲池吃；一个薰得喷香绵被，与莲池盖。正忙做一团，只听得礼部沈爷已到寺门了。住持忙出门跪接进来。这两个势利和尚惊得牙关对撞，腿膝乱摇。直等莲池见了沈公，吃了两杯茶后，一字不题，方才放下这个"石称锤"。

---

① 度牒——旧时发给和尚、尼姑的证明身份的文件。

沈公见兄弟病势甚重，便唤主僧过来吩咐道："好生服侍老爷，病痊之日，自有重赏。"那僧领命去了。便把前日堂上获着二僧，搜出度牒的事对兄弟细细说了一番："不知吾弟衣囊从何落在二贼之手？至今监候在此，待吾弟身子健了，面质后，断要处死他。"莲池道："虽是这两僧不守清规，毕竟是佛门弟子。况我衣囊已获，望吾兄宽宥，放了他罢。"沈公道："吾弟以恩报仇实是菩萨心肠，难得，难得！我就释放便了。"当时辞了莲池，回衙就请太医院到寺服药调理。况有两僧在旁，不时服侍殷勤，不数日，病渐好了，就往礼部衙去别了沈公，回寺谢了主僧，打点行李回杭。

众僧见他执意要去，谅留他不住，遂作别起身，回到了西湖之上，便在南北两山，欲觅一僻静之所。忽见五云山一个去处，四山围合，径曲林幽，原是古云栖寺的旧基，宋朝雍熙年间，有一大扇和尚，善能伏虎，人便称他为伏虎禅师，这寺是他创造的。天禧中，敕赐真济禅院。不料弘治七年，洪水骤发，殿宇经像，尽皆漂没。莲池到此，已是隆庆六年。因爱此山岑寂，可以修行，遂孤形只钵，结个茅庵，默坐于内。一日止煨粥一餐；胸前挂一面铁牌，牌上写着："铁若开花，方与人说。"自从莲池到了，虎狼驯伏，便有樵夫入山斫柴，传说莲池的好处，不但老虎不吃人，狗是老虎的酒，连酒杯儿也不动了。人人称异道："又是个伏虎禅师了。"凡遇亢旱，莲池诵经祈祷，便降甘雨。人人一发说他是个活佛临凡。这些檀越施主，若大若小，争出钱粮，情愿鼎新云栖，以为永远香火。肩泥挑石，运木移砖，不一日，便成兰若。但是莲池不喜庄严屋宇，聊取安适，支阁而已，所以外无崇门，中无大殿，唯禅堂处僧众，法堂奉经律，外设放生所，内启老病堂，西建十方堂。百执事各有寮①，日有警策语，依期宣说；夜有巡司，击板念佛。再有宝刀岭、回耀峰，为龙虎环抱。东冈而上，有壁观峰；峰下出泉，名青龙泉，中峰之旁，有圣义泉；西岗之麓，有金液泉。三泉觅引，涓洁甘芳。称为"云栖六景"，遂成偌大丛林。清规整肃，毫忽无差。自书记、知宾、茶头、饭头、库头、菜头、园头、净头等执事员役，整整有条。六时礼佛，不许妇人女子进门，为四方道场之冠。缙绅士大夫苦

---

① 寮（liáo）——小屋。

空僧行，礼拜连座者，人千人万。

　　那时莲池方才开口说法，道："无常迅速，一心念佛。'南无阿弥陀佛'六个字，但不要随口念过，真能旋天转地，受用不尽。若果一心不乱，自然往升西方极乐世界。"内中一个御史左宗郢便问道："念佛得悟道否？"莲池道："怎么得不悟？反闻闻自性，性成无上道。今反念念自性，怎么得不悟？此法极其简便直捷。那参禅喝棒，只好接引上等根器的人，凡夫俗子省得些什么？故此念佛是广大教化法门。富贵人受用见成，正好念佛；贫穷人，家小累小，正好念佛。有子孙的，宗祀得托，正好念佛；无子孙的，孤身自在，正好念佛。若人子孝，安受供养，正好念佛；若人子逆，免生恩爱，正好念佛；若人无病，趁身康健，正好念佛；若人有病，切近无常，正好念佛。老年人光景无多，正好念佛；少年人精力有余，正好念佛。若人处闲，心事不扰，正好念佛；若人处忙，忙里偷闲，正好念佛。若已出家，逍遥物外，正好念佛；若不出家，知是火宅，正好念佛。若人聪明，通晓净土，正好念佛；若人愚鲁，别无所能，正好念佛。若欲参禅，禅是佛心，正好念佛；若思悟道，悟须佛证，正好念佛。"左御史又问道："念佛时必须净室庄严否？"莲池道："不必拘牵形迹。好静的，不必敲鱼击鼓，自可寂静念佛；怕事的，不必成群做会，只消闭门念佛；识字的，不必入寺听经，只消依教念佛。千里烧香，不如安坐家堂念佛；供奉邪师，不如孝顺父母念佛；广交魔友，不如一身清净念佛；寄库来生，不如见在放生念佛；许愿保禳①，不如悔过自新念佛。习学外道文书，不如一字不识念佛；无知妄谈禅理，不如老实持戒念佛；希求妖鬼灵通，不如正信因果念佛。"左御史听了，大悟而去。

　　莲池每见杭城大小人家多好杀生，遂举笔作"戒杀文"七则云：

　　一曰生日不宜杀生。哀哀父母，生我劬劳。己身始诞之辰，乃父母垂亡之日，正宜戒杀持斋，广行善事，使先亡妣考②早获超升；见在椿萱③，增延福寿。何得顿忘母难，杀害生灵？

---

①　禳（ráng）——向鬼神祈祷消除灾殃。

②　妣考——父母。

③　萱——萱草。

二曰生子不宜杀生。无子则悲，有子则喜。不思一切禽畜，亦各爱其子。庆子生，令他子死，于心何安？夫婴孩始生，不为积福，而反杀生，不亦愚乎？

三曰祭先不宜杀生。亡者忌辰及春秋祭扫，俱当戒杀，以资冥福。夫八珍罗于前，安能起九泉之遗骨而使之食乎？杀生以祭，徒争业耳。

四曰婚礼不宜杀生。世间婚礼，自问名纳采，以至成婚，杀生不知其几。夫婚者，生人之始也。生之始而行杀，理既逆矣。且吉礼而行凶杀，亦觉不祥。

五曰宴客不宜杀生。良辰美景，贤主嘉宾，蔬食果酒，不妨清致。何须广杀生命，穷极肥甘，笙歌餍饫于杯盘，宰割冤号于砧几？嗟乎！有人心者，能不恧乎！

六曰祈禳不宜杀生。世人有疾，杀生祀神，以祈福佑，不思已之祀神，欲免死而求生也，杀他命而延我命，逆天悖理，莫甚于此矣。

七曰营生不宜杀生。世人为衣食故，或畋猎，或渔捕，或屠宰牛羊猪犬，以资生计，而我观不作此业者，亦衣亦食，未尝冻馁而死也。杀生营生，神理所殛；以杀昌裕，百无一人。种地狱之深因，受来生之恶报，莫斯为甚矣。何苦而不别求生计乎？

莲池便命书记速传此戒杀文，广行天下。复作"放生文"劝人为善。遂凿上方池放生，自作碑记于长寿庵。因有人问道："鱼鳖无万，群聚一池，如狱囚一般，不得畅快，奈何？"莲池道："不强如杀乎？鱼鳖聚在一池，犹坐关和尚终日坐在斗室之中，游行自在，亦未见其甚苦。"又问道："池中一勺之水，放得几何生？"莲池道："此为之兆也。吾具放生之心，人难道不具放生之心乎？一处放生，以至于十处、百处、千处、万处，由杭而至于南北二京，川湖江广，山陕河南，无一处不放生，则天下便成极乐国土，世上亦永无刀兵杀运之灾矣。"

一日净慈寺性莲和尚请莲池讲圆觉经，在南屏五十三日，人来听经的，如山似海，只有虞德园先生与之相好。虞德园见湖心寺放生池久废，遂邀莲池踱到龙王堂，望着湖心寺，不胜叹息道："此三潭旧迹也，今葑草堆积，都变做了草滩，岂不可惜？况西湖原是古放生池，如今渔人昼夜网捕，无刻休息，甚是可怜。何不浚复三潭，仍为放生池，却比大师上方池不更开阔么？"莲池甚嘉其言，立心要成此功德，遂恳合城缙绅士庶，并呈明当道，立取葑泥，绕寺筑埂，还插水柳为湖中之湖，专为放生而设。重建旧寺为德生堂，山门仍名湖心寺，杭严道王应乾题匾其上。择僧看守，禁止渔人，不得越界捕捉。自莲池重兴后，那放生的源源不绝，也有为生日放生的，也有为生子放生的，也有逐月初一、十五做放生会的。西湖之上，竟做了西方乐国矣。

莲池复回云栖，只是闭门念佛，闲时著述些经文戒律，每每设放瑜珈施食，普济幽魂。到了万历十六年，杭州大旱，设坛祈雨的颇多，绝无一些云气，雨从何来？有人道：“近闻莲池大师道行高妙，何不去求他出来祈雨？”遂哄动了朱桥梵村的人，都来求大师祷雨。莲池道：“我又无符咒法术，晓得祈什么雨？”众人只道他推却，一齐放声大哭，跪倒在地。莲池勉强应允，便随众出山。那些村中人只道大师怎样建坛，怎样请龙，怎样移云掩日，谁知大师绝无一些作为，只率领了众人，绕着田间，念了无数阿弥陀佛。自大师一念佛起，便有一片黑云从东北而来，行至半路，雷声隐隐地从云里响将起来。及至田内走了一周，只见那雨平倾地落了三四尺深，田禾尽活。愈信大师佛力广大。

次年潮信大发，冲倒朱桥，民人不能行走，揭衣而涉，多有溺死之人。村中欲请大师救济。忽一日，本府知府余良枢闻得云栖大师道德高妙，便欲请他主持其事，亲往云栖来见大师。只见一路山青水秀，叠嶂层峦，知非凡境。山门上一匾是“云栖”二字，旁有一对是：

> 翠蔼封中觅路，碧峰尽处归庵。

余知府道：“真名山胜迹也。”到了寺前，有知宾接进，莲池即出相迎。进了方丈，宾主坐下，余知府开口便说：“非为别事，只因朱桥被潮汐冲塌，往来病涉，非有道之士主持其事焉能成此大功。本府欲借重和尚倡建，不知尊意何如？”莲池道：“贫僧出家人，原以济人为本，方便为门。砌路修桥，正是僧家之事。此举无论贵贱，每愿捐资八分，随缘而助，便可竣事。”知府道：“只恐功大施微，难以速成。”莲池道：“施不论多寡，但以得心为主。心力多则功成不朽。况八者，取坤土之义。以土制水，无有不成之理。”余知府道：“和尚出言平易，见解入微，真非凡人可及。”便叫门子拿拜匣来，取了一封银子，送与莲池道：“俸资八十两，稍助桥工，余仗和尚佛力。”随打轿回衙。四方好善的，闻得莲池大师兴工造桥，都来布施，立累千金，纠工筑基，每下一桩，便诵咒百遍。自起工至桥成之日，潮汐不至，以此得成其功，人皆称为神异。

当年汤氏因丈夫住持云栖，她便在菜市桥侧创造一尼庵，名孝义无碍庵，遂一心梵修，法名太素，得悟无生，先莲池圆寂。

莲池自出家几五十载，所著述除经疏，余杂录如竹窗随笔、二笔、三笔等书二十余种。忽一日，入城别诸弟子以及故旧，道："我将它往，特来奉别。"人皆不知其故。回寺复命特设茶汤与阖寺僧众话别。众问："大师何往？"但言："此处吾不住矣。"众亦不知其故。次日上堂复对大众道："明日准要行。"众留之，不听，便入丈室端坐，瞑目①无语，众方醒悟，围绕师前。大师复开目道："所著弥陀疏抄，实乃净土慈航，传灯正脉。当令普利群生，不可断绝。在大众只宜老实念佛，莫换题目便了。"言讫，竟自圆寂。少顷，城里城外弟子云集，欲与大师治丧。曰："大师遗命，不许披麻带白，行世俗礼，照常规式。所有衣钵，尽行作福放生。"

大师生于嘉靖乙未，逝于万历四十三年七月初四午时，葬于寺左岭下，遂全身塔于此。其妻汤氏，先一载而化，亦塔于寺外之山右。可见佛慧性生，男女俱成正果。天下丛林，未有如云栖之处置精详，僧规严肃者。西湖放生池、万工池，并城中上方长寿两池，至今放生不绝。大师岂非西湖一大善知识！

---

① 瞑目——紧闭双眼。

附录

《三台梦迹》所附《于祠祈梦显应事迹》

张元洲，名翰。未第时，祈梦于祠下。梦公虚左席以待。少顷，命吏持大书一部与之。张辞出，至角道上，忽见一杖，自天而降，遂觉。其年连捷。后累官至吏部尚书。年八旬，朝廷存问赐杖。始悟梦吏持书一部者，官至吏部尚书也；从天降杖者，赐杖之验也。

姚行人未第时，祈兆于坟。梦公曰："汝是当今第七个恶人。"令左右剜去其心。姚惊觉，思曰："此非吉兆，想吾心不诚故也。"遂斋戒三日，再求一梦，以定前程。是夜，复梦公曰："汝这第七个恶人又来了。"急令人再剜去其心。姚复惊醒。自思平日毫无罪过，何得有此恶梦？乃叹曰："吾非但功名不成，他日必得心疾而亡。"其年乡试，中第七名亚魁，会试又中第七，始悟二次恶字。去心，乃亚字也。其隐微若此。

陆参政未达时祈梦。梦公曰："汝来大参我也。"陆诉以求问功名之事。公曰："汝到头万事总成空耳。"既觉，心中不乐。后登科甲，官至参政。致仕归，乃语人曰："吾乡场遇'空'字三号，得中，会场又遇'空'字七号，中。今官参政，岂非神验乎！"

有一秀士陈之俊，因问前程，往求神梦。公曰："汝之前程，问张天官即知。"遂往拜张宦，述于公托梦之言，求张先生说句好谶。张天官云："兄之前程，太学生便了。"奈屡试不中，援例北雍，后以积分监贡，作江西令。始悟"太学生"由监生出身也。

黄秀才因乡试祈梦。梦公云："取汝者，乃状元也。"其年典试官果状元孙继皋，私心甚喜，亲友知者无不预贺。及放榜不中，黄心悒悒，思梦不灵。下科乃李会元典试，黄竟以为无望，谁知中式本房，乃翁青阳也，青阳时就教职，聘同考试。明年，翁殿鼎甲。黄始悟公状元取中之验。闻之于翁，皆钦神异。

郑长史，号梅庵。为科举祈梦。梦公曰："汝来正好。吾一部'通鉴'与汝掌管。"觉来思之，今科后场题目，必出"通鉴"，遂留心

"通鉴"。及入试，二二场皆非鉴题。虽中式，郑亦不知何因。屡上礼闱不第，只得就职，后升王府长史。回籍，始明公命掌"通鉴"者，长史之验也。

杨盐台未第时，寓西湖，祈梦祠下。梦公令人导引而进，叙语久之。临别曰："与子日后盐台再会。"及登第后，至癸丑年，钦差浙江巡盐。一到，即往谒祠致祭。满任时，捐资修整祠宇，并庑廊之下皆立房榻，便人祈卧。

李旻因葬亲，堪舆许以应子必贵。复语李曰："近闻于坟祈梦甚验，何不为令郎一祈？"因梦一人递与一管长大等子，又用黄绦一条系其腰。及觉，以所梦告堪舆曰："我半山营生，望子成名，不料于公与我等子，明示我子亦生理人也。"堪舆详出，贺喜道："神赐你长大等子，黄绦系腰者，是等儿子长大后，腰系黄金带也。"后李子阳大魁天下，父果受封金带，梦与风水俱验。

陈曲水为子功名祈梦。梦多人在旷野中种荆棘，唯曲水子独将一桂树连根种下。顷刻，桂树长大，其子即攀援至顶。曲水恐子跌下，乃大叫一声而醒。是年，其子登科，主考乃桂检讨也。方悟梦种桂者，应大座师也；跃树之顶者，取中提拔之验也。

吴举人未中时祈梦。梦见一异怪，身长丈余，多目多手。吴见之惊怖，不敢仰视。忽闻公大喝曰："无恐！此乃汝发轫之具也。"遂惊觉。明年中榜，方悟梦怪多目多手者，场题乃"十目所视，十手所指"之验也。

俞瞻白进士未第时，梦八人皆峨冠盛服，内有一女人，亦凤冠佩服见公。公迎迓甚敬，因携俞袖与九人并立。既觉莫解其意。次年乡场题，乃"唐虞之际"至"有妇人焉，九人而已。"遂中第十名。方悟八人中一女，应场题也；复拉立九人后，是中第十名之验也。

举人郎明槐，三试礼闱不第，往祈一梦。梦一人指郎曰："论汝是当今第一人。"觉来甚喜，此番必定是元了。及会试中式非元，殿试又是三甲，梦竟不验。过数日，同门拉谢房师。薛公谈及文字，皆有赞美之语，独后谓郎曰："贤契之论，当今可为第一。"始信神兆之灵。

王秀才年至四旬，不得观场，斋戒祈梦。梦一人持画一轴，与之曰："要知前程，须观此老翁。"王展看时，是半截姜太公图。醒来自思曰："吾功名无望了。若到太公之年，必须八十。"悒悒不乐。明年竟中式，因与同年孙友言及前梦。孙笑曰："此正应年兄今年该中。太公八十始遇，兄梦半截身子，岂非四十乎？"

周进士未第时祈梦。梦见一长大人，张弓对周面连射二箭。觉来不解。次年会试，乃张江陵主试，中周后又荐入翰林。往谢江陵，问及恭喜曾有佳兆否，周告以坟祈梦事，正应老师贵姓，二次荐拔之意。江陵鼓掌叹曰："于公二百年之灵爽，尚昭昭也。"

周徐二儒士同往祈梦。梦老者领一小子，过岳祠前，小子买一方泥人儿双手捧与老者。周徐二人见这方人儿精奇，取过一看，被老者将二人擘面一掌，夺之。二人惊醒，所梦皆同，不知何应。其年，李宗师考题是"子贡方人"。皆首取入泮。"方人"应题，"擘面掌"应批首。

陈儒士年三十未进，祈梦。梦走出神祠，见一刀在地，拾起视之者三。觉来不解。其年道考题是"力不足者"，取第三名入泮，方悟"刀"字乃"力"之不足者，正应考题。

邵仰山素有膂力，原学倾银，无大出息。有友劝其习武，因往祈梦。梦见一人，付筸帚一把，又曰："汝既有力，此间一石柏①，若掇得出外，方显汝管得兵马。"邵即掇出而醒。与友言别，遂往边投兵。恰值表舅在彼为参将，因邵斩获有功，叙提把总，不三年，得升都司。始知与筸帚一把者，官为把总也；有力掇石柏者，得舅力也。

徐江山四十无子，祈梦。梦见观音从空而降，呼徐曰："我知汝无儿，特来赐汝。"随摘手中数珠一颗与之，徐双手喜接而醒。次年，妾果生一子，草褥不育，每叹梦兆不灵。老来终于无子，亲友劝其承继，遂立长房次子，恰好名珠，方省梦中赐珠之验。

潘吴兴家富无子，祈梦。梦神曰："汝当去面上之痣，留项上之痣，即有子也。"觉来，自思面与项并无一痣，神何教我去一留一，累日不解。闻有一友，善解哑谜，因告以神梦。其人思想半晌，答曰："兄面上可有至亲，名与表号带'智'、'志'字者？你可远他；或有姓项者，你当亲近他，庶几有子。"潘顿省曰："是了，我小妾叫智女，久而不孕，分明神令我去之。"随唤媒遣嫁。恰好媒人姓项，潘因问项

---

① 柏（jiù）——柏树，即乌柏。

媒有女否，项曰："有二女"，遂以百金聘其长女。娶后果生一子。深谢友之妙解，并携子拜谢神灵。

侯岐山中年无子，祈梦。梦一人领侯到一大田上，令其周回耕种，甚是劳力。觉来，同宿者问曰："兄夜间叫乞力，何也？"遂告以梦，皆不解。次年生子，亲友往贺，侯叹曰："此子大来是个辛苦耕夫。"因告以神梦。一庠①友解曰："不然，你竭力耕田者，用力田下，分明是牛男也。"

朱静庵为求子兆，祈梦一人提朱到东方，忽一大霹雳，随又两小霹雳，大惊而苏。路遇孙友，告以梦兆之凶。孙笑曰："恭喜！据梦当得三子。"朱曰："何故？"孙答道："提兄到东方震地，震为雷，为长男，连打一大两小霹雳，应妻生一子，妾生二子。"后果验。

陆玄明乏嗣，祈梦。梦一人曰："你今好了。"觉来甚喜。次年，妻果有孕，怀至十二个月不产，心中惶惶，复往求梦。梦一人道："望后二日当产。"陆烦人解，解者曰："望后二日，乃十七也。"候至十七不产，直至下月初二方产，又是一女。始悟"好"字是女子，望后是月望后初二也。

谢承源家颇富，梦求长寿。梦一人道："明日汝见张孔目，则知其数矣。"路遇张外郎，亦在山中归。谢曰："兄从何来？"张云："荒垅种树来。"谢曰："种树几何？"张曰："五十三株。"后谢寿果至五十三终。

潘养元于祠祈寿。梦一卒持一鹤啄潘而醒，求解于人。解者曰："兄寿止六十。"潘曰："何故？"答曰："鹤者，寿算也。一卒持与，卒字内加人字，乃六十也。"后果周甲而终。

姚外郎祈梦。梦神先令千里眼为姚引导，后令顺风耳跟随。觉来不解。至五十，选二尹，六十病危。偶与一友，言及前梦。友曰："兄寿恐止矣。千里眼引导，应兄过二尹，离家千里也；顺风耳随行者，《论语》云：'六十而耳顺。'兄今六旬，恐应数耳。"不两月果卒。

江吏典少以聪敏自负，祈梦。梦县考、府考，以至道考，出见一吏送之曰："此路不通，通往别路是汝前程也。"醒来大喜，以为必进学

---

① 庠（xiáng）——古代的学校。

了。谁知府、县常取，到道考便无名。一日，与高友言及梦之不验，高友曰："何为不验？于公明示你府县道是三考吏，别路是汝前程，教兄走异路功名也。"江点首大悟。即纳吏，考满选官。

付养心京回，祈梦。梦一猴孙，将铜钱数万，缠于付腰，又将一鹤与骑。付腰重不能跨鹤，被跌而醒。因与人言梦，皆称大富之兆。后孙织造来杭，付为堂长，家私巨万。始悟猴孙即织造姓也。

王芝、何若诚二人因家贫无聊，同往祈梦。梦神令左右将王打三十，王哀告免责，喝令起。何梦神与一块大土，复命称之，重六十斤。二人觉来，各言所梦，王独不乐。后何掌千金，王亦渐富。一日，李友欲往于坟祈梦，王何沮曰："祈他何用？我二人祈过，毫无应验。"李问何梦？二人各言所梦。李想了一会道："王兄打三十放起者，必至三十岁起家；何兄与土一块，'书'云：'有土此有财。'今兄有千金，千金岂不重六十斤乎？"方服神灵。

赵大为富不仁，同二友祈梦。梦一客背负珍珠宝贝至，赵欲以贱价强买，客畏赵，忙曰："珍珠我不卖，宝贝情愿对分。"分毕而醒。二友闻梦贺曰："宝贝乃贵重之物，兄不但富而且贵之兆。"后来赵渐贫困，不能度日，偶路遇二友，若不相认。赵怒与二人争，众皆劝问。赵曰："我富时二人不知用我多少财物。同往祈梦，许我日后贵显，今见我贫，便不理我。"众问向得何梦，赵以梦告。内一人笑解曰："那人分贝与兄，明示兄贫也。二人当日贺兄，不过奉承富；今日薄兄，不过弃嫌贫。世态炎凉，从来如此，何必争闹？"众闻言，一哄而散。

一小家子日渐富饶，思欲图一官，以光门户。求梦，梦到廊下，见一大蜘蛛网，兜着一顶纱帽，其人将头一凑，戴上。出门见一人将网挑腌鱼一担，其人曰："我与你挑，何如？"答曰："你戴了纱帽不好挑担；你肯回转就好。"醒来知纱帽有分，即援一吏，加纳进京。将及选官，忽然患病甚危，相识劝他回家，他道神梦许我做官，如何因病便回？"一友解曰："兄梦网内盛腌鱼。腌鱼，鲞也，乃妄想二字；又道你戴纱帽不好，回转就好，明教你莫妄想纱帽的意思。"其人方悟。回家病果愈。

罗姓人求一终身梦。梦神唤罗名，令伸手来，用笔书"止此"二字于掌，醒来悲泣不已。同梦人问曰："何梦悲切？"罗言："神教我伸手，乃讨饭之兆。"皆慰之曰："梦是反的，未必如此应也。"后因写得好字，以书手成家。

沈嵩山好驰马射箭，欲习武，求梦。梦神曰："汝能骑马。"令牵马与沈，在丹墀上往来六次，喝令止曰："终身事在此。"醒来，自喜必由武科发达。及三试武科不中，家甚贫窘，遂投花柳场中，与妓女作牵头度日。偶与邵姓友言梦幻无凭，邵大笑曰："此梦字字皆验。神令兄骑马往来六次者，应兄帮闲做牵头也。牵头，别号马泼六。"沈闻之悚①然。

吴杜二友，因婚姻祈梦。吴梦旁人将一圭笏与之，杜梦天降嫦娥与食。醒来各述所梦，杜心甚悦而吴不悦。后吴娶妻美而勤，家日丰裕；杜娶妻陋而且长，懒惰好吃，家日窘迫，常时三餐不给。杜一日过吴，见其妻美而勤，嗟叹不已。适吴之妻兄在座，问及嗟叹之由，杜告以梦之不灵。吴之舅笑曰："兄勿怪弟即解之。天赐嫦娥与食，嫦字乃女之平常者，娥字去女合食乃饿字，想兄娶尊嫂之后，或有缺乏处也定不得。"杜闻之悚然。复问："令亲得圭何应？"答曰："旁人与圭者，圭旁立人，乃佳字也。非得佳偶而何？"二人叹服。

刘子诚织机为业，有五口，不能自给，泣告与神曰："小人穷民，不求富贵，但愿五口不致饿死。乞赐一梦。"梦公大声曰："吾乃上天命司，士大夫禄籍之神。叵耐无知小民，往往以琐屑事求吾之兆，不与，辜他来意虔诚；与之，不胜其渎。今观汝心甚虔，即以一元宝与之，此足汝用矣。"刘醒，拜谢而归。至中途，偶见宋机户正来寻他织机。自在宋家三载，得有工银五十两。后亦开一机，五口足食，始悟神赐元宝之灵也。以上略举所见所闻数则，以表于公神异，千载如生。

---

① 悚（sǒng）然——害怕的样子。